Ullstein

Alexander Conradt

Alexander Conradt

Irmchen

Roman

Ullstein

Ullstein
Buchverlage GmbH,
Berlin
Taschenbuchnummer:
23460

Ungekürzte Ausgabe

Umschlagentwurf:
Theodor Bayer-Eynck
Illustration:
Silvia Christoph

Taschenbuchausgabe mit
freundlicher Genehmigung des
Hubert W. Holzinger Verlages, Berlin

Printed in Germany 1996
Gesamtherstellung:
Ebner Ulm
ISBN 3 548 23460 7

6. Auflage Oktober 1996
Gedruckt auf alterungs-
beständigem Papier mit
chlorfrei gebleichtem Zellstoff

Gewidmet: Jane Reynolds vom Centro
Canino und den Katzen Mallorcas

Vom selben Autor
in der Reihe
der Ullstein Bücher:

Irmchen II (23588)
Irmchen III (23714)
Das IRMCHEN Postkartenbuch
(23726)

Die Deutsche Bibliothek –
CIP-Einheitsaufnahme

Conradt, Alexander:
Irmchen : Roman / Alexander Conradt. –
Ungekürzte Ausg., 6. Aufl. –
Frankfurt/M; Berlin : Ullstein, 1996
(Ullstein-Buch ; Nr. 23460)
ISBN 3-548-23460-7
NE: GT

Es war einer jener späten Nachmittage, an denen ein ganz bestimmtes Lächeln in den Gesichtern der Mallorquiner zu erkennen ist. Die Touristen sind fort, die Insel findet wieder ihre Ruhe, liest man in ihren Augen.

Es war einer jener frühen Abende im November, an denen die Hotels schlossen, die Temperaturen kaum mehr über zehn Grad kletterten und die Souvenirhändler ihre Waren in Kisten packten. Langsam, wie an jedem Tag um diese Zeit, schwebte die rote Sonne über Estellencs im Westen Mallorcas dem Meer entgegen. Als glühende Scheibe saß sie noch eine kleine Ewigkeit auf den Gipfeln der bizarren Berge. Dann verschwand sie hinter dem Horizont, um den Himmel in ein zartrosa, dann feuerrotes Licht zu tauchen.

Es war gegen sechs Uhr, als der Mann aus Estellencs von der Küstenstraße abbog, um den staubigen Sandweg zu seinem kleinen verwinkelten Steinhaus oberhalb des alten Dorfes einzuschlagen.

Juan war erst 53 Jahre alt, doch die Last eines mühevollen Lebens lag schwer auf seinen Schultern. Viele Jahre lang war er zur See gefahren, hatte die Welt kennengelernt und Abenteuer erlebt – und er hatte in den Stürmen dieser Jahre viel von seiner Kraft verbraucht.

Doch nun war endlich Frieden eingekehrt. Es war eine Ruhe, die sich jeden Herbst wie ein Mantel über die Insel legte. Und es war auch eine glückliche Stille, die Juan im tiefsten Innern seines Herzens empfand.

Der Mann hatte sein Haus, etwa 100 Meter oberhalb von Estellencs, erreicht. Behutsam stellte er die prallgefüllte Tasche ab, holte eine Flasche Rotwein, Brot und ein Päckchen mit Fleisch hervor und legte alles auf den Tisch, der auf seiner Terrasse stand.

Der Mann mit den ergrauten Haaren und den braunen Augen hob den Kopf, sah sich suchend um. Seine Blicke wanderten über das Dach und die Wiese bis hin zum Steinbrunnen, der schon seit sechs Jahren nicht mehr funktionierte. »Wo ist er bloß?« fragte sich Juan. »Er müßte doch längst von seinem Ausflug zurück sein.«

Im nächsten Moment stand er neben ihm! Neugierig streckte er sein Köpfchen in die Höhe, schnupperte, daß die Barthaare im Gesicht nur so tanzten. Dann blinzelte er erwartungsvoll, daß seine gelbgrünen Augen zu Schlitzen wurden – und ließ sich anschließend verschmust gegen Juans Beine fallen.

Irmchen wußte genau, wann Juan vom Einkaufen zurückkam. Er kannte seine Stimme, die Bewegungen und Gewohnheiten und das zärtliche Streicheln der rauhen Hände. Irmchen liebte sein Zuhause.

Und während er seinen gefüllten Futternapf auf die alte, vom Wind ausgedörrte Terrasse gestellt bekam, erlosch die Sonne von Estellencs langsam im Meer.

Juan rückte seinen Schaukelstuhl zurecht, streckte die Beine auf einem knorrigen Pinienholzhocker aus und legte, wie fast jeden Abend um diese Zeit, seine Hände in den Schoß, um ein Stündchen zu schlafen und zu träumen. Das war immer das Zeichen für Irmchen, auf Juans Schoß zu springen, sich einzurollen und ebenfalls ein kleines Nikkerchen zu machen.

»Ach«, sagte Juan zu seinem geliebten Kater, »was haben wir doch für ein Leben geführt.« Und dabei streichelte er Irmchens rabenschwarzes Fell.

Irmchen verstand die Worte nicht, aber er empfand, was sie bedeuteten. Zufrieden leckte der Kater mit dem schwarzen Fell und dem weißen Fleck auf der Brust seine zerschundenen Pfoten. Überhaupt war Irmchen, der inzwischen dreizehn Jahre alt war, ein sonderbar zerzaustes Wesen: Die Eckzähne waren abgebrochen, ein Ohr ausgefranst, der Schwanz doppelt geknickt. Narben zeichneten das Fell, in dem überall, vor allem aber im Gesicht, silberne Härchen glänzten.

Doch Irmchen, wenn auch inzwischen schon etwas müde und langsam, war beim besten Willen kein altes Tier. Seine Muskeln waren noch stark. Seine Reaktionsfähigkeit war noch fast wie in der Jugend. Das Leben hatte ihn hart gemacht, schlau und raffiniert. Der Kater beherrschte viele Kunststücke, ahnte, ja witterte drohende Gefahren, bevor sie überhaupt Gestalt annahmen. Und Irmchen konnte kämpfen und töten.

Wie oft war er von anderen Tieren angefallen und fast umgebracht worden. Leben oder sterben, siegen oder verlieren – diese Begriffe hatten ihn durch sein langes, abenteuerliches Leben immer begleitet.

Es war warm auf Juans Schoß. Und beide – Mann und Kater – genossen die friedliche Stille, lauschten der rauschenden Musik des Windes, der mit den Blättern der Orangenbäume und den tausendjährigen Olivenbäumen spielte.

Langsam, ganz langsam, fielen Juan und Irmchen die Augen zu. Es wurde Nacht auf Mallorca! Die Kerze auf dem alten knorrigen Holztisch flackerte im Wind. Das Wachs floß tränengleich auf den Tisch, um sofort zu erstarren. Bald würde die Kerze heruntergebrannt sein und die Flamme erlöschen.

Aber davon merkten Irmchen und Juan nichts mehr. Beide hatten in ihren Träumen längst die Insel verlassen, um in die Zeit ihrer Jugend zurückzukehren.

Während Juan noch einmal seine Abenteuer auf See erlebte, wanderten Irmchens Erinnerungen über Zeit und Raum zurück nach Estellencs – wo vor dreizehn Jahren in einer alten Scheune alles begann . . .

*

»Sebastian, Sebastian! Mein Gott, warum hört er nicht? Sebastian, geh endlich in die Scheune und kümmere dich um die Katzen!«

Laut hallte der Ruf über den kleinen verwinkelten Marktplatz von Estellencs.

Die Septembersonne schob sich langsam, fast schon ein wenig mühselig über die Gipfel der Berge am Westrand Mallorcas.

»Sebastian! Jetzt mach doch zu! Räum die Scheune auf. Und repariere auch gleich die Tür zum Hof. Seit Tagen ist das Scharnier kaputt.«

Marias Stimme klang hart. Die Frau des Bürgermeisters war eine der wichtigsten Personen in dem kleinen Ort, in dem etwa 250 Menschen lebten.

Das Dorf, das sich an den Hang eines Berges schmiegte, war vor etwa 800 Jahren von Arabern gegründet worden, so wie viele Orte an der Westküste Mallorcas. Es gab, bis auf die kleine Pension am Ortseingang, kein modernes Haus. Die Zeit war stehengeblieben. Irgendwann in der Geschichte der Insel, so schien es, hatte jemand wohl die Uhren von Estellencs angehalten und das Dorf in seinen Dornröschenschlaf versetzt.

Die verwinkelten Gassen waren kaum mehr als zwei Meter breit. Die Häuser aus ockerfarbenem Naturstein, die sich alle ein wenig über die Gassen beugten, schienen vor der Gegenwart beschützen zu wollen und die offenen Türen der Häuser, die jedem Besucher signalisierten »Tritt ein, sei willkommen«, mahnten gleichsam: »Störe nicht den Frieden dieses Hauses.«

Das war Estellencs!

Sebastian hatte die Stimme Marias wohl gehört. Aber was sollte es. Rennen war unnötig. In Estellencs ging alles viel langsamer vonstatten. Lustlos schlenderte der Mann über den Marktplatz, lief den verschlungenen Pfad hinab zum Meer. Die Blätter an den Bäumen hatten erste zartgelbe Ränder.

Der Wind trug schon einen Hauch von Kälte durch das Tal. Nach einem Spaziergang von etwa zehn Minuten, anders konnte man Sebastians Schritt-Tempo wohl kaum bezeichnen, hatte er die alte Scheune erreicht. Die Tür quietschte und klapperte im Wind. Und alle paar Minuten knallte sie mit voller Wucht gegen den von Holzwürmern zerfressenen Rahmen.

»Ha! Hab ich dich endlich, dummes Katzenvieh!«

Sebastian machte einen schnellen Schritt vorwärts, trat nach der Katze und verfehlte sie nur um wenige Zentimeter. Die Katze war schneller als er. Mit einer geschickten Bewegung wich sie dem Tritt Sebastians aus und verschwand durch die ächzende Scheunentür. Aufgeregt und ängstlich schaute sie sich um. Der Schwanz tanzte in der stickigen Luft. Die Barthaare zitterten. Die Augen schauten nervös hin und her.

Und dann, als sie beruhigt festgestellt hatte, daß Sebastian wieder fort war und keine Gefahr mehr drohte, verschwand sie unter dem alten umgestürzten Fuhrwagen in der Ecke der Scheune. Dort lagen sie: übereinander, untereinander, nebeneinander! Die kleinen Augen meist noch halb geschlossen, kitzelten sie sich gegenseitig mit den hauchzarten Barthaaren im Gesicht. Bewegung geriet in den flauschigen Knäuel, als die Mutterkatze ins Versteck gekrochen kam. Durst und Hunger verspürten die Katzenbabys, die kaum zwei Wochen alt waren.

Und jedes wollte die Nummer eins sein an der Zitze. Sechs Katzenkinder lagen Sekunden später am warmen Bauch der Mutter, säugten, als ob es um den letzten Tropfen Milch ging. Und gierig und zufrieden gleichermaßen schoben sie ihre winzigen Vorderpfoten in den Bauch der Katzenmutter, übten den Milchtritt, den Katzen ein Leben lang beibehalten, wenn sie zu früh von der Mutter weggenommen werden. Proper und süß sahen sie aus mit ihren kleinen, prallen und milchgefüllten rosa Bäuchen.

Nur ein kleines Kätzchen lag verloren abseits. Es war als

letztes geboren worden. Es war klein und schwächlich und kam immer zu spät, wenn die Katzenmutter ihre Jungen an den Zitzen naschen ließ. Nummer sieben hatte die schlechtesten Karten.

Die Natur war hart! Nur die starken Tiere durften überleben. Und stark war in diesem Fall nur, wer sich seinen Platz an der Zitze erkämpfte.

*

Auch die Katzenmutter kannte dieses Gesetz. Ganz instinktiv spürte sie, was über Jahrmillionen die Natur vorschrieb – grausam, hart und mit dem einen Ziel: Nur das Beste und Gesündeste darf überleben! Ja, Nummer sieben hatte wirklich keine guten Karten bei dem Spiel, es ging um Leben und Tod.

So war die rabenschwarze Katze mit dem kleinen weißen Fleck auf der Brust auch viel zarter und winziger als ihre Geschwister. Wenn diese neugierig die ersten Ausflüge unternahmen, die Gegend ums Nest herum erkundeten, – Nummer sieben blieb kraftlos in ihrer Ecke liegen.

Doch nicht nur das!

Hinter dem umgestürzten Wagen war eine kleine Mulde im Boden, eine Vertiefung, über der ein Brett lag. Hier hatte sich Nummer sieben eingerollt. Weil es wegen der ungenügenden Ernährung ständig fror, hatte sich das kleine Kätzchen hier ein kuscheliges Extra-Nest gebaut. Da lag es nun verlassen und träumte den lieben langen Tag vor sich hin. Es träumte von dicken, prall gefüllten Zitzen und von Geschwistern, die Platz machen würden, wenn Nummer sieben käme.

Es war ein wichtiger Tag, als das Schicksal einen anderen Verlauf nahm, als sich mit einem Schlag alles änderte. Nummer sieben mit dem schwarzen Fell und dem kleinen weißen Fleck bekam davon zunächst gar nichts mit.

Kurz vor Mittag kam Sebastian wieder in die Scheune

geschlichen. Die Katzenmutter war gerade unterwegs auf Mäusefang. Die Babys schliefen ahnungslos, als die große, derbe Hand des Knechtes unter den umgestürzten Wagen griff. Sechsmal packte Sebastian zu, sechsmal holte er ein Katzenbaby aus dem Versteck, stopfte es in den mitgebrachten Sack. Dann verschwand er so lautlos, wie er gekommen war.

Als die Katzenmutter wenig später zurückkehrte, fing sie laut an zu miauen. Die Menschen hatten ihr die Kinder genommen. Verzweifelt schnupperte und suchte sie in allen Ecken der Scheune. Immer wieder hob sie den Kopf, hoffte, daß ihre Kinder vielleicht auf den Wagen geklettert waren. Aber es herrschte tödliche Stille im Raum. Die Kinder waren fort!

Traurig sah sich die Katze im Raum um. Ihre Blicke wanderten über das Pferdegeschirr an der Wand bis hin zum alten Amboß, auf dem von Zeit zu Zeit immer wieder mal ein Huf beschlagen wurde. Nichts, einfach nichts! Die Kinder blieben verschwunden!

An Nummer sieben unter dem durchgetretenen Brett dachte die Katzenmutter schon gar nicht mehr. Sie hatte es ja auch nie anders erlebt. Jedesmal, wenn sie ihre Jungen großziehen wollte, war ein Mensch gekommen, hatte ihr die Babys fortgenommen. Traurig verließ sie die Scheune und hatte schon bald vergessen, was passiert war.

Sie würde irgendwann neue Babys haben. So war das nun mal! Die Natur will, daß die Art erhalten bleibt, nicht das Individuum. Das wußte die Katze zwar nicht, aber sie fühlte es und handelte danach. Noch einmal blickte sie sich um, und sekundenlang blieb der Blick aus ihren grünen Augen am schiefen Scheunentor hängen. Es waren Sekunden des Abschieds und des Neubeginns zugleich. Dann drehte sie sich wieder um, setzte ihren Weg fort und verschwand zwischen den Bäumen.

*

Der Tag neigte sich dem Ende zu, als die Sonne ihre letzten Strahlen durch winzige Wandritzen in die Scheune schickte. Wie goldene Fäden standen sie flimmernd in der staubigen Luft, wanderten langsam über den strohbedeckten Erdboden. Ein Strahl fiel schließlich in die Bodenmulde und kitzelte eine kleine Katze mitten im Gesicht.

Nummer sieben erwachte, gähnte, streckte sich, stolperte unbeholfen aus der kleinen Höhle. Das Kätzchen mit dem schwarzen Fell und dem weißen Fleck war allein!

Keine Mutter, keine Geschwister – und vor allem nichts zu essen! Da kam sich die kleine Katze aus Estellencs ganz einsam und verlassen vor.

Und wenn Katzenbabys weinen könnten, dann hätte es jetzt ganz schrecklich angefangen zu schluchzen. Aber Katzenkinder können keine Tränen vergießen. Eine Stimme im tiefsten Innern des Herzens begann plötzlich zu sprechen, ganz leise erst und dann immer deutlicher. Und diese Stimme sagte: »Steh auf, du mußt essen, du mußt trinken, du mußt leben!«

Und die kleine Katze, die später den Namen Irmchen bekommen sollte, fing an, sich zu recken und zu putzen. Schließlich machte sich das tapsige verlassene Wollknäuel auf den Weg.

Zum erstenmal in seinem Leben steckte das Katzenkind seine schwarze Nase aus der finsteren, unheimlichen Scheune. Dann setzte es vorsichtig die kleinen schwarzen Pfoten vor die Scheunentür und blinzelte unsicher, aber auch schrecklich neugierig in den blauen Himmel über Estellencs.

Und dann passierte es: Die Katze sah die erste Fliege ihes Lebens. Frech surrend tanzte sie ihr um den Kopf, schlug Haken, kehrte zurück und war einfach nicht zu fangen.

Das verlassene Kätzchen verspürte einen schlimmen Hunger. Die Fliege, ach die Fliege war ja nur für den hohlen Zahn. Und außerdem war sie sowieso viel zu flink.

Aber irgendwas mußte geschehen!

Alles war neu, überwältigend, furchteinflößend: die Bäume, deren gewaltige Kronen im Wind rauschten, die Wolken, die am Himmel entlangzogen und das Dröhnen der Meeresbrandung, das vom Strand und von den Felsklippen nach Estellencs hochdrang. Der kleinen Katze wurde es bange ums Herz. Am liebsten wäre sie zurück in ihr enges Versteck gekrochen. Aber da war der quälende Hunger, der sich ständig meldete und der einfach nicht vergehen wollte.

Das Katzenkind schnupperte an einem Blatt, an einer Blüte, versuchte mit der winzigen Pfote, einen Käfer zu erhaschen.

Doch Blatt und Blüte machten irgendwie keinen eßbaren Eindruck. Und der Käfer war sofort weg, verschwunden unter einem Stein.

So also ging's nicht!

Nichts, aber auch rein gar nichts hatte die kleine Katze von ihrer Mutter lernen können. Die Zeit war viel zu kurz gewesen. Und außerdem: Das Baby hatte doch gar keinen Anspruch auf eine Zitze gehabt. Für das Waisenkätzchen hätte auf dieser Welt kein Platz sein sollen.

»Mein Gott, bist du süß! Aber du bist ja ganz abgemagert! Wo ist denn deine Mama?«

Das Katzenbaby zuckte zusammen: Das war ein Mensch! Und die bedeuteten nichts Gutes. Der einzige Mensch, den es kannte, war Sebastian. Es hatte ihn ab und zu beobachtet, wenn er in die Scheune kam, um etwas zu holen. Und plötzlich stand so ein Wesen direkt vor ihm oder besser über ihm.

Zunächst sah es nur den Schatten, sonst nichts. Dann verfolgte es den Schatten bis zum Ursprung und stellte fest, zu wem er gehörte: Carmen beugte sich hinunter, streichelte die kleine schwarze Katze, und das Häufchen Tier genoß die Berührung. Wie selten war es von seiner Mutter liebevoll berührt worden! Wie oft hatte es um die Milchzitze kämpfen müssen, um dann festzustellen: alles leer, alles schon weggetrunken! Und jetzt dieses Mädchen mit den langen schwarzen Locken!

»Ach, was bist du süß! Möchtest du auf meinen Schoß kommen?« Das Kätzchen mochte! Bereitwillig ließ es sich hochheben und als es Sekunden später im Schoß des Mädchens landete, da ließ es zum erstenmal ein Geräusch hören, das ihm selbst völlig fremd war. Das Findelkind fing leise an zu schnurren.

Etwa fünf Minuten lang kraulte Carmen ihr neues Spielzeug. Und schließlich kniff das maunzende Baby die Augen zusammen und bat das Schicksal, diesen Augenblick doch nie zu Ende gehen zu lassen.

Abschätzend hob Carmen den kleinen abgemagerten Katzenknäuel in die Höhe, besah ihn von oben bis unten, von vorn und hinten und kam schließlich zu der Überzeugung: »Wir müssen dir einen Namen geben! Aber welchen?«

Ihre Puppe brachte Carmen auf die Idee: »Weißt du was, ich nenne dich wie meine Puppe: Irmchen! Und du bleibst bei mir. Du gehörst jetzt zur Familie.«

Carmen steckte Irmchen unter den Pulli, so daß nur der kleine schwarze Kopf heraussah, und kletterte den Steinweg hinauf zum Haus der Eltern.

Dort angekommen, rief sie sofort ihren Bruder zu sich: »Sieh mal, Alessandro, was ich gefunden habe! Ist das Kätzchen nicht süß? Ich habe es Irmchen getauft, so wie meine Puppe.«

»Mein Gott, ist das Vieh abgemagert. Das geht bestimmt ein!« Alessandro verließ gelangweilt das Zimmer. Was war das schon? Eine Katze. Sie liefen hier auf Mallorca doch zu Zehntausenden rum. Ungeziefer, Schmarotzer, nicht besser als Ratten!

Doch Carmen war mit ihrem Liebling schon in einer anderen Welt. Glücklich setzte sie sich aufs Bett, nahm sich Irmchen in den Arm und fing an zu schmusen. Dann gab sie dem Kätzchen eine große Schale voll Milch, und Irmchen schleckte und schleckte und trank so lange, bis der Bauch kugelrund war. Drei Wochen etwa wurde Irmchen verwöhnt wie eine Märchenprinzessin. Jeden Tag Milch, jeden Tag ein Stückchen Fleisch, das Carmen mit einem besonderen Trick organisierte. Täglich, so gegen Sonnenuntergang, kamen die Gäste aus dem einzigen winzigen Hotel des Ortes, trafen sich zur obligatorischen Zigarette auf der Terrasse. Und da brachte Carmen ihr Irmchen hin. Und immer gab es ein paar Gäste, die ein Herz für Katzen hatten. Manche hoben einfach die Reste auf, brachten sie vor die Tür. Andere verzichteten auf die Mahlzeit, packten sie heimlich unter dem Tisch ein und überraschten anschließend die ewig hungrigen Katzen am Eingang. Hier kam Irmchen auf den Geschmack. Fleisch war eine feine Sache und obendrein viel leckerer als Milch.

Doch eines Tages war alles anders. Die kleine Pension hatte geschlossen. Keine Gäste, keine Touristen, kein lekkerer Happen Fleisch.

Mit knurrendem Magen trottete Irmchen den Berg hinauf zu Carmens Haus. »Da bist du ja! Hast du heute nichts bekommen? Komm her! Ich habe zwei kleine Überraschungen für dich.« Und mit wichtigem Gesicht holte Carmen ein kleines Katzenhalsband aus ihrer Schürze, band es Irmchen um. In einer winzigen Messingkapsel steckte ein Stück Papier mit nur drei Worten darauf. *Irmchen, Estellencs, Mallorca* – nicht mehr! Carmen drückte den Verschluß fest zu und setzte das Kätzchen an den Futternapf. Irmchen war jetzt etwa fünf bis sechs Wochen alt, noch ein verspieltes Kind, das jedoch schon in den ersten Lebenstagen sowohl Freude als auch Leid hatte kennenlernen müssen.

Dann kam der Tag, der alles veränderte.

Irmchen, frech, neugierig und abenteuerlustig, spielte unten an der Küstenstraße mit anderen Katzen, als ein Wagen oben auf der Paßhöhe um die Ecke bog. Der schwarze

Wirbelwind ahnte keine Gefahr, auch dann nicht, als der Wagen nur wenige Meter entfernt hielt und ein Mann ausstieg und flüsterte: »Was bist du für ein süßes Kätzchen. Komm, komm zu mir, ich habe was zu fressen für dich!«

Irmchen war noch zu unerfahren, um die Gefahr zu erkennen. Voller Vertrauen hüpfte die Katze auf den Mann zu, der sie mit einem schnellen Griff hochhob und in einen Gitterkäfig in seinem Wagen warf. Der Mann knallte die Käfigtür zu, mit der Routine eines Menschen, der dies schon öfter getan hatte. Dann stieg er in den Wagen, nahm auf dem Beifahrersitz Platz, blickte nur kurz zum Fahrer hinüber und sagte: »Okay, weiter!«

Und während der Wagen hinter der nächsten Biegung verschwand, saß Irmchen ängstlich in der engen Box, nicht wissend, wo die Fahrt hinging. Der Wagen hatte bald Valldemosa erreicht, bog dann ab in Richtung Palma. Im Norden der Stadt, gleich hinter dem Fußballstadion, endete die Fahrt für Irmchen. Der Mann holte die Katze aus dem Auto, setzte sie zu etwa sechzig anderen Katzen in einen Zwinger und sagte: »Du bist jetzt im Tierheim. Das ist dein neues Zuhause.«

Rumms! Mit lautem Krachen fiel die windschiefe Tür aus Maschendraht und Holzlatten ins Schloß. Der Katzenfänger, der Irmchen mitgenommen hatte, schob von außen den Riegel vor und schlurfte langsam davon.

»Wie viele sind es denn heute?«, fragte eine Stimme aus der alten Baracke, die nur etwa fünf Meter entfernt stand.

Ohne den Kopf zu heben, antwortete der Mann: »Eine.«

Dann nahm er einen verbeulten Blecheimer und einen Lappen und verschwand zu den Hundeboxen.

Da saß Irmchen nun, weit weg von Carmen und dem immer gefüllten Milchnapf, von der Wiese mit den Blumen, von Estellencs und der Freiheit. Ein tiefes, langgezogenes Fauchen riß Irmchen aus den Erinnerungen, holte die Katze zurück in die Wirklichkeit.

Sie drehte sich um, bekam einen Riesenschreck. Da saßen sie, zerhauen und abgemagert, krank und verlaust. Manche husteten und schnupften. Anderen fehlte ein Auge, ein Stück vom Ohr oder sogar die Schwanzspitze.

Hier, wie auf der ganzen Insel, aber hier eben noch brutaler, noch unerbittlicher, regierte das Gesetz der Auslese: Die Katzen saßen, hockten, lagen apathisch im Käfig. Und so manche, das konnte man ahnen, hatte schon mal die Sonnenseite des Lebens kennengelernt.

Da war die junge Katzenmutter, die erst vor kurzem mit ihren drei schwarz-weiß gefärbten Jungen gebracht worden war. Ängstlich verkrochen sich alle vier in einem zerfledderten Korb in der Ecke. Da gab es Baby, ein kleine weiße Katzenfee aus Cala Ratjada. Träumend saß sie am Tor auf einem kleinen Vorsprung, blickte tagein, tagaus in die Ferne, hoffte, daß irgendwann sie jemand befreien und erlösen würde.

Eine der schönsten war Rosita! Sie hatte ein schwarz-weiß-rotbraun getöntes Fell. Und sie hatte von allen Katzen die traurigsten Augen. Acht Jahre hatte Rosita auf einem Rittergut in der Nähe von Puerto de Soller im Nordwesten der Insel gelebt, mit Freunden und mit einer Familie, die sie über alles liebte. Doch dann hatte der Patron plötzlich angefangen zu toben. Keiner wußte, warum.

Ein Patron in Spanien hat fast die Macht eines Königs. Und so forderte er eines Tages: »Rosita kommt weg, oder ich schlage sie tot!«

Schweren Herzens brachten die Kinder ihre Katze ins Tierheim, besuchten sie dort jede Woche. Und immer mußte die Katze mit dem schönen Fell und den traurigen Augen zurückbleiben, wenn die Familie nach einem Besuch wieder ging, und sie verstand nicht, warum.

Das Tierheim Centro Canino von Palma im Norden der Stadt war ein Kreuzweg der traurigen Schicksale. Und trotzdem: Die Tiere hatten es hier noch relativ gut. Sie bekamen ihr Futter, sie hatten eine Bleibe. Sie hatten nur eines nicht: eine Zukunft!

Jane Reynolds, die Chefin des Heimes, eine 85jährige Engländerin, die vor 34 Jahren mit ihrem Mann nach Mallorca gezogen war, tat ihr Bestes. Mit ihren Freunden sammelte sie auf der Insel die herrenlosen Tiere ein oder holte sie in den Hotels ab, wenn von dort ein Notruf eingegangen war.

Auch Jane wußte, daß die Katzen und Hunde im Heim kaum eine Chance hatten, ein besseres Leben zu führen. Manche blieben ihr Leben lang hier, hofften eine Ewigkeit auf Rettung, auf einen liebenden Menschen, der sie erlöste.

Ja, ab und an kamen ein paar verrückte Touristen. Sie brachten Geld oder Futter. Sie setzten sich zu den Tieren in die Boxen, streichelten sie, nahmen auch mal Tiere mit in die Heimat. Aber das waren die Ausnahmen. Und darauf konnte Irmchen nicht hoffen.

Im Gegenteil: Sie mußte, obwohl noch ein Kind, die rauhen Gesetze der Natur lernen: Friß oder verhungere! Kämpfe oder stirb! Aber mit dem Fressen war das gar nicht so einfach. Um die Futterschale, so groß wie ein Waschbottich, lagen mindestens zwölf Katzen herum. Und jede paßte auf, daß keine andere zu nahe kam und ein Neuankömmling schon erst recht nicht. Der hatte sich weit hinten anzustellen. Irmchen lernte den Begriff Rangordnung kennen. Und sie wußte genau, ihr Platz war ganz am Ende.

Irmchens Schicksal schien besiegelt. Aus diesem Tierheim gab es kein Entkommen. Was hatte das kleine Katzenkind schon vom Leben zu erwarten: Hunger, Durst, Angst und obendrein die Prügel und Hiebe anderer Katzen, die keine Rücksicht darauf nahmen, daß Irmchen noch nicht einmal erwachsen war.

Traurig blickte Irmchen am Gitter empor, sah das ausgebleichte grüne Plastikdach, erkannte durch einen Spalt den blauen Himmel darüber. Nein! Eine Flucht aus diesem Käfig war unmöglich!

Irmchen verkroch sich entmutigt in eine Ecke, machte die Augen zu und fragte sich, warum das Leben nur so trostlos war.

Plötzlich spürte sie eine zarte Berührung. Die kleine Katze wurde aus ihren Träumen gerissen, öffnete die Augen.

Vor ihr stand ein riesiger grau-weißer Kater, der ihre kleine schwarze Nase sanft mit seiner großen rosafarbenen stupste.

Blödi, so wurde der Kater von Jane genannt, war der Herkules des Tierheims. Er war größer als mancher Hund, hatte Muskeln aus Eisen und einen Gesichtsausdruck wie ein süßer kleiner Schwachkopf.

Der Tierfänger hatte ihn aus der Rumpelkammer eines Hotels abgeholt und ins Tierheim gebracht. Hier lebte er nun seit fast einem Jahr und hatte nur ein Interesse: fressen, fressen, fressen! Obwohl er so kräftig und gewaltig war, hatte Blödi selbst noch das Gemüt eines Katzenkindes und war im tiefsten Innern seines Herzens zaghaft, schüchtern und ängstlich. Blödi sah Irmchen, und sofort hatte er das Gefühl: Um dieses hilflose Etwas mußt du dich kümmern.

Nachdem die beiden Tiere sich vorsichtig begrüßt hatten, vergingen nur wenige Minuten, und schon hatten sie Freundschaft geschlossen.

Es wurde Abend. Und als die Sonne hinter den Häusern verschwunden war und die Sterne am Himmel funkelten, da wurde Irmchen noch trauriger. Die Kälte kroch ihr in die Knochen und der Schmerz der Einsamkeit fraß sich in ihr Herz. Es war zu kalt für ein Katzenkind, das sich nicht an das wärmende Fell seiner Mutter kuscheln konnte. Die Menschen, sie lagen jetzt in ihren Betten, hatten die Öfen an, mußten nicht frieren. Aber die Katzen im Centro Canino?

Überall in den Ecken hörte Irmchen kranke Katzen schniefen und husten. Der Katzenschnupfen war überall.

Doch während die Katzen anderer Länder starben, überlebten viele Katzen Mallorcas diese schlimme Krankenheit. Sie hatten genügend Abwehrkräfte aufgebaut. Aber wozu überleben?

Ob Baby, Blödi, Rosita und nun auch Irmchen: Welchen Sinn hatte dieses Leben hinter Gefängnismauern? Und welchen Sinn hatte es außerhalb der Mauern? Dort wurden sie gehetzt und gejagt. Sie wurden getreten, gefoltert, totgefahren, gegen Wände geschlagen, vergiftet und auf den Müll geworfen.

Die Katzen Mallorcas: Sie litten wie alle gequälten Kreaturen dieser Welt. Schon lange waren die Tiere hier und anderswo nicht mehr Partner der Menschen. Sie waren die Sklaven der Gegenwart, wurden geschändet und ausgerottet, hatten keine, aber auch gar keine Chance auf ein glückliches Leben.

Der Mond warf lange dunkle Schatten über das Tierheim im Norden von Palma de Mallorca, als Blödi ganz langsam zu Irmchen gekrochen kam. Schlaftrunken hob die kleine Katze den Kopf, als plötzlich der süße Geruch von Futter in ihre Nase zog. Blödi setzte sich vor Irmchen hin und ließ ein Stück Fleisch aus dem Maul plumpsen, stupste es mit der Nase einige Zentimeter über den Boden. Und wäre Irmchen ein Mensch gewesen, sie hätte Blödi vor Freude und Dankbarkeit einen dicken Kuß gegeben.

Aber da Irmchen eine kleine Katze war, berührte ihre Nase nur ganz kurz die Nase des Riesenkaters. Und wie ein Vater saß Blödi neben seinem Schützling, als er genüßlich den Fleischbrocken verdrückte. Ein bißchen weniger traurig, ein bißchen weniger verzweifelt kuschelte sich Irmchen ein in ihrer trostlosen Ecke und wurde entführt in einen schönen Traum. Das Katzenkind träumte von Wiesen und Olivenhainen, spielte mit Carmen, lag im Hof und genoß paradiesisches Nichtstun.

Doch der nächste Tag brach an, und es folgte für Irmchen eine weitere Lektion auf dem Weg zum Erwachsenwerden.

Wenn sie überleben wollte, mußte sie sich durchsetzen. Und Irmchen lernte! Sie erfuhr, wer die richtigen Freunde waren. Sie bekam heraus, wie sie dem Pfleger ums Bein schnurren mußte, um eine Extra-Portion zu erwischen. Sie lernte aber auch, wann sie sich zurückhalten mußte. Und Zurückhaltung war immer dann geboten, wenn Rudolfo, der große getigerte Kater, mit seinem fünfköpfigen Gefolge zum Futternapf schritt. Dann mußten sich alle davonstehlen, durften Platz nehmen auf der Galerie der Ängste.

Ja, Irmchen wurde erwachsen, viel schneller als jede andere Katze ihres Alters. Und: Irmchen entwickelte einen unbändigen Lebenswillen. Sie wollte raus aus dem Zwinger, der sie irgendwann umbringen würde. Aber wie?

*

Fast ein halbes Jahr lang lebte Irmchen im Centro Canino. Und fast jeden Tag bog der Wagen der Tierfänger von der Calle Jesus in den staubigen Sandweg, der hinter dem Fußballstadion endete.

Irmchen hatte sich schon fast damit abgefunden, das ganze Leben hier zu verbringen. Mit Freundin Ginger, der kleinen rotbraunen Katze, und Blauäuglein, der jungen Siamkatze mit den zertrümmerten Hinterläufen, saß sie tagein, tagaus in einem alten, halbkaputten Katzenkorb, den irgendein Tierfreund gespendet hatte.

Überhaupt mühten sich Jane und ihre Freundinnen in einem endlosen Kampf für ihre Katzen und Hunde. Sie veranstalteten Basare, sammelten alte Kleidungsstücke, ließen sich von Fleischern und Bäckern Reste geben, die sie an ihre Tiere verfütterten. Dann, jedes Jahr zu Weihnachten, schrieb Jane Briefe an Tierfreunde in aller Welt, mit der Bitte um eine Spende. Von dem, was gegeben wurde, mußten die Tiere leben. Wehe, das zarte Rinnsal würde eines Tages versiegen.

Irmchen verlor langsam den Lebensmut. Das Fell wurde

struppig. Überall, an den Augen, auf dem Rücken, ja sogar auf der Nase zeugten blutige Kratzer von schlimmen Raufereien. Freiheit, das war es, wonach Irmchen sich sehnte. Und der Wunsch wurde immer stärker.

*

Dann kam die letzte Nacht im Centro Canino. Es war kühl in dieser Nacht im Mai. Die Katzen kuschelten sich aneinander, träumten wie so oft von einer besseren Welt. Irmchen war noch wach, versuchte durch das Plastikdach die Sterne zu sehen. Vergeblich! Plötzlich waren von weitem Stimmen zu hören. Männer kamen den Sandweg von der Calle Jesus herunter. Einige Katzen reckten ihre Köpfe nach oben, lauschten, wer sie da im Schlaf stören würde.

Und bruchstückhaft fing Irmchen, die ganz dicht bei dem Gittertor lag, Satzfetzen auf: »Diese blöden Viecher müssen weg! Gib mir mal die Kneifzange. Wir werden das schon machen!«

Irmchen bekam Angst. Ein unbestimmtes Gefühl, daß gleich etwas passieren würde, kroch in ihr hoch. Die Muskeln spannten sich. Sie machte die Ohren so spitz wie noch nie im Leben und legte sich gleichzeitig ganz flach auf den Boden.

Die drei Männer machten sich am Zaun zu schaffen. Ganz leise hörten die Katzen ein dumpfes Knack, Knack, Knack – immer wieder. Mit der Kneifzange schnitten die Männer den Maschendrahtzaun auf. Es dauerte nur Minuten, dann klaffte ein etwa ein Meter hohes Loch im Zaun.

Sekunden später standen die Männer auf dem Gelände des Tierheims, öffneten mit einem flinken Handgriff die Zwingertür: »Husch, ihr blöden Viecher, macht, daß ihr rauskommt! Weg mit euch! Verschwindet!«

Und während die Männer lachend und lärmend durch das Katzengehege tobten, mit den Händen klatschten und Schlafkörbe und Freßnäpfe durch die Luft wirbelten, rannten die Katzen wild kreischend und fauchend im Kreis. Rudolfo, der König vom Centro Canino, ging sofort zum Angriff über, sprang einem der Eindringlinge ins Gesicht, zerfetzte ihm die Haut. Blödi schnappte sich den zweiten Mann, sprang ihm aus der Dunkelheit von hinten direkt auf den Kopf, krallte sich mit seinen scharfen Klauen so sehr in der Haut des Mannes fest, daß dieser vor Schmerz taumelte und der Länge nach in ein Katzenklo fiel.

Irmchen fühlte einen unbändigen Kampfgeist in sich aufsteigen, wollte sich todesmutig den dritten Eindringling schnappen.

Am Zaun nahm sie Anlauf, stürzte sich auf den letzten Mann, schlug ihm die winzigen Zähne in die Wade. Nichts passierte! Verwegen biß der kleine Held zu, wieder und wieder. Doch die Zähne waren noch eine unbrauchbare Waffe. Bei der dritten ergebnislosen Attacke beugte sich der Mann hinunter, packte den übermütigen Angreifer: »So, du kleiner Bastard, jetzt werden wir dich mal mit dem Kopf gegen die Wand klatschten und dir dein überflüssiges Lebenslicht ausblasen!«

Der Einbrecher nahm Schwung, holte weit aus. Irmchen schwanden die Sinne. Und wie eine Stahlfeder schoß der Arm des Mannes vor, die Katze im Würgegriff. Unaufhaltsam raste ihr kleiner schwarzer Kopf der weißgetünchten Mauer entgegen.

Da! Mit einem gurgelnden Schrei hielt der Mann plötzlich inne, ließ Irmchen im letzten Augenblick fallen. Sogleich stürzte auch er zu Boden, krümmte sich zwischen Futterschalen und brüllte, als hätte sein letztes Stündlein geschlagen.

Irmchen staunte über die wundersame Rettung. Und dann entdeckte sie den Grund für das abrupte Ende ihres Todesfluges: Blödi kam langsam mit blutverschmiertem Maul aus dem Hosenbein des Mannes gekrochen. Der Herkules des Tierheims hatte den Mann an seiner empfindlichsten Stelle gepackt und Irmchen damit das Leben gerettet.

Jetzt hieß es nur noch: Raus hier! Rette sich, wer kann! Alle Katzen schossen auf das Tor zu, purzelten über- und untereinander, fauchten, kratzten, kreischten. Nur raus, raus, raus! Raus in die Freiheit!

Die Männer hatten erreicht, was sie wollten. Wenn die Katzen erst fort waren, konnten sie das Grundstück bestimmt für wenig Geld von Jane kaufen und später einen Supermarkt darauf setzen.

Auch Irmchen rannte wie von tausend Teufeln gejagt den Sandweg hinauf. Blödi versuchte noch zu warnen: Sei vorsichtig, da ist die Autobahn, schoß es durch seinen Kopf. Die kleine Katze hielt inne, als hätte sie die Gedanken des großen Freundes verstanden, drehte sich noch einmal um. Und ein letztes Mal blickten sich die beiden Tiere in die Augen. Noch einmal leckte der Kater Irmchen zärtlich den Nacken, und der kleine Raufbold fing an zu schnurren, legte liebevoll seine schwarzen Pfoten auf Blödis Kopf.

Die Tiere nahmen Abschied voneinander. Sie waren die besten Freunde geworden, der eine war für den anderen immer da gewesen. Das hatte zusammengeschweißt. Und nun die Trennung! Es sollte, aber das wußten beide nicht, noch einmal ein Wiedersehen geben. Doch bis dahin würden viele Jahre ins Land gehen.

Blödi war gerade in der Dunkelheit verschwunden, als auch Irmchen sich auf den Weg machte. Mit Anlauf sauste die Katze über die Straße, um Haaresbreite zwischen laut hupenden Autos hindurch. Alles war fremd, dunkel, angsteinflößend. Überall donnerten die Wagen über den Asphalt. Irmchen sah nur qualmende Auspuffrohre, drehende Radkappen und grell leuchtende Scheinwerfer. Ganz oben, in weiter Ferne, nahm sie die wechselnden Farben der Ampellichter wahr, sah, wenn sie ihren Hals reckte, die bunten Neonröhren der Reklameschilder. Keine Ruhe, keine Stille der Nacht, kein funkelnder Sternenhimmel wie in Estellencs!

Irmchen fühlte Panik aufsteigen: Was war bloß los? Wo war sie? Warum war hier alles so laut?

Der Ausreißer achtete auf nichts mehr, war völlig durcheinander, als schon wieder etwas passierte. Ein Fußgänger versetzte Irmchen einen so gewaltigen Tritt, daß sie im hohen Bogen auf die Straße flog. Ein Autofahrer konnte nicht mehr rechtzeitig bremsen. Reifen quietschten, qualmten, erfaßten das Kätzchen mit voller Wucht. Meterweit schleuderte Irmchen durch die Luft, blieb schwerverletzt im Rinnstein liegen. Blut sickerte aus der Nase. Am Rücken klaffte eine tiefe, etwa sechs Zentimeter lange Wunde.

Eine junge Frau beugte sich über das schwarze blutverschmierte Etwas. »Oh, mein Gott!«

Doch ein Mann riß die Frau sofort zurück: »Sie ist tot, laß sie liegen! Die nimmt morgen die Müllabfuhr mit.«

Aber das hörte Irmchen schon nicht mehr. Mit dem Aufprall war es Nacht um sie geworden. Was folgte, war der Sturz in ein tiefes schwarzes Loch, an dessen Ende es wieder hell und warm wurde. Dann war alles vorbei!

*

Weinend saß Jane am nächsten Morgen in der Küche des Tierheims. Überall umgestürzte Freßnäpfe und Wasserschüsseln. Aber keine Katze weit und breit. Jane konnte ihre Tränen nicht zurückhalten: »Wer hat das nur getan? Wer bringt so etwas fertig?«

Die Sonne kletterte langsam über die Häuser von Palma, als Irmchen aus tiefer Bewußtlosigkeit erwachte. Der ganze Körper tat höllisch weh. Der Kopf war blutverkrustet, der aufgerissene Rücken schmerzte fürchterlich. Die rechte Hinterpfote war schwer verletzt. Irmchen versuchte, den Kopf zu heben. Aber das war unmöglich. Und obendrein hatte sie noch einen schrecklichen Durst.

»Sieh mal, die Katze da!«

Zwei Schulmädchen hatten Irmchen entdeckt. »Mein Gott! Wie sieht denn die aus?«

Offensichtlich hatten sie den Schulunterricht gerade hinter sich und waren auf dem Heimweg, als sie Irmchen im Rinnstein fanden. Die Mädchen kamen näher, sahen sich das Elend aus der Nähe an: »Die können wir doch hier nicht liegenlassen«, sagte eines der Mädchen, zog seinen Pulli aus und wickelte Irmchen darin ein. Der kleine Ausreißer wurde sofort wieder bewußtlos vor Schmerzen. Doch nach wenigen Minuten schon kam die kleine Katze wieder zu sich, versuchte, die Lage zu erkunden.

Jeder Schritt, jede Bewegung bedeutete für Irmchen Höllenqualen. Alles im Körper tat weh. Ja selbst die Atemzüge schmerzten. Nach etwa zwanzig Minuten waren die Mädchen an einem verfallenen Ruinengrundstück nahe dem großen Platz in der alten Palma-City angelangt. Überall lag Unrat, Gestrüpp wucherte aus bröckelnden Mauerritzen. Es roch nach Verfaultem, vor allem am Mittag, wenn die Sonne auf den Bergen von Müll ihre Hitze entfaltete.

Die beiden Mädchen, die ihr verletztes Findelkind nicht mit nach Hause nehmen konnten, legten Irmchen am Rande der Müllhalde in den Schatten: »Wir kommen morgen wieder und bringen dir was zu essen.«

Dann verschwanden sie.

Wäre die Katze ein Menschenkind gewesen, sie hätte bestimmt laut geweint: Der Magen knurrte, der Körper war geschwollen, der Durst war unerträglich. Schlimmer konnte es kaum noch kommen.

»He, kleiner schwarzer Teufel. Was haben sie denn mit dir gemacht?« Eine junge Frau mit langen schwarzen Haaren, einem goldfarbenen Kleid und hochhackigen Schuhen beugte sich zu Irmchen hinab.

Ängstlich zuckte die Katze zusammen. Ein Schmerz jagte durch den abgezehrten Körper, als die Frau ihre Hand ausstreckte, um Irmchen das Fell zu kraulen: »Oh, mein Gott, du blutest ja!«

Lilo, so hieß die Frau, zog die Hand sofort zurück. »Was ist denn bloß passiert?«

Irmchen hatte kaum noch Kraft im Körper. Die schlechte Ernährung der letzten Wochen, der ewig nasse Zwinger im Tierheim, der ständige Kampf ums Futter – all das hatte die Katze krank und müde gemacht. Und dann der Unfall!

Irmchen spürte den nahenden Tod. Das schwarze Fell war stumpf und zerzaust. Die Lebenskraft war am Versiegen. Aber Irmchen hatte einen starken Lebenswillen und wollte nicht sterben.

Mit großer Mühe raffte sie sich auf, taumelte langsam auf Lilo zu. Viel zu wenig Liebe hatte sie in der kurzen Spanne ihres Lebens bekommen, kaum Zärtlichkeiten, weder Wärme noch Zuneigung. Doch Irmchen spürte, daß Lilo Katzen mochte, daß sie helfen wollte.

»Ich komme gleich wieder«, flüsterte Lilo und verschwand in der dunklen engen Gasse.

Irmchen war in einer schlimmen Gegend von Palma gelandet. Hier trafen sich nach Sonnenuntergang die Liebesmädchen und die Matrosen, deren Schiffe im Hafen vor Anker lagen. Es roch nach Alkohol und Unrat, ölig zubereiteten Mahlzeiten und Urin. Wer hier in der Altstadt, zwischen Müll und schummerig roten Laternen an eine Tür klopfte, der hörte nur das Lachen der Mädchen und das Quieken der Ratten, die über das Kopfsteinpflaster huschten. Vergeblich versuchte Irmchen, sich die Pfoten zu lekken. Sie hatte einen ausgetrockneten, brennenden Rachen und das Gefühl, im Körper sei kein einziger Knochen heil.

»So, da bin ich wieder!« Zehn Minuten etwa waren vergangen, da stand Lilo mit einer Schale Milch und einem Teller voller Kartoffeln in Soße vor ihr. Der Duft zog wie ein Parfüm in Irmchens Nase. Das mußte das Paradies sein!

Irmchen öffnete ihr kleines Maul und angelte den ersten Bissen. Ach, wie gut konnten Kartoffeln schmecken!

Lilo hockte sich daneben, breitete eine alte Zeitung aus, stellte den gefüllten Teller darauf. Zitternd kroch Irmchen an den Futterplatz, der noch nie im Leben so liebevoll für sie gedeckt worden war – und genoß jeden Happen. Satt, kugelrund und mit einem zufriedenen Katzenseufzer schlief sie schließlich ein.

Lilo erhob sich vorsichtig und ganz leise und schlich davon.

Sie hatte Tränen in den Augen, weil die kleine Katze ihr so leid tat, aber auch, weil ihr eigenes Leben so sinnlos und leer war. Lilo, die ihren Körper an Matrosen verkaufte, kannte die Spielregeln. Keinem wird etwas geschenkt. Man muß es sich nehmen. Aber warum haben manche Menschen mehr Glück im Leben? Und was haben jene wohl verbrochen, die immer wieder auf die Schnauze fallen?

Während Lilo ihren Gedanken nachhing, war sie an einem kleinen verwinkelten Eckhaus angelangt.

»Wo warst du Schlampe so lange? Die Kunden warten! Ich werde dich grün und blau prügeln, wenn du zwischendurch einfach abhaust«, donnerte eine Männerstimme vom Balkon.

Bevor Lilo hinter der grünen Holztür verschwand, blickte sie noch einmal die Straße hinunter und dachte dabei an Irmchen: Jetzt habe ich jemanden zum Liebhaben, dem es genauso schlecht geht wie mir.

Jeden Tag kam Lilo zu Irmchen, brachte ihr Futter und Milch. Es dauerte kaum zwei Wochen, da hatte sich die kleine Katze aus Estellencs von den Folgen des Unfalls erholt. Doch dann begann eine neue Plage: Erst am Kopf, an den Ohren – schließlich befiel sie den ganzen Körper. Durch den Dreck, in dem Irmchen leben mußte, war sie ein Opfer von Flöhen, Milben und einem quälenden Hautpilz geworden.

Nach wenigen Tagen war fast der ganze Körper erkrankt. An den Augen, auf dem Rücken, an Schwanz und Pfoten, überall hatte sich eine millimeterdicke Schuppenschicht gebildet. Irmchen konnte kaum noch sehen. Die Nase war fast zu, das Fell ging aus. Die Sonne brannte wie Feuer auf der entzündeten Haut. Und verkroch sich Irmchen unter einem Müllhaufen, dann drang ihr der beißende Gestank in die Nase. Sie dachte an Weglaufen. Aber wohin? Außerdem war da Lilo, die sie so sehr liebte.

Dann plötzlich kam die Freundin nicht mehr. Ungeduldig wartete Irmchen den ganzen Tag, einen zweiten, einen dritten. Von Lilo keine Spur! Die kranke Katze wußte nicht, was los war. Hatte ihr Mensch sie vergessen?

Traurig saß Irmchen auf dem alten zerfledderten Stück Zeitungspapier. Die Krankheit hatte den Körper in einen häßlichen Panzer verwandelt. Die Touristen, die vorbeikamen, machten einen großen Bogen um Irmchen, Mütter nahmen ihre Kinder an die Hand: »Pfui, faß das Vieh nicht an! Es ist krank! Es stirbt sowieso bald!«

Die kleine Katze sah Lilo nie wieder. Der Mann, der Lilo vom Balkon herab angebrüllt hatte, war schuld daran. Er hatte sie eines Abends, als sie von Irmchen kam, die Treppe hinuntergeprügelt. Mit schweren Kopf- und Rückenverletzungen war sie ins Krankenhaus eingeliefert worden. Als die Freundin nach fast einem halben Jahr das Krankenhaus verlassen konnte, erinnerten nur noch die beiden leeren Freßnäpfchen an das Kätzchen.

Irmchen war schon etwa zehn Tage krank und ohne Hoffnung auf Hilfe, als wieder ein Mensch ihren Weg kreuzte. Das kleine Häuflein Katze lag neben einer achtlos weggeworfenen Wurst, als es die tiefe wohlklingende Stimme eines Mannes hörte: »Na, das ist aber interessant! Du hast ja eine Krankheit, die es hier auf der Insel normalerweise nicht gibt.«

Die Stimme gehörte zu Dr. Raffaelo Portas, der Veterinario, Tierarzt, in Manacor war. Der Mann nahm die Katze auf den Arm, hob sie hoch, besah sie von allen Seiten. »Ungewöhnlich, sehr ungewöhnlich! Du kommst mit in meine Praxis.«

Irmchen hatte kaum Zeit, Abschied von ihrer Müllhalde zwischen den beiden alten Häusern zu nehmen. So schnell ging alles.

Dr. Portas wickelte das Findelkind in ein Handtuch, das er eben für seine Frau gekauft hatte, und lief mit seinem Patienten zum Auto.

Ängstlich, aber auch entkräftet lag Irmchen auf dem Beifahrersitz. Und während der Tierarzt seinen Wagen über die Ringstraße zur Ausfahrt nach Manacor lenkte, hob Irmchen immer wieder den Kopf, um zu sehen, was los war. Es war vergeblich! Der Wagen ruckelte und schuckelte, und das Kätzchen hatte nicht genügend Kraft, um sich aufzurichten. Nach etwa einer Stunde bog das Auto in einen Feldweg am Rande von Manacor ein.

»Liebling, schau mal, was ich mitgebracht habe. Es sieht zwar nicht mehr aus wie eine Katze, aber es ist eine!«

Der Tierarzt schloß den Wagen ab, begrüßte seine Frau, die am Eingang der weißen Villa stand: »Dieses Häufchen Elend heißt Irmchen und ist aus Estellencs. Das jedenfalls steht auf einem kleinen Zettel, der in einem Medaillon steckt, das diese Katze um den Hals trägt.«

Die Frau des Arztes schüttelte den Kopf: »So kenne ich dich! Jedes kranke Tier bringst du mir nach Hause. Wir werden uns noch mal irgendwann anstecken.«

Der Arzt hörte die Worte seiner Frau schon nicht mehr. Er war längst mit Irmchen im Behandlungszimmer, hatte die Katze dort auf einen Tisch gesetzt. Dann wühlte er im Arzneischrank herum, fand nach Sekunden, was er gesucht hatte: eine Kortisonsalbe, die in solchen Fällen Wunder wirkt.

Und schon ging das große Einschmieren los. So etwas hatte Irmchen noch nie erlebt. Von Kopf bis Fuß wurde sie vom Doktor zugekleistert: hinter den Ohren, im Gesicht, Rücken, Bauch, Pfoten, ja sogar die Schwanzspitze wurden eingesalbt.

Ständig wollte das kleine Monster stiftengehen und vom Tisch flitzen. Aber dazu war die Katze zu kraftlos, waren die Hände des Arztes zu schnell.

Wann immer die Patientin zum Tischrand hopste, die großen Hände des Arztes warteten dort schon, als könnten sie die Gedanken der Katze lesen.

Irmchens unfreiwillige Geduld wurde belohnt. Nachdem der Arzt sie mit Flohpuder eingestäubt und die Ohren geputzt hatte, gab es noch zwei Spritzen ins Hinterteil. Dann war die Behandlung vorbei. Die kleine Lady aus Estellencs bekam eine Schüssel voller Wasser und einen Riesennapf mit Katzenfutter. Alle Meisterköche dieser Welt hätten nichts Besseres zubereiten können. Irmchen schlug sich den Magen voll, bis sie das Gefühl hatte zu platzen. Dann verkrümelte sie sich unter dem nächstbesten Schrank und schlief sofort ein.

»Da hast du uns ja was mitgebracht!« Fassungslos, aber liebevoll blickte Lorenza Portas ihren Mann durch die halboffene Tür an. »Meinst du, daß du sie gesund bekommst?«

»Klar!« Raffaelo nahm seine Frau in den Arm: »Hätte ich denn das arme hilflose Geschöpf sitzen lassen sollen? Es hätte doch ohne mich keine Chance mehr auf dieser Welt gehabt. Nein! Ich mußte das Tier retten.«

Die Frau legte die Stirn in Falten: »Aber willst du denn allen Katzen dieser Welt helfen? Es gibt ja so viele allein auf der Insel. Und den meisten geht es schlecht. Du kannst nicht für alle dasein!« Lorenza beobachtete, daß ihr Mann sich wegdrehte. Aber sie bemerkte nicht, daß er Tränen in den Augen hatte.

Raffaelo verließ den Raum und murmelte, mehr zu sich selbst: »Aber ich muß ihnen doch helfen, wenn es sonst kein anderer tut. Und soll ich denn die eine sterben lassen, nur weil ich den vielen anderen nicht helfen kann?«

Seine Frau hörte nicht, was er sagte, aber sie wußte, was er empfand, und dafür liebte sie ihn.

Irmchens Leben hatte sich von einem Tag auf den anderen schlagartig verändert: keine Ängste mehr, weder Hunger noch Schmutz. Irmchen lebte im Katzenparadies.

Die Villa, die die Portas-Familie mit ihren vier Kindern und drei Angestellten bewohnte, lag am Standrand von Manacor in einem Park, der von einer Steinmauer umgeben war. Eine Pinienallee führte zur Villa, die auf einem kleinen Hügel stand. Überall im Garten wuchsen Orangen- und Feigenbäume, und Familie Portas ließ die Wiese einfach sprießen, bis sie zu einem Meer von wild duftenden Blumen geworden war.

Der Familiensitz der Portas hatte etwa zwölf Zimmer, eine riesige Empfangshalle, Marmorbäder und eine kirschholzgetäfelte Bibliothek. Das war das Reich des Hausherrn. Hier, zwischen seinen Antiquitäten, alten Ölbildern, Spiegeln und Schiffsmodellen fühlte er sich am wohlsten. Stundenlang konnte er dort sitzen und in seinen alten Bänden lesen. Oft erst spät am Nachmittag, wenn die Sonne sich den Bergen im Südwesten näherte, trat er vor die Tür, lief allein durch den Garten. Dann dachte Raffaelo manchmal über sein Leben nach, die Hetze seiner Jugendzeit, die Rastlosigkeit der frühen Jahre. Hier nun hatte er endlich Ruhe gefunden und konnte sich seinen Büchern und den Tieren widmen.

Dr. Portas pflegte schon fünf Katzen, die er aus aller Welt mitgebracht hatte. Den ganzen Tag konnten sie durch den Garten toben, hinter Bienen herspringen, Mäuse jagen, sich untereinander balgen oder faul in der Sonne dösen. Jetzt gehörte auch Irmchen mit zur Familie. Alles war noch ungewohnt: die Liebe und Zuneigung, die der Katze zuteil wurden, das regelmäßige Futter, das am Küchenausgang gleich unter dem Fenster stand.

Irmchens Gesundheitszustand besserte sich von Tag zu

Tag, dank der liebevollen Pflege von Familie Portas. Jeden Morgen nach dem Frühstück mußte der schwarze Raufbold die leidige Salb-Prozedur über sich ergehen lassen. Und oft fuhr Irmchen die Krallen aus, hakte sich im Oberschenkel von Herrchen Raffaelo fest.

Der Doktor biß jedesmal die Zähne zusammen und kleisterte den frechen Familienzuwachs aus Estellencs mit Kortisonsalbe zu. Nach etwa vier Wochen und unzähligen schmerzhaften Behandlungen war Irmchen die Schuppen, aber auch das Fell los.

Lachend hielt sich die Frau des Arztes die Hände vors Gesicht: »Das soll eine Katze sein? Vor der rennt ja jede Ratte davon!«

Irmchen war das Häßlichste, was auf der ganzen Insel herumlief: ein stets vollgefressener Bauch, kugelrund und prall wie ein Luftballon. Dazu der platte, faltige, haarlose Kopf, die viel zu dünnen Beine und der immer noch kranke Schwanz.

Doch Dr. Portas liebte dieses kleine Monster. Sonst hätte er bestimmt nicht die leidige Prozedur des Katzenbadens auf sich genommen. Denn inzwischen waren sämtliche Katzen krank geworden, hatten sich Irmchens Milben und Pilze eingefangen. Ihnen ging jetzt das Fell aus, und sie bekamen schuppige Stellen am Körper. Es war eine Katastrophe!

Alle Katzen mußten in ein Spezialbad. Der Arzt und seine Frau stellten eine Plastikschüssel in die Badewanne, gossen lauwarmes Wasser hinein, gaben das braune Anti-Milbenpulver dazu. Und dann waren die Katzen dran! Sie fauchten und tobten, spreizten die Pfoten, klammerten sich an den Wannenrändern fest. Sie schlugen ihre Krallen so tief in Dr. Portas' Arme, daß sie fast ganz im Fleisch verschwanden. Es war eine richtige blutige Badezimmerschlacht. Die Katzen saßen hernach triefend und zutiefst gekränkt unter dem Schrank oder unter der Couch. Dr. Portas verband die Biß- und Kratzwunden, und seine Frau brachte das Badezimmer in Ordnung.

»Liebling, wie oft müssen wir das noch machen?« Sorgenvoll sah Lorenza Portas ihrem Mann in die Augen.

»Äh! Na, vielleicht noch drei- oder viermal! Eventuell auch öfter, je nachdem, wie schnell die Katzen gesund werden.«

Der Tierarzt versuchte, seine Frau friedlich zu stimmen: »Wir schaffen das ganz bestimmt. Mit der Zeit bekommen wir ja auch Übung!«

Genau darauf war Lorenza nun gar nicht sonderlich versessen. Manchmal hätte sie ihren Mann mit seinem Katzenfimmel am liebsten vor die Tür gesetzt. Aber statt dessen nahm sie ihn in den Arm: »Du hast recht! Wir schaffen das schon.«

Neugierig beobachtete Irmchen triefend und bibbernd aus sicherer Entfernung die Szene: Ach ja, sie waren schon komisch, diese Menschen. Erst ersäufen sie einen fast, und dann belohnen sie sich gegenseitig mit Umarmungen.

Nach zwei Monaten sah Irmchen schon wieder prächtig aus. Inzwischen fast ausgewachsen, waren die Muskeln voll und kräftig, das Fell dicht und glänzend. Doch überall, wo Pilz und Milben besonders hartnäckig gewütet hatten, zeigten sich einzelne silberne Härchen.

Irmchen war ein süßer frecher Kerl geworden. Sie hockte auf dem Wannenrand, wenn Herrchen ein Bad nahm und im Wasser planschte. Sie klaute ihm die Wurst vom Teller, wenn er sich sein Abendbrot machte. Und sie machte Konfetti aus der Zeitung, noch bevor er die erste Zeile gelesen hatte. Irmchen war immer bei ihrem Retter. Nachts lag sie in seinem Arm, morgens kitzelte sie ihn mit ihren Barthaaren. Und wenn Dr. Portas in seiner Bibliothek saß und las, schmiegte sie sich an seine Beine, sprang auf den Schreibtisch, hüpfte auf den Schoß, reckte das schwarze Köpfchen und bekam von ihm ein Küßchen auf die Nase.

Dann machte Dr. Portas eine Entdeckung, die schon viel

früher fällig gewesen wäre: Als Irmchen sich in seinem Schoß auf den Rücken drehte, um sich am Bauch kraulen zu lassen, stieß ihr Herrchen plötzlich einen so lauten Pfiff aus, daß die Schmusekatze jäh zusammenzuckte und im hohen Bogen davonjagte.

»Irmchen, du bist ja gar kein Mädchen! Du bist ja ein Junge! Wieso habe ich das bloß übersehen?«

Dr. Portas schnappte sich die Katze erneut, drehte sie auf den Rücken: »Tatsächlich, ein Kater! Und was für ein Prachtbursche! Das muß ich gleich der Familie erzählen!«

Als der Arzt wenig später seiner Frau und den Kindern die Neuigkeit mitteilte, war schallendes Gelächter die Antwort: »Und du bist Tierarzt und hast das wochenlang übersehen!«

Der Mann blickte verlegen zu Boden: »Man schaut ja da auch nicht ständig nach. Aber was viel wichtiger ist: was machen wir mit Irmchens Namen? Wir können es doch nicht bei dem Mädchennamen belassen!«

Dr. Portas hatte nicht mit dem einstimmigen Veto der Familie gerechnet. »Es bleibt bei Irmchen! Der Name paßt so gut zu dem süßen Biest.«

So avancierte Irmchen zum einzigen Kater Mallorcas, der einen Mädchennamen trug.

Der Liebling der Familie wurde größer, kräftiger, stattlicher. Er wurde auch immer cleverer und klüger. Irmchen war intelligent, hatte eine schnelle Auffassungsgabe. Der Kater begriff, wie man mit einem Sprung auf die Klinke Türen öffnete. Er lernte, wie man Futterstücke mit beiden Pfoten fangen konnte, und er wußte bald, daß man einen Brocken Fleisch in Windeseile beiseite zu schaffen hatte.

Irmchen bekam aber auch mit, daß jenseits der Grundstücksmauer noch eine Welt war, unendlich weit und bestimmt sehr spannend. Und eines Nachts, die Familie schlief, und der Mond stand hoch am Himmel, drehte er sich vorsichtig aus Herrchens Arm, hüpfte vom Bett, und schlüpfte lautlos durch die Tür in den Garten.

Der Kater hob den Kopf, schnupperte die frische, kühle Nachtluft, machte sich auf den Weg. Mit einem Satz war er auf der etwa drei Meter hohen Mauerkrone, besah sich die Umgebung: Wiesen und Felder, Zitronen- und Apfelsinenhaine – so weit das Auge reichte. Irmchen wandte sich nochmal um, blickte zum Haus zurück: Soll ich oder soll ich nicht? Es wird nur ein kleiner Ausflug sein. Beim Morgengrauen bin ich auf jeden Fall zurück!

Irmchen sprang, landete im Gras vor der Mauer. Überall waren Geräusche und Bewegungen. Der Wind ließ die Blätter an den Bäumen rascheln, Vögel flatterten schwarzen Flecken gleich am dunklen Nachthimmel. Mäuse und Ratten huschten durch das hohe Gras.

Der Ausreißer begab sich auf den Weg, durchstreifte die Umgebung, entfernte sich dabei immer weiter vom Haus. Bald hatte er sein Zuhause ganz aus den Augen verloren. Die Abenteuerlust hatte ihn gepackt und angesteckt wie ein gefährlicher Bazillus.

Irmchen spürte ein Kribbeln in den Adern. Alles war so neu und aufregend, und es nahm überhaupt kein Ende. Es war kurz vor Morgengrauen, der Stromer hatte sich schon viele Kilometer von der Portas-Villa entfernt, als er plötzlich eine breite Straße erreichte. Kein Mensch war weit und breit zu sehen, kein Auto kam, kein Licht eines Hauses schimmerte am Horizont.

Irmchen legte sich an den Straßenrand, um ein wenig auszuruhen. Der müde Kater war nur kurz eingenickt, als sich in einiger Entfernung zwei Scheinwerfer durch das Dunkel der Nacht bohrten. Sie gehörten zu einem kleinen Lieferwagen, der langsam auf der Straße in Richtung Palma rollte.

»Ach, was haben wir schön gesoffen! Hoffentlich machen unsere Frauen keinen Ärger.« Felipe, er saß hinter dem Steuer, blickte zu seinem Beifahrer, der erfolglos gegen das Einschlafen kämpfte.

»He, Pedro, wach auf! Wir sind bald in Villafranca und dürfen die Abfahrt nach Süden nicht verpassen.«

Pedro gähnte, richtete sich mühsam auf, kniff die Augen zusammen und faselte benommen: »Ich achte auf die Schilder! Paß du auf, daß wir nicht im Straßengraben landen!«

Der Wagen kam immer näher, als Irmchen durch das Geräusch des Motors aufwachte. Der Kater witterte keine Gefahr. Wieso auch? Er saß sicher am Straßenrand, außerhalb der Gefahrenzone. Was konnte schon passieren?

Plötzlich verlangsamte das Auto seine Geschwindigkeit, rollte an den Rand, stoppte etwa fünf Meter von Irmchen entfernt. Ein Mann kletterte leicht schwankend aus dem Fahrzeug: »Pedro, es ist noch so weit bis nach Hause. Und der Wein drückt. Ich bin sofort zurück!«

Neugierig beobachtete der Kater die Szene, machte einige Schritte vorwärts in Richtung Auto. Das war ein Fehler! Irmchen hatte eben vor der offenen Fahrertür Platz genommen, wollte sich recken, um zu sehen, was sich im Auto abspielte, als Felipe zurückkam.

»He, was bist denn du für ein süßer, kleiner Kerl. Du hast wohl kein Zuhause?« Felipe hob Irmchen hoch, besah sich den Kater von allen Seiten: »Siehst aber gut gepflegt aus! Bist wohl irgendwo abgehauen? Was meinst du, Pedro, das wäre doch ein ideales Geschenk für meine Tochter Magdalena!«

Irmchen verstand kein Wort. Doch hatte er das Gefühl, daß sein Lebensweg wieder mal in eine neue Richtung führte.

Der schwarze Streuner landete im hohen Bogen im Wagen.

Rumms machte es, als Felipe Sekunden später die Tür des Autos zuschmiß, den Gang einlegte und losbrauste. Irmchen saß neben ihm auf der Mittelkonsole, war noch wie gelähmt vor Schreck. Aber aussteigen war unmöglich! Also verhielt sich der Kater abwartend, machte den Hals lang und blickte aus dem Frontfenster. Die Sonne würde bald über den Horizont klettern.

Das erste Morgenlicht ließ die Insel erwachen, als Irmchen noch einmal – und dabei sehr, sehr wehmütig – an sein Herrchen und die Familie zurückdachte: Ach, wäre ich bloß zu Hause geblieben – einerseits! Aber andererseits?!

Die Sonne stand zwei Handbreit hoch am Himmel, als der Wagen mit den beiden Männern und Irmchen in einem kleinen Dorf, fünf Kilometer von El Arenal entfernt, anhielt. Im Ort herrschte noch Ruhe.

Felipe nahm Irmchen wieder auf den Arm, lief zu seinem Haus. Es sah aus wie ein Märchenschloß aus der Jugendstilzeit. Das Haus, etwa um die Jahrhundertwende gebaut, hatte Erker und Türme, war im maurischen Stil errichtet und schneeweiß.

Irmchen mußte sich schon wieder in sein Schicksal fügen. Was sollte er auch tun? Felipe war offenbar kein schlechter Kerl. Während er durch das Tor in den Garten der alten Villa trat, kraulte er Irmchen hinter den Ohren.

Der Garten, etwa 100 Meter vom menschenleeren Strand entfernt, lag im Schatten von alten windschiefen Palmen. Alles war ein wenig verwildert und heruntergekommen. Nirgendwo waren Menschen zu sehen.

Irmchen hatte inzwischen auf der Schulter von Felipe Platz genommen, blickte neugierig in den vorgebauten Wintergarten. Etwa zwanzig Tische standen hier nebeneinander. Die Tischdecken waren vergilbt. Verstaubte Ölbilder verdeckten die rissigen Tapeten. Und ein riesiger Spiegel baumelte leicht angeschrägt über dem Kamin aus rotem Marmor. Die ganze Szene erinnerte auf unwirkliche Weise an den Film Casablanca. Wäre in diesem Augenblick Humphrey Bogart um die Ecke gekommen, man hätte es geglaubt.

Statt dessen kam Salvadore, der ›Mann für alle Fälle‹ im Haus: »Was soll denn das?« Salvadore zeigte auf Irmchen. »Hier laufen doch sowieso schon mehr Katzen rum, als unser Hotel Gäste hat.«

Felipe lachte: »Der kleine Ausreißer saß plötzlich neben unserem Wagen. Ich dachte, er sei eine hübsche Überraschung für Magdalena.«

Der Hausherr, dessen Familie das Hotel in vierter Generation führte, setzte Irmchen auf den Boden. Der Kater lief vorsichtig zum ausgetrockneten Springbrunnen hinüber und wartete.

»Hallo, Vati! Du hast mir etwas mitgebracht?«

Salvadore verdrehte die Augen, kratzte sich am Kopf und zeigte mit dem Finger zum Brunnenrand: »Ich weiß nicht, warum. Aber der da ist für dich!«

Magdalena sah Irmchen auf der Steinschale sitzen, lief hinüber. »He, was bist denn du für einer?«

Irmchen hatte ein Gespür für Menschen, die es gut meinten. Und solange die Futterschale gefüllt war, galt jeder Mensch als willkommen.

Ein wenig ängstlich hob Magdalena Irmchen vom Brunnenrand, trug ihren neuen Gefährten ins Haus. Das Mädchen war vierzehn Jahre alt, ging noch zur Schule, wollte später Stewardess werden. Magdalena war die Schönste im Ort, hatte die meisten Freundinnen und auch die nettesten Verehrer. Wann immer sie das Haus verließ, kam »zufälligerweise« ein Junge mit seinem Mofa vorbei, verwickelte Magdalena in ein Gespräch.

Aber die Tochter von Felipe interessierte sich noch nicht für Jungen. Und jetzt, da sie Irmchen hatte, galt ihre ganze Aufmerksamkeit von Stund an dem schwarzen Stromer. Irmchen wurde bald Magdalenas bester Freund. Er durfte, darauf bestand er auch, bei ihr im Bett schlafen. Magdalena nahm ihren Liebling mit in die Schule, zum Schwimmen, zum Einkaufen. Irmchen wurde mit Schabefleisch, leckeren Fischhäppchen und gekochtem Schinken verwöhnt. Hätte er es gefressen, er wäre sicher auch noch mit Konfekt vollgestopft worden.

Irmchen ging es gut, zu gut!

Langsam wurde er dick und fett. Irmchen verlor die Lust am Toben und Tollen. Zwischen den Mahlzeiten war nur noch Schlafen und Dösen angesagt. Die Familie meinte es einfach zu gut. Irmchen war der Pascha des Hauses. Was immer er wollte, er bekam es. Für ihn wurde sogar ein Kissen in den Garten gebracht, damit er nicht auf dem Boden liegen mußte. Was für ein Leben!

Irmchen wohnte jetzt seit ungefähr sechs Wochen bei Felipe und seiner Familie und fühlte sich von Tag zu Tag wohler. Die schlechten Zeiten im Tierheim und in der alten Ruine von Palma waren längst vergessen. Der Bauch war voll, und die Abenteuerlust wuchs wieder. Irmchen bekam Fernweh!

Immer öfter stand er nachts auf, schlich zum Meer, setzte sich auf einen Stein und beobachtete die Brandung, sah die Sterne und den Mond, die sich im Wasser spiegelten. Er war längst zum Tramp geworden, zum Wanderer, der noch viele Jahre brauchte, bis er sein Zuhause finden würde.

Eines Abends, Irmchen saß auf einer Mauer, unterbrach ein Rascheln die Stille. Es war die Nacht, in der der Kater aus Estellencs seinem besten Freund begegnete. Valentino, schwarz-weiß gezeichnet, wurde von den Fischern nur der *König der Küste* genannt. Er war groß und kräftig und enorm schnell. Er war der geschickteste Kletterer weit und breit, riskierte Sprünge von den höchsten Klippen, war in der Lage, von Dach zu Dach zu turnen und ging nie einer Rauferei aus dem Weg. Alle Katzen und Hunde wußten das, und machten einen Bogen, wenn Valentino, der bei einem Fischer lebte, die Straße heraufgeschlichen kam.

Alles das ahnte Irmchen natürlich nicht. Und genau wie Valentino kannte Irmchen keine Angst. Das spürte der *König der Küste* sofort.

Beide Kater fauchten sich nur ein einziges Mal an, dann hatten sie Freundschaft geschlossen. Jeder respektierte, daß der andere unbesiegbar war. Also tat man sich zusammen!

Fast jede Nacht trafen sich Irmchen und Valentino.

Stundenlang saßen sie gemeinsam auf der Mauer, blickten hinaus aufs Meer, als wollten sie erkunden, was sich hinter dem Horizont verbirgt. Doch immer wieder kehrte Irmchen zu Magdalena zurück. Noch bevor es dämmerte, lag der Kater unter der warmen Bettdecke.

Eines Nachts aber, Irmchen wollte sich gerade auf den Weg machen, um Valentino zu treffen, drang ein lautes, langgezogenes »Miau« an seine Ohren.

Valentino, dessen Herrchen weit entfernt wohnte, mußte zurück, und er wollte seinen Freund mitnehmen. Irmchen wußte, daß wieder einmal die Stunde des Abschieds gekommen war. Das Licht einer Laterne, die vor dem Fenster stand, fiel auf das Gesicht von Magdalena. Und während Irmchen den ruhigen Atem des Mädchens spürte, erschien im Fenster der Schatten Valentinos. Ganz ruhig, ja bewegungslos, stand der Kater dort. Seine Blicke wanderten hinab zu Irmchen. Was war es jedesmal schwer, wenn man einen geliebten Menschen verlassen mußte! Irmchen ging mit seiner Nase ganz dicht an das Gesicht von Magdalena heran. Der Kater liebte sein süßes kleines Frauchen. Aber er hielt das satte Leben nicht aus. Und da war noch Valentino, der Freund, mit dem man die Welt oder zumindest die Insel erobern konnte.

Irmchen gab Magdalena einen letzten zarten Nasenstüber, drückte den Kopf gegen die Hand des Mädchens und sprang im hohen Bogen aus dem Fenster.

Valentinos Augen blitzten, der Schwanz tanzte im fahlen Licht. Irmchen streckte und reckte sich, leckte Valentino den Nacken und ließ ein kurzes »Miau« hören. Dann schossen die beiden Kater vom Fenstersims und stürmten los. Sie fegten die Straße hinunter, bogen um Ecken, jagten über Mauern und Hecken. Endlich wieder toben! Endlich Freiheit! Endlich die langersehnten Abenteuer! Das Blut raste in Irmchens Adern. Raus! Nur raus aus der Stadt. Weg von den Häusern, den Straßen, den Autos – und den Menschen!

Irmchen aber liebte die Menschen. Der Kater, der nun langsam erwachsen wurde, hatte sie auch von ihrer guten Seite kennengelernt. Aber bei Menschen leben bedeutete unterordnen, anpassen, gehorchen, einfügen. Irmchen fühlte dabei jedesmal einen gewissen Druck. Der kleine Lausbub wollte frei sein, sich richtig austoben, verrücktspielen, tun und lassen, was einem gerade in den Sinn kam. Zu den Menschen konnte man ja immer noch zurückkehren, irgendwann, wenn die Not groß war, oder wenn die Sehnsucht nach Wärme, Liebe und Streicheleinheiten übermächtig wurde.

Doch davon konnte im Moment nicht die Rede sein. Valentino, größer und kräftiger als Irmchen, gab das Tempo vor. Wie von tausend Teufeln gehetzt fegte er die Feldwege entlang, so schnell, daß Irmchen kaum mithalten konnte. Der runde, bei Magdalena angefutterte Bauch war einfach im Wege.

Die beiden Kater rannten über Wiesen und Felder, vorbei an alten verfallenen Windmühlen hetzten sie in Richtung Westen. Es dämmerte schon, als die Tiere an einem Teich Rast einlegten, mit heißen Nasen und glühendem Atem das Wasser schleckten. Dann ließen sie sich unter einem abgestorbenen Apfelsinenbaum müde zur Seite fallen. Und es vergingen kaum zwei Minuten, da schlummerten Irmchen und Valentino eng aneinander gekuschelt ein.

Irmchen genoß die Freiheit – und mußte lernen, damit umzugehen. Er hatte nie richtig geübt, Beute zu jagen. Der Instinkt war da. Aber der kleine Kater wußte damit beim besten Willen nichts anzufangen.

Valentino, der große Freund, half ihm dabei. Er zeigte, wie man Mäuse fängt, wie man junge Vogelbabys aus den Nestern holt und wie man sogar einer Ratte den Todesbiß verpaßt. Irmchen war wie benommen, als er zum erstenmal eine kleine Maus in den Krallen hielt, die verzweifelt um ihr Leben kämpfte. Doch dann sagte eine innere Stimme:

Pack zu! Und Irmchen öffnete das Maul, ließ die scharfen Fangzähne in den zitternden Körper der Maus fahren.

Das war es: Töten! Töten, um zu leben!

Und während Irmchen das erbeutete Tier mit den Zähnen zermalmte, es dabei mit den Pfoten festhielt, rannen die ersten Tropfen des warmen süßen Blutes die Kehle hinunter. Und in ihm wurden in diesem Augenblick die Erinnerungen an eine Jahrtausende zurückliegende Vergangenheit wach. Es war die Zeit, da Mensch und Tier sich gegenseitig jagten, da riesengroße Katzen durch die Wälder streiften, immer auf der Suche nach Beute.

Töten, um zu leben!

Irmchen war irritiert! Was war nur los? Welche Stimme aus grauer Vorzeit wurde plötzlich laut? Es war der Ruf der Wildnis, der unverfälschten Natur, die keine Grausamkeit, aber auch kein Erbarmen kannte.

Und während Irmchen die kleine Maus auffraß, wurde ihm klar, daß er nie eine brave Hauskatze würde sein können. Seine Kindheit und Jugend hatten ihm schon viel abverlangt, hatten ihn zum Kämpfer gemacht. Jetzt war Irmchen auch noch zum Jäger geworden, der sich seinen Platz auf dieser Welt erstreiten wollte. Es war der Tag, der Irmchen bewußt machte, daß da mehr war als das Leben, das er im Moment führte. Nicht etwa, daß Irmchen so weit dachte. Das konnte der kleine Kater aus Estellencs nicht. Aber er spürte es. Tief drinnen im Herzen fühlte er das unabänderliche Gesetz der Natur, und er wollte danach leben. Er mußte es!

Irmchen und Valentino legten in den folgenden Tagen und Wochen weite Strecken zurück. Die beiden Tiere tauchten mal im Norden, am Kap Formentor, dann wieder im Osten, in Cala Ratjada, auf. Sie schlichen nachts durch die schmutzigen, häßlichen, nach Touristen, Bier und Pommes stinkenden Straßen von El Arenal. Sie kletterten im Westen, zwischen Deja und Puerto de Soller, hinauf auf die Berge. Und stundenlang saßen sie dann beisammen, blickten aufs Meer, beobachteten gespannt die Möwen und die kleinen Fischerboote, die als winzige Punkte am Horizont verschwanden.

Das Schönste aber, was es für die beiden Kater gab, war das Spielen. Da flogen die Fetzen, wenn sich Irmchen und Valentino gegenseitig die Berge hinauf- und hinabprügelten. Und oft war es ein Kampf, bei dem man kaum unterscheiden konnte, ob es nun Ernst oder Spaß war.

Wochen zogen ins Land.

Der Sommer neigte sich seinem Ende entgegen. Irmchen war nun ein Jahr alt. Wo einst der kleine kugelrunde Bauch beim Rennen gestört hatte, spannten sich jetzt eisenharte Muskeln. Irmchens Fell, tiefschwarz, hatte einen hauchzarten blauen Schimmer bekommen. Die grüngelben Augen blickten stolz. Er war sich seiner Kraft und Überlegenheit voll bewußt.

Die Zeit mit Valentino hatte den Kater hart gemacht. Irmchen war jetzt kampferprobt und reaktionsschnell. Wehe, man kam ihm zu nahe. Es reichte, wenn er ein tiefes, drohendes Grollen ertönen ließ. So mancher übermütige Hund zog es dann lieber vor, um die beiden Kater einen Bogen zu machen.

Irmchen und Valentino waren nun fast gleich groß – und gleich gefährlich. Ob aber Kraft und Mut ausreichen würden, einen viel stärkeren Gegner in die Flucht zu schlagen, sollte sich schon bald zeigen. Den beiden Katern stand der gefährlichste Kampf ihres Lebens bevor. Es sollte ein Kampf auf Leben und Tod werden.

Auf ihren Streifzügen kreuz und quer über die Insel erreichten Irmchen und Valentino schließlich die Ruinen von Luchmajor. Weiße, von Sonne, Zeit und Wind zernagte Felsquader erinnerten an eine prähistorische Siedlung, die Menschen hier vor Jahrtausenden errichtet hatten. Hoch und üppig wucherte das Gras – nicht nur zwischen den verfallenen Mauern, sondern auch aus feinsten Ritzen und Vertiefungen, in denen sich Sand angesammelt hatte. Irgendwann waren vom Wind herangewehte Samenkörner in den Nischen hängengeblieben, hatten gekeimt, Wurzeln gebildet und sich im Gestein festgekrallt.

Die Ruinen von Luchmajor waren für die Kater das reinste Paradies. Hier gab es Schlangen, denen man aber lieber aus dem Weg ging. Hier lebten auch Echsen, die stundenlang regungslos auf den Steinen in der Sonne dösten, um mit einer flinken Bewegung zu verschwinden, wenn Irmchen und Valentino aus einem Gebüsch auftauchten.

Vor allem aber war der Tisch reich gedeckt für die ewig hungrigen Kater. Überall wimmelte es nur so von Mäusen. Sie vermehrten sich derart stark, weil es weit und breit keine Katze gab, die auf Mäusejagd ging.

Das wußte Valentino! Deshalb hatte er seinen Freund auch hierher geführt. Was jedoch die Raufbolde nicht ahnen konnten: Die Ruinen waren seit kurzem bewacht. Alfonso, der Wächter, drehte mehrere Male am Tag seine Runde. An der Leine: eine riesige Dogge, die scharf und abgerichtet war.

Der Angriff kam für Irmchen und Valentino völlig unerwartet. Alfonso bog mit seinem Riesenhund gerade um die Ecke, als die beiden Kater vor einer von der Sonne gewärmten Mauer saßen und sich das Fell putzten.

Alfonso konnte seinen Hund nicht mehr halten. Das etwa 80 Kilo schwere Tier machte einen Satz nach vorn. Die Leine sauste aus Alfonsos Hand, peitschte durch die Luft. Laut bellend stürzte sich der Hund auf Valentino, packte ihn am Rücken und schleuderte ihn im hohen Bogen durch die Luft.

Ein Wahnsinnsschmerz schoß durch den Körper des Katers. Wäre er nicht so groß und kräftig gewesen, der Biß hätte ihn getötet. So aber landete Valentino aus mehreren Wunden blutend hinter der Steinmauer. Er rappelte sich sofort auf, wollte flüchten.

Doch der Riesenhund war schon mit einem Satz über die Mauer gesprungen, hatte sich erneut wütend auf Valentino gestürzt. Der Kater war diesmal auf der Hut. Er wußte, daß es der letzte Kampf seines Lebens sein konnte.

Und während die Dogge wieder zubiß, rammte Valentino die spitzen Krallen beider Vorderpfoten in die empfindliche Nase des Angreifers. Der Hund ließ für den Bruchteil einer Sekunde los, jaulte laut, wollte Valentino gerade das Genick durchbeißen, als er sich im selben Augenblick von einem schmerzhaften Hieb getroffen zur Seite fallen ließ.

Irmchen hatte seinen Freund nicht im Stich gelassen. Als Valentino über die Mauer geschleudert wurde und der Mordhund hinterhersprang, hatte Irmchen schon mit einem Satz die Mauerkrone erreicht.

Keine Sekunde zu früh! Denn als der Hund Valentinos Genick durchbeißen wollte, sprang Irmchen – so hatte der Kater es im Tierheim von Rudolfo gelernt – dem Angreifer mit einem Riesensatz von hinten auf den Kopf.

Zu spät für die Dogge! Irmchen krallte sich in seinen Augen fest, daß der Hund vor Schmerzen fast wahnsinnig wurde. Erst als er zusammenbrach, sprang Irmchen davon. Rasend und gepeinigt versuchte der Riesenhund, sich aufzurappeln, den Katzen hinterherzujagen. Doch blind auf beiden Augen rannte er gegen eine Mauer, blieb mit gebrochenem Genick liegen.

Alfonso konnte für seinen Begleiter nichts mehr tun. Traurig lief er zu seinem Haus, holte ein Gewehr und erlöste das sterbende Tier von seinen Qualen.

Derweil suchten Irmchen und Valentino ihr Heil in der Flucht. So gut es ging, schleppte sich Valentino bis zu einem nahen Wäldchen. In einer Erdmulde ließ er sich von seinem Freund die tiefen und brennenden Wunden sauberlecken. Alles tat Valentino weh. Ein Wunder, daß weder Organe noch Knochen verletzt worden waren.

Zehn Tage lang kümmerte sich Irmchen um den Freund,

fing für ihn Mäuse und Vögel, begleitete ihn zur nächsten Pfütze, damit Valentino, der den Weg kaum allein schaffte, nicht verdursten mußte.

Langsam ging es dem *König der Küste* wieder besser. Die alten Kräfte kehrten zurück. Die ersten Spielversuche waren zwar noch mühselig, machten aber dennoch Spaß.

Als Valentino ganz gesund war, bemerkte Irmchen, daß eine Veränderung im Freund vorging. Valentino verspürte wieder das alte Heimweh, wollte nach Hause zu seinem Menschen.

Irmchen war erstaunt. Das Leben war doch wunderbar. Man mußte zu niemandem ins Bett krauchen, konnte kommen und gehen, wann man wollte, und nach Herzenslust seine Freiheit genießen. Und nun das!

Also machten sich die beiden Kater wieder auf den Weg, diesmal ausschließlich in Richtung Süden. Zwei Wochen waren sie unterwegs, als sie eines Tages das Rauschen des Meeres, das Rollen der Brandung hörten. Flach und sandig war hier, bei den Salinen, der Strand. Nur wenige Touristen belagerten diese Ecke der Insel, die für Baulöwen zur Verbotenen Zone erklärt worden war. Weder Hotels und Hochhäuser noch Imbißbuden verunstalteten den Strand.

Hier in der Nähe lebte Juan, der Besitzer und Freund von Valentino. Juan saß träumend vor seinem Häuschen, als sein Kater und Irmchen um die Ecke bogen.

»Das darf doch nicht wahr sein!« Der Mann klopfte sich vor Freude auf die Oberschenkel, als er seinen geliebten Valentino nach langen Wochen der Trennung wiedersah.

»Ja, und wen hast du denn da mitgebracht?«

Er legte das Fischernetz, das er gerade flickte, aus den Händen und beugte sich zu Irmchen hinunter. »Na, du bist ja ein süßer Kerl!«

Der Fischer entdeckte die kleine Messingkapsel an

Irmchens Hals, machte sie auf und las auf dem Zettel die drei Worte *Irmchen, Estellencs, Mallorca.*

»Aha, Irmchen heißt du! Aber du bist doch ein Kater. Wer hat sich nur mit dir diesen Scherz erlaubt?«

Irmchen hörte die Stimme Juans, fühlte dessen kräftige Hände, wie sie das Fell streichelten, und war sofort verliebt. Ja, das war das Herrchen, das sich Irmchen immer gewünscht hatte.

Juan nahm die Freunde mit ins Haus, stellte eine Schale mit Wasser hin, warf ihnen zwei frische Fische vor die Pfoten. Als wäre es das köstlichste Mahl der Welt, stürzten sich Irmchen und Valentino auf ihr Futter und knabberten, nagten und kauten so lange, bis vom Fisch kaum noch etwas übrig war.

Juan, Irmchen und Valentino wurden die besten Kameraden. Sie standen morgens gemeinsam auf, frühstückten zusammen, gingen zu dritt auf Fischfang und saßen abends bei Kerzenlicht auf der Veranda. Irmchen war so glücklich, daß er fast den ganzen Tag nur schnurrte oder vor Vergnügen mit den Augen blinzelte.

Es war die schönste Zeit seines Lebens. Stundenlang tobten der schwarze Kater und sein Freund Valentino am Strand entlang.

Wenn morgens im Osten über den Wipfeln der Strandpinien die Sonne in den Himmel kletterte, trat Juan vor die Tür seines kleinen Fischerhauses, reckte die Arme nach oben, als wolle er mit den Händen die zarten rosa getönten Wolken streicheln: »Irmchen, Valentino! Frühstück!«

Und das »Ü« zog er dabei jedesmal so lang, daß das »Früh« gar kein Ende zu nehmen schien.

Wo immer Irmchen und Valentino auch gerade rumtobten – wie die geölten Blitze flitzten sie hinunter zum Strand, daß der Sand hinter ihnen nur so durch die Luft wirbelte. Jeder wollte der erste sein, wollte als Sieger bei Juan durchs Ziel gehen.

Wie war die Welt doch in Ordnung, wenn Irmchen und

Valentino genüßlich ihren Fisch mampften, wenn sie anschließend lauwarme Milch schlecken durften. Und jedesmal saß Juan neben ihnen auf dem Boden, sah seinen Lieblingen zu.

Juan war sein Leben lang einsam gewesen. Er hatte als Kind die Eltern verloren, bei einem Unglück auf See, als ihr Boot von einem Frachtschiff gerammt wurde. Juan verbrachte seine Kindheit in einem Waisenhaus, lief weg, wurde eingefangen, lief wieder weg, wurde immer wieder eingefangen.

Als er sechzehn Jahre alt war, half er einem Fischer beim Flicken der Netze. Dann kaufte er sich vom ersparten Geld sein erstes eigenes Boot, und seitdem lebte er nun vom Fischfang. Er hatte nicht viel: das Boot, das kleine Haus, genug zu essen – und seine beiden Freunde.

»Ach, mein Irmchen«, seufzte Juan, »was bist du für ein süßer kräftiger Kerl.« Und tatsächlich: Irmchen bestand fast nur aus Muskeln. Unter dem Fell spannten sie sich wie bei einem schwarzen Panther, der zum Sprung ansetzt. Und Irmchen war ein temperamentvoller Wirbelwind, der – wie jeder andere Kater – einmal täglich seine »fünf Minuten« bekam.

Dann stellte Mallorcas einziger Kater mit Mädchennamen die Ohren quer. Der Schwanz zitterte, die Muskeln vibrierten, und mit leichten, seitwärts tänzelnden Schritten gab Irmchen den Ring frei für die erste Toberunde.

Hei, was flogen da die Fetzen! Irmchen fegte über Tisch, Stühle, Bett, machte einen kurzen Abstecher zur Gardinenleiste, die sich gefährlich durchbog. Zwischendurch zerfetzte der schwarze Orkan die Palme am Fenster, warf auch mal ein Glas vom Tisch, schaukelte wie Tarzan an Juans ersten Gardinen und verprügelte Valentino, wenn er zufällig in die Quere kam.

Nach dem Toben war meist ein Schläfchen angesagt, auf dem Dach, im Bett von Juan oder im Sand am Meer. Und jedesmal, wenn sich Juan um die Mittagszeit sein Essen zubereitete, ging Irmchen auf Diebestour. Der Kater steckte seinen Kopf so tief in Herrchens Milchglas, daß er fast darin steckenblieb. Die Wurst war im Nu vom Brötchen. Wehe, Juan hatte einen duftenden Fisch in der Pfanne. Irmchen langte so lange danach, bis er im hohen Bogen durch die Luft flog und auf dem Boden landete.

So konnte das Leben bleiben!

Es blieb nicht so!

Irmchen segelte zum dritten oder vierten Mal mit Juan aufs Meer hinaus, hüpfte gerade wie eine angesäuselte Ballerina auf den schwankenden Bootsplanken herum, als sich das Fischerboot gegen Nachmittag der südlichen Steilküste näherte. Und da sah Irmchen Valentino oben auf den Felsklippen entlangstürmen. Irmchen wußte sofort, daß es der Freund war. Das schwarz-weiße Fell, die Bewegungen, die tollkühne Art, über die Felsen zu jagen. Ja, das war der *König der Küste!*

Aber wer war die Katze bei ihm?

Was Irmchen vom Meer aus nicht erkennen konnte: Es war bestimmt die süßeste Katze der ganzen Insel. Ihr rotgetigertes Fell, die grünen leuchtenden Augen und die weißen Pfötchen, da war Valentino offensichtlich schwach geworden.

Irmchen wußte noch nicht, was Liebe ist. Wann immer ihm ein Katzenmädchen über den Weg gelaufen kam, hatte er sich erhaben abgewandt: Frauen, zu nichts nütze, ging es durch den kleinen Kater-Dickschädel. Irgendwie jedoch waren sie recht niedlich, fast anziehend, aber das konnte er sich auf keinen Fall eingestehen. Also ging er auf Nummer Sicher: links liegenlassen! So konnte nichts passieren.

Und nun das! Ausgerechnet Valentino! Schurke, Verräter, gemeiner Kerl, Weiberheld. Einfach den besten Freund vergessen und dann auch noch wegen einer Rothaarigen.

Irmchen traf den Gefährten am Abend wieder. Er hatte

seine rothaarige »Flamme« mitgebracht. Die Welt hatte sich verändert. Valentino mochte nicht mehr raufen, nur noch schmusen. Er leckte seiner kleinen Eroberung das Fell, und neidvoll mußte Irmchen zugeben: Süß ist sie ja!

Aber sie paßte beim besten Willen nicht in einen Männerhaushalt. Das wußte auch Valentino! Und so kam er eines Abends, um Abschied zu nehmen von seinen Freunden Juan und Irmchen. Valentino folgte dem Gesetz der Natur. Und Irmchen war klar: Der Gefährte wollte heiraten und eine Familie gründen. Es wurde ein schwerer Abschied für die drei Freunde. Aber es wurde kein Adieu für immer. In ferner Zukunft sollte Irmchen seine Jugendfreunde wiedertreffen. Aber bis dahin würden noch viele Jahre ins Land gehen.

Zum erstenmal im Leben empfand Irmchen so etwas wie Trauer. Tagelang machte der Kater einen Bogen um den Futternapf. Und selbst den leckersten Fisch, den Juan von hoher See mitbrachte, bekam Irmchen nicht hinunter.

Valentino war mehr als nur ein Kamerad und Freund gewesen. Er war Bruder und Vater gleichermaßen, hatte Irmchen auch die verborgenen Seiten des Lebens gezeigt. Der König hatte Irmchen zu den schönsten Regionen der Insel geführt. Gemeinsam waren sie durch Wälder gestreift, hatten in Bächen Fische gejagt und abends auf den Bergeshöhen bei Valldemosa im Licht der untergehenden Sonne gedöst. Valentino hatte Irmchen auch zum gleichberechtigten Kampfgefährten gemacht. Bei der Jagd konnte sich der eine immer auf den anderen verlassen.

Und nun war Valentino fort – wegen einer jungen Katzendame. Abend für Abend saß Irmchen auf dem Dach des kleinen Fischerhauses. Sein Blick wanderte suchend über die anderen Fincas, den Strand, den Pinienwald, bis hoch zu den Felsen.

Irmchen hoffte inständig, daß Valentino zurückkehren würde. Erst wenn nach stundenlangem Warten die Müdigkeit zu groß wurde, schlief er ein. Meist träumte er dann von den Abenteuern mit Valentino, den Streifzügen, dem Leben in Freiheit.

Juan bemühte sich mit aller Kraft, Irmchen das Leben leichter zu machen. Wenn er nach Palma fuhr, nahm er seinen schwarzen Liebling mit. Abends auf der Terrasse lag Irmchen auf seinem Schoß. Und alsbald erzählte Juan, was er noch alles machen wollte auf dieser Welt.

»Irgendwann, wenn mir die Insel zu eng wird, verkaufe ich alles und fahre zur See. Ich möchte andere Länder und Menschen kennenlernen. Dann werde ich eines Tages mit viel Geld nach Hause kommen und hier meinen Lebensabend genießen.«

Der Kater verstand die Worte des geliebten Freundes nicht. Aber er spürte selbst Sehnsucht nach Ferne und Freiheit.

Irmchen lebte ein Jahr bei Juan. Es hätte – wäre es nach beiden gegangen – eine Ewigkeit daraus werden können.

Doch es wurde Herbst, und es hieß erneut Abschied nehmen.

Juan schob wie fast jeden Morgen sein Boot durch den Sand in die Brandung. Der Himmel war grau verhangen. Die Wolken, die schneller als sonst über die Insel zogen, hingen tief in den Bergen. Ein Unwetter, dachte Juan. Ich sollte heute lieber in der Nähe der Küste fischen.

Wie immer sprang Irmchen mit einem großen Satz ins Boot, machte es sich am Bug bequem. Während Juan die Segel setzte und das kleine Fahrzeug mühselig in den Wind brachte, hatte Irmchen unentwegt mit den salzigen Gischtspritzern zu kämpfen, die pausenlos über die Reling sprühten.

Das Fischen macht heute beileibe keinen Spaß, dachte Juan. Aber ich muß etwas fangen, damit ich es morgen auf dem Wochenmarkt von Arta verkaufen kann.

Zwei Stunden etwa segelte Juan mit seiner Nußschale an der Küste entlang. Das Boot tanzte auf und ab, lief voll

Wasser, mußte ständig leergeschöpft werden. Bald begann es in Strömen zu gießen. Juans Verzweiflung wuchs. Blitze zuckten am Himmel. Die Wellen wuchsen zu Bergen, trugen weißlich-gelbe Schaumkronen.

Der Fischer war ratlos! Zurück nach Hause konnte er nicht! Das ließ der Wind nicht zu. Aufs Meer hinaus war zu gefährlich! Richtung Küste und Klippen: absolut tödlich! Die Felsen ragten hier etwa 50 Meter senkrecht aus dem Wasser. Ein Boot, das in die Brandung geschleudert wurde, war rettungslos verloren.

An Fischen war überhaupt nicht mehr zu denken. Das Netz hatte Juan bald ins Meer werfen müssen, um sein Boot nicht zu gefährden. Es ging nun ums nackte Überleben. Das tiefe Grollen der Brandung kam immer näher. Schon tauchten in den Wellentälern die ersten zerklüfteten Felsnadeln aus dem Meer auf.

Bloß weg hier, um Gottes willen! Juan versuchte mit der einen Hand das Ruder herumzudrücken und mit der anderen das gefährlich peitschende Segel aus dem Wind zu nehmen. Nach vier Anläufen hatte er es geschafft. Mehr hüpfend als kreuzend entfernte sich das Boot wieder von der Küste, verschwand alle paar Sekunden in einem tiefen Wellental, um gleich auf einem schäumenden Kamm zu tanzen.

Irmchen hatte von diesem Ausflug seine Katzennase gestrichen voll. Bibbernd hatte er es sich unter der Ruderbank so gut wie möglich eingerichtet. Immer wieder schwappte das salzige Wasser, das nach Fischresten roch, in die schmierig-feuchte Ecke. Irmchen war nicht so wasserscheu wie andere Katzen, aber das hier war doch entschieden zuviel.

Das Fell war pitschnaß. Im Magen grummelte es. Und ab und zu bekam Irmchen von Juan einen Tritt verpaßt, wenn er – sich gegen die Kräfte des Orkans stemmend – mit den Füßen rudernd Halt suchte und dabei versehentlich den Kater erwischte.

Das Boot hatte die Küste längst hinter sich gelassen, segelte jetzt etwa vier Kilometer vor den Felsklippen. Ganz langsam schien der Wind nachzulassen.

»Na, Irmchen, hast du alles gut überstanden?« Juan blickte unter die Bank, sah seinem kleinen triefenden Freund in die Augen. »Komm mal her! Ich rubbele dich ein wenig trocken.«

Juan zog Irmchen aus dem feuchten Versteck, wickelte den Kater in ein Handtuch, das er aus einem wasserdichten Behälter angelte. Da passierte es!

Der Fischer hatte für einen Augenblick Steuerruder und Segel unbeaufsichtigt gelassen.

Eine Windbö und eine Riesenwelle rissen das Boot so hoch, daß es regelrecht in der Luft schwebte. Juan ließ seinen Liebling fallen, griff nach Ruder und Segel, wollte das Boot unter Kontrolle bekommen. Irmchen landete im hohen Bogen auf dem Bootsrand, versuchte, sich im Holz festzukrallen. Eine zweite Windbö drückte den Kater über Bord. Nur noch mit einer Pfote hielt er sich jetzt am Holz fest, versuchte verzweifelt, auch die Krallen der zweiten Pfote in die Planken zu schlagen.

Juan, der mit seinem Boot beschäftigt war, bekam von Irmchens Todeskampf nichts mit.

Da riß eine Welle, die mit großer Gewalt gegen das winzige Boot schlug, Irmchen von der Bordwand. Ohne noch einen Laut von sich zu geben, wurde er in die Tiefe gezogen. In seinen letzten Gedanken war der Kater bei Juan, dessen Boot sofort abtrieb: Es waren Gefühle der Liebe, der Einsamkeit und des Abschieds.

Aus!

Irmchen fühlte, daß der Tod nach ihm griff.

Doch fast im selben Augenblick, da der Kater versuchte, an die Wasseroberfläche zu gelangen, ließ der Orkan blitzartig nach. Die Bö und die Welle, die das Boot gepeitscht hatten, waren nur das letzte Aufbäumen des Sturmes gewesen. Es dauerte keine fünfzehn Minuten, da war der

Himmel schon wieder blau, hatte sich das brodelnde Meer weitgehend beruhigt.

Nur von Juan und seinem Boot gab es nirgendwo eine Spur.

*

Viel zu weit war das Boot abgetrieben worden.

Irmchen hatte den Orkan tatsächlich überlebt. Wild mit den Pfoten paddelnd, kämpfte sich der Kater an die Wasseroberfläche empor, sah in unerreichbarer Ferne die Küste.

Das war nicht zu schaffen!

Doch er hatte wieder einmal Glück. Ein Stück Holz trieb vorbei, zu klein für einen Menschen, groß genug für einen Kater. Mit letzter Kraft gelang es ihm, sich auf das Holz, das vermutlich von einem gekenterten Boot stammte, zu ziehen. Das war die Rettung!

Viele Stunden trieb er so in Richtung Küste. Die Sonne hatte den Himmel schon in glühendes Rot getaucht, als das Land langsam in greifbare Nähe rückte. Der Kater in Seenot, der am ganzen Körper vor Kälte zitterte, entdeckte am Ufer ein Lagerfeuer. Ein Mann, eine Frau und zwei Kinder saßen um das Feuer herum. Irmchen war schon so nahe, daß er die Gesichter der Menschen erkennen konnte. Und dann hörte er den Jungen, der ungefähr zwölf Jahre alt war, etwas sagen: »He, Dad! Schau mal! Da auf dem Wasser! Siehst du es nicht?«

Der Mann ging zum Wohnwagen, holte eine riesige Taschenlampe, leuchtete aufs Meer hinaus.

»Da, da!« Der Junge fuchtelte wild mit den Armen herum, zeigte in Irmchens Richtung. »Da, sieh doch!«

Endlich hatte auch der Mann den Kater entdeckt, leuchtete ihm mit der Taschenlampe ins Gesicht. Vater und Sohn stellten die Teller mit heißen Bohnen beiseite, krempelten sich die Hosenbeine hoch und wateten ins Wasser. Kaum zehn Schritte und sie hatten den zerzausten Teufel aus Estellencs erreicht.

»Oh, Dad! Was muß dieser süße Kerl bloß durchgemacht haben. Ob er ein Schiffsunglück überlebt hat?« Der Junge hob Irmchen vorsichtig hoch, trug ihn ans Ufer.

Der Kater fror erbärmlich. Auf dem Fell hatte sich eine juckende Salzkruste gebildet. Die Augen waren entzündet, einige Krallen abgebrochen und das Wasser in den Ohren erzeugte ein taubes Gefühl. Irmchen war hundeelend zumute, aber er lebte.

Frank, der Vater der Familie, wickelte Irmchen sofort in eine Decke, setzte sich mit seinem Findelkind ganz dicht ans Lagerfeuer: »Was mag dem kleinen Teufel wohl widerfahren sein. Wie ist er nur aufs Meer hinausgelangt? Vielleicht wurde er im Sturm von einem Schiff gefegt.«

Susan, Franks Frau, kam mit einem Schälchen Milch aus dem Wohnwagen zurück: »Ich habe sie ein wenig warm gemacht. Das wird ihm sicherlich guttun.«

Erstmals seit Stunden verspürte Irmchen einen anderen Geschmack auf der Zunge. Gierig schlabberte er die Schüssel leer.

Dann wurde er plötzlich todmüde. Ohne auf seine Umgebung zu achten, ließ er sich auf der warmen Decke am Lagerfeuer einfach fallen, rollte sich ein und fiel sofort in einen tiefen Schlaf. Unruhige, schlimme Träume quälten den schwarzen Weltenbummler. Irmchen saß im Traum noch einmal im Boot, erlebte die peitschenden Schläge des Sturms, den Sturz ins Meer und die endlosen Stunden auf dem Holzbalken.

Als er am nächsten Morgen aufwachte, wußte der Kater zunächst nicht, wo er war. Erst nach einer Weile erinnerte er sich, daß er an Land getrieben und von einer Familie am Ufer aufgenommen und verpflegt worden war.

»He, schau mal, unser vierpfötiger Matrose kommt zu sich!«

Andy, der Sohn, buffte seiner Schwester, die im Wohnwagen neben ihm lag, mit dem Ellbogen in die Seite.

Mary gähnte: »Laß mich schlafen! Das hat Zeit!«

Doch dann war sie plötzlich hellwach, drehte sich auf die andere Seite. Mary, die elfjährige Schwester von Andy, hatte Irmchen am Vorabend mit ins Wohnwagen-Hochbett genommen und den halberfrorenen Kater in die Mitte gelegt.

»Ach, ist der süß!«

Mary fing sofort an, Irmchen am Hals zu kraulen. »Und sieh mal, der Kater hat einen lustigen weißen Fleck auf der Brust. He, hast du das Halsband gesehen? Da hängt ja eine Kapsel dran!«

Andy richtete sich auf und knallte mit dem Kopf gegen das Wohnwagendach. »Autsch! Na, jetzt bin ich wenigstens munter!«

Dann öffnete er die Messingkapsel und entdeckte den Zettel: »Aha! Du heißt Irmchen und bist ein echter Mallorquiner. Aber was ist Estellencs? Heißt hier ein Ort auf der Insel so?«

Mary schwang sich vom Hochbett, griff nach der Autokarte ihres Vaters: »Mal sehen, ob wir das finden.«

Die Tochter des Amerikaners suchte die ganze Küste ab, entdeckte Estellencs schließlich an der Westflanke der Insel in der Nähe von Valldemosa: »Aus dem kleinen Kaff stammst du? Wie bist du denn hierher gekommen?« Die Kinder konnten nicht ahnen, welche Abenteuer Irmchen in seinem jungen Leben schon bestanden hatte.

»Aufstehen, Frühstück! Los, raus aus den Federn!« Susans Stimme riß die Kinder aus ihren Gedanken.

»Komm schnell«, sagte Andy. »Laß uns beeilen. Sonst gibt es Ärger!«

Mary, Andy und auch Irmchen rappelten sich auf. Frühstück war immer gut. Und Irmchen, der in etwa begriff, worum es ging, fühlte sich durchaus angesprochen. Es wurde ein fröhliches Breakfast am Meer. Mutter Susan hatte den Tisch vor dem Wohnwagen gedeckt, Vater Frank die Brötchen im nächsten Dorf geholt. Aus dem Radio im Wagen dudelte spanische Musik.

Frank Mitchell und seine Familie waren seit vier Wochen unterwegs. Mit dieser Europa-Rundreise hatte sich der Fitness-Center-Besitzer aus Venice in der Nähe von Los Angeles einen Kindheitstraum erfüllt. Mehrere Wochen insgesamt reiste die Familie mit dem Wohnwagen kreuz und quer durch Europa, machte jetzt für eine Woche auf Mallorca Station.

Frank Mitchell goß sich eine Tasse Kaffee ein: »Sagt mal! Was machen wir mit dem Kater? Er scheint kein Zuhause zu haben.«

Susan blickte ihren Mann fragend an: »Wie meinst du das?«

Frank versuchte die Ansichten der Familie zu erkunden und sich selbst zu einer Entscheidung durchzuringen: »Ich meine, wir verlassen ja morgen die Insel. Und da müssen wir Irmchen wohl oder übel hier zurücklassen.«

Andy und seine Schwester antworteten gleichzeitig wie aus der Pistole geschossen: »Was, du willst Irmchen hierlassen? Wer soll sich denn um ihn kümmern?«

Susan versuchte, die Kinder zu beruhigen: »Schließlich ist der kleine Zausel bisher auch irgendwie zurechtgekommen!«

Andy und Mary standen Tränen in den Augen: »Aber Irmchen ist doch so lieb. Und wir haben zu Hause einen großen Garten. Er würde hier bestimmt nicht alt werden.«

Frank Mitchell taten die Kinder und Irmchen fürchterlich leid: »Glaubt mir! Es geht nicht! Wir setzen morgen früh mit der Fähre zum Festland über. Anschließend wollen wir noch nach Frankreich und Deutschland. Wir wissen ja gar nicht, ob der Kater irgendwelche Krankheiten hat. Und außerdem gibt es überall Gesetze, die das Mitführen von Tieren nicht ohne weiteres gestatten. Nein, glaubt mir! Es geht wirklich nicht!«

Damit war das Thema beendet. Mutter Susan zuckte mit den Schultern. »Vater hat wohl recht! Schade, der Kater ist wirklich ein netter kleiner Kerl.«

Irmchen bekam von den Gesprächen nichts mit. Noch steckte ihm der Vortag in den Knochen. Müde rollte er sich wenig später unter dem Wohnwagen zusammen und holte den Schlaf nach. Er erwachte erst am nächsten Morgen – durch ein Geräusch, das ihn in Sekundenbruchteilen aus dem Schlaf riß.

Frank hatte noch vor Sonnenaufgang Wagen und Wohnwagen aneinandergekoppelt und alle Sachen verstaut. Die Fähre nach Barcelona legte um sieben Uhr ab! Um sechs Uhr mußte alles an Bord sein. Es war gegen fünf Uhr, als die Familie den Wagen startklar meldete und sich das Gespann in Bewegung setzte.

Alle dachten in diesem Augenblick an Irmchen, der völlig ratlos neben dem Hänger saß und die Vorbereitungen beobachtete.

Langsam rollte der Wagen von seinem Platz. Es ging also los!

Frank saß am Steuer, Susan neben ihm. Die Kinder durften ausnahmsweise im Wohnwagen bleiben, allerdings nur bis zum Hafen. Der Wagen war kaum zwanzig Meter gefahren, als Andy von hinten durch die Scheibe Signal gab: Haltet an, ich muß nochmal!

Der Junge sprang aus dem Wagen, verschwand hinter dem nächsten Gebüsch. Nach drei Minuten kehrte er zurück, rief: »Okay, kann weitergehen!« Als er wieder im Wagen saß und den Pulli hochkrempelte, machte seine Schwester große Augen. »Das kann nicht wahr sein! Bist du verrückt geworden?«

Andy strahlte über das ganze Gesicht: »Irmchen und ich haben beschlossen, daß wir zusammenbleiben!«

Der blinde Passagier blinzelte Mary mit dem süßesten Gesichtsausdruck seines Lebens an. Dann kletterte er ganz unter dem Pulli seines neuen Freundes hervor, kuschelte sich auf dem Hochbett ein und rollte im Schlaf in das nächste Abenteuer.

*

»Ach ja, Europa ist wirklich romantisch!« Frank Mitchell sah zu seiner Frau hinüber.

»Kannst du mir noch eine Tasse Kaffee geben? Irgendwie bin ich noch nicht richtig ausgeschlafen.«

Susan schenkte ihrem Mann aus der Thermoskanne ein, reichte ihm den Becher. Und während im Osten der Insel die Sonne aufging, dachte Susan über ihren Frank nach.

Es war immer sein Wunschtraum gewesen, das alte Europa kennenzulernen. Nur dafür hatte er in den letzten Jahren soviel Geld gespart. Er wollte sich und seiner Familie diese Reise schenken. Sie hatten in den zurückliegenden Wochen Italien und Griechenland besucht. Am schönsten aber war Mallorca! Nicht die Hotelstädte, in denen die Touristen ihren Urlaub verbrachten. Nein! Es waren die unberührten Zipfel der Insel, die lieblichen Buchten, verträumten Fischerdörfer und romantischen Städte im Landesinnern.

»Ich würde gern noch einmal zurückkehren«, unterbrach Frank die Gedanken seiner Frau. »Die Insel hat mich irgendwie verzaubert.«

»Wir können ja im nächsten Jahr zurückkommen«, antwortete Susan ihrem Mann. »Und dann können wir versuchen, Irmchen zu finden und mitzunehmen.«

Frank blickte seine Frau erstaunt aus den Augenwinkeln an: »Glaub doch nicht, daß wir den kleinen Kater jemals wiederfinden. Der sitzt bestimmt schon jetzt bei irgendwelchen Leuten und verdrückt sein Frühstück.«

Frank hatte recht. Irmchen saß mitten auf dem kleinen Tisch im Wohnwagen, hatte vor Freude die Augen zu einem schmalen Schlitz zusammengekniffen und schlabberte sein Lieblingsgetränk: Milch. Mary kicherte unentwegt, kraulte Irmchen am Bauch: »Hihi, wenn das die Eltern wüßten! Irmchen auf großer Fahrt! Ach, ist das herrlich!«

Andy, der Irmchen ohne lange zu überlegen, mitgenommen hatte, machte ein sorgenvolles Gesicht: »Hoffentlich bekommen wir keinen Ärger an den Grenzen! Was machen wir bloß, wenn er entdeckt wird? Wie erklären wir das nur unseren Eltern? Bei dem Gedanken wird mir ganz schlecht!«

Der Wagen hielt vor einer Schranke. Durch das plötzliche Bremsen schwappte die Milch aus dem Schälchen.

Irmchen bekam einen Schreck, kullerte im hohen Bogen vom Tisch. Andy versuchte, seinen kleinen Freund zu beruhigen: »Auch das noch. Jetzt spiel bloß nicht verrückt. Sonst sind wir alle geliefert!« Dem Jungen schlug das Herz bis zum Hals. Er bekam Angst vor der eigenen Courage: Wenn das nur gut geht!

»Reihen Sie sich bitte rechts ein und warten Sie, bis Sie kontrolliert werden.« Der Polizist, der an der Einfahrt zum Hafen stand, gab Frank Mitchell ein Zeichen, zeigte auf die entsprechende Fahrspur. Wenig später trat ein anderer Polizist ans Fenster.

Frank kurbelte die Scheibe runter: »Wir sind auf dem Weg nach Barcelona. Hinten im Wohnwagen sind unsere Kinder. Wir machen eine Europa-Rundreise.«

Der Polizist legte die Stirn in Falten: »Sie wissen doch, daß das verboten ist. Die Kinder dürfen während der Fahrt nicht im Wohnwagen sitzen. Steigen Sie bitte aus und zeigen Sie Ihre Papiere.«

Frank versuchte, dem Ärger aus dem Weg zu gehen: »Ach, sie saßen ja nur für ein paar Meter hinten. Kommt ganz bestimmt nicht wieder vor!«

»Aussteigen!«

Die Stimme des Beamten klang jetzt schon viel ernster. Andy und Mary hatten alles mitbekommen: »Was machen wir nun? Jetzt sind wir dran!«

Mary sah sich blitzschnell im Wohnwagen um. Dann packte sie Irmchen, hob ihn hoch und stopfte den Kater in einen Kasten unter dem Bett der Eltern. Anschließend nahm sie einige Bücher und Wäschestücke, packte sie davor und verschloß das Versteck. Keine Sekunde zu früh!

Im selben Augenblick schloß der Vater die Tür des Wohnwagens auf, kam mit dem spanischen Polizisten in den Anhänger. »Äh, Kinder. Ihr dürft hier nicht sein. Bitte kommt nach vorn.«

Und zum Polizisten sagte Frank beschwichtigend: »Wie Sie sehen, ist alles in Ordnung.«

Der Beamte sah sich neugierig und mit ernstem Gesicht im Wohnwagen um: »Haben Sie Waffen, Rauschgift oder ähnliches dabei? Bitte öffnen Sie die Schränke!« Frank kam der Aufforderung nach: »Aber was denken Sie? Hier ist wirklich alles in Ordnung. Wir haben nichts zu verbergen.«

Andy rutschte das Herz in die Hosen: Das war's! Aus! Gleich würde der Mann Irmchen finden.

Auch der Kater hatte erkannt, daß die Situation ernst war. Er saß zitternd in seinem Versteck, bekam kaum Luft, sah nichts, weil es in dem Loch stockdunkel war. Irmchen bekam Platzangst, kratzte an der Innenseite der Kunststoffverkleidung, wollte raus. Da passierte es! Der schwarze Kater bekam Durchfall und konnte einfach nichts dagegen machen.

Es dauerte keine drei Sekunden, und ein fürchterlicher Geruch zog durch den Wohnwagen. Der Polizist blickte Frank und seine Kinder an: »Was ist denn das?«

Mary reagierte blitzschnell: »Ach, wissen Sie, mein Bruder ist krank. Das muß wohl am Öl hier liegen.«

Angewidert hielt sich der Beamte die Nase zu: »Sie sollten mit Ihrem Sohn zum Arzt gehen. Das ist ja nicht auszuhalten!«

Der Spanier hatte genug, verließ den Wohnwagen: »Na, dann fahren Sie mal weiter! Gute Reise!«

Andy öffnete noch schnell die Tür zu Irmchens Versteck, nahm mit seiner Schwester vorn im Wagen Platz. Ohne daß die Eltern es bemerkten, drückte er die Hand seiner Schwester und strahlte über das ganze Gesicht. Und während sie so dasaßen und zuschauten, wie der Wagen auf die Fähre rollte, blickten hinten im Anhänger zwei grüngelbe Katzenaugen verstohlen über den Rand des Wohnwagenfensters.

Irmchen wußte wieder mal nicht, was los war. Doch er hatte das Gefühl, daß irgend etwas sich veränderte. Als eine halbe Stunde später ein Vibrieren durch die riesige Fähre ging und das Schiff ablegte, saß Irmchen auf dem Hochbett, versuchte, aus dem Fenster zu schauen, um einen besseren Überblick zu gewinnen. Der kleine Kater aus Estellencs verließ die Insel, auf der er geboren worden war und auf der er die ersten Abenteuer bestanden hatte. Obwohl Irmchen auf Mallorca viel Leid, Hunger, Schmerz und Elend kennengelernt hatte, liebte er seine Heimat. Es hieß nun für ihn Abschied nehmen.

Immer kleiner wurde der Hafen von Palma, immer winziger die Stadt mit ihren alten Gebäuden, der großen Kathedrale und der Stadtmauer. Die Sonne stand schon hoch am Himmel, als Mallorca am Horizont ins Meer tauchte. Irmchen hatte sich wieder schlafen gelegt, da ging plötzlich die Tür zum Wohnwagen auf und Andy kam hereingeschlichen: »Alles roger, kleiner Scheißer?«

Der Junge holte einen Lappen aus dem Schrank, öffnete das Versteck und putzte Irmchens Hinterlassenschaft weg. Dann nahm er seinen Kater auf den Arm, öffnete die Fenster: »Schnupper mal! Seeluft! Tut gut, nicht wahr?«

Irmchens Nase tanzte, sog die frische, würzige Luft ein. Sofort drückte der Kater seinen Kopf an das Gesicht von Andy, schmuste mit dem neuen Herrchen herum.

Überhaupt war Irmchen ein zärtlicher kleiner Teufel, so wie die meisten Katzen Mallorcas. Schmusen, schlafen, fressen und lieben, das waren die vier Dinge, die ihr oft nur kurzes Leben bestimmten.

Es kam bisweilen vor, daß Touristen sich in eine mallorquinische Katze verliebten und sie kurzerhand mit in die Heimat nahmen. Viele tausend Streuner hatten so ein neues Zuhause gefunden. Sicher – sie waren wilder als brave Hauskatzen. Sie hatten eine verstärkte Vorliebe für Zimmerpflanzen, Tapeten, flauschige Frottee-Bademäntel und natürlich Teppiche und Auslegwaren jeder Art. Aber sie konnten auch enorm verschmust sein.

Ein Sprung und schon saßen sie bei Herrchen oder Frauchen auf dem Schoß, stupsten mit ihren Nasen überall herum und angelten schließlich genüßlich die Wurst vom Brot, um damit in einer Ecke zu verschwinden.

So waren sie, die mallorquinischen Katzen. Entweder man ließ sie links liegen oder man verliebte sich in sie.

Auch Irmchen aus Estellencs war so ein Kater zum Verlieben. Und er beherrschte das Einmaleins der offenen Herzen.

Die Herzen von Andy und Mary hatte er im Schnellverfahren erobert. Nun mußte er noch mit Frank und Susan klarkommen. Das würde wohl etwas schwieriger werden. Frank war ein härteres Kaliber. Aber irgendwas würde Irmchen schon einfallen: Sitze ich erstmal auf seinem Schoß, blinzle ihn an und mache Stupsel, dann kriege ich auch ihn klein, mach' ihn gefühlsmäßig nach Strich und Faden fertig, überlegte er.

Während Irmchen seinen Gedanken und Träumen nachhing, tauchte in der Ferne das spanische Festland auf. Barcelona – so hieß die erste Station im neuen Leben.

Frank und seine Familie hatten in Barcelona die Fähre verlassen, waren unterwegs nach Tossa de Mar an der Ostküste Spaniens, als das Unausweichliche passierte. Der Familien-Chef stoppte den Wagen an einem Rastplatz, ging nach hinten zum Wohnwagen, öffnete die Tür, als er fassungslos zurückprallte: »Nein, das kann nicht wahr sein! Was machst denn du hier?«

Irmchen saß auf dem Tisch, knabberte genüßlich an einer Blume. Die Vase lag daneben. Das Wasser bildete eine große Pfütze.

Frank knallte die Tür wieder zu, kehrte wütend zum Wagen zurück, tobte los: »Wer ist dafür verantwortlich? Susan, hast du die Katze heimlich mitgenommen? Ich finde das unverantwortlich! Wie kannst du so etwas tun?«

Susan wußte überhaupt nicht, was los war, blickte ihren Mann nur mit weit aufgerissenen Augen an: »Ich?«

Und während Frank mit seiner Frau weiterschimpfte, rutschten Andy und Mary immer tiefer in ihre Sitze.

Dann faßte sich Andy ein Herz und gestand: »Ich war's! Ich habe Irmchen mitgenommen! Ich konnte den armen Kerl einfach nicht auf Mallorca zurücklassen!«

Frank verlor immer mehr die Fassung: »Was, du?«

Und mit weit aufgerissenen Augen und hochrotem Kopf warf Frank seiner Frau vor: »Typisch! Dein Sohn! Du hast ihn nicht richtig erzogen! Diese alberne Tierliebe bringt uns noch in große Schwierigkeiten!«

Und Frank Mitchell erinnerte sich, daß sein Sohn zu Hause in Amerika schon so manches Tier mit heimgeschleppt hatte: Katzen, Hunde, ja sogar mal eine Schlange, einen kranken Wüstenfuchs und ein herrenloses Pony.

Der Tag war gelaufen.

Nach zwei Stunden Fahrzeit erreichten die Mitchells Tossa. Der kleine Touristenort, einst ein Fischerdorf, lag zurückgesetzt in einer winzigen Bucht. Alte Häuser zwischen zwei Felsen waren umrahmt von einem Pinienwald. Oberhalb des Ortes, in dem in den letzten Jahren mehrere Hotels gebaut worden waren, lag die Altstadt. Etwas außerhalb, auf dem Campingplatz, erreichte der Wagen der Mitchells das Pförtnerhäuschen.

Frank bezahlte im voraus für eine Woche die Benutzungsgebühr, lenkte seinen Wagen auf den reservierten Abstellplatz: »So, da wären wir!«

Er war immer noch böse auf seinen Sohn: »Du hast den Kater mitgenommen, nun sorge gefälligst auch für ihn!«

Andy konnte seinen Vater gut verstehen. Er hatte wirklich Mist gemacht: »Wir müssen für Irmchen was zu essen kaufen. Er hat seit Stunden nichts mehr bekommen.«

»Was heißt hier ›wir‹? Du wirst ihm was kaufen, und zwar aus deiner Reisekasse!«

Frank Mitchell benutzte die Situation, um seinen Sohn zu erziehen.

Andy war baff: »Wie soll ich das nur anstellen, bei dem mickrigen Taschengeld?«

Seine Schwester kam ihm zu Hilfe: »Mach dir keine Sorgen, ich gebe dir von meinem Geld was zu. Wir schaffen das schon!«

Drei Tage waren die Mitchells am Ort, als Irmchen von einem Ausflug nicht zurückkehrte.

Unruhig lief Andy im Camp auf und ab, fragte Wohnwagennachbarn, erkundigte sich beim Pförtner: »Hat irgend jemand meinen schwarzen Kater gesehen?« Doch niemand konnte Auskunft geben!

Am Abend hielt es Andy vor Sorge und Angst um seinen Kater nicht mehr aus: »Papa«, sagte er mit Tränen in den Augen, »Irmchen ist weg. Ich glaube, ihm ist was passiert!«

Frank Mitchell nahm seinen Sohn in den Arm: »Sieh mal, er ist und bleibt ein Stromer. Er wird irgendwo unterwegs sein. Vielleicht hat er ein neues Zuhause gefunden und dich längst vergessen. Um den mußt du dir bestimmt keine Sorgen machen.«

Andy schluchzte: »Mein geliebtes Irmchen fort, einfach so?«

Auf dem Campingplatz war schon Ruhe eingekehrt

und die letzten Nachtschwärmer lagen in den Betten, als sich Andy und Mary gegen drei Uhr früh mit Taschenlampen auf den Weg machten, um Irmchen zu suchen. Überall schauten die Kinder nach, leuchteten in jede Ecke. Vergebens! Irmchen war nicht zu finden. Zwei Stunden waren sie so unterwegs, als sich Andy müde auf eine Gartenmauer setzte: »Ich glaube, Dad hat recht! Irmchen hat uns verlassen.«

Es dämmerte, als Mary ihren verzweifelten Bruder in den Arm nahm: »Komm, laß uns noch hinauf zur Festung gehen! Vielleicht ist Irmchen dort oben!«

Die Kinder erklommen mit hängenden Köpfen den steilen Weg zur Altstadt, vorbei an dem weinüberwucherten Gartenlokal, in dem sie wiederholt gesessen hatten.

Jeden Quadratmeter suchten sie ab, bis sie endlich oben bei der alten, verfallenen Kirche angelangt waren. Andy forschte gerade unter einem Felsvorsprung nach seinem Kater, als er seine Schwester laut rufen hörte: »Andy, Andy! Mein Gott, Andy! Komm schnell! Hierher zur Kirche!«

Mit klopfendem Herzen rannte Andy den Berg hinauf, stolperte in die Kirche. Da saß seine Schwester! Vor ihr auf dem steinigen Boden lag Irmchen. Der kleine Kater hatte Schaum vor dem Maul, hielt alle vier Pfoten von sich gestreckt. Irmchen konnte den Kopf nicht mehr bewegen, hörte nur noch von Ferne die Stimmen der Kinder. Überall war Erbrochenes und Blut.

Andy heulte laut los: »Irmchen ist tot! Jemand hat mein Irmchen umgebracht!«

Die Kinder knieten auf dem Boden, streichelten das sterbende Tier. Mary bemerkte es als erste: »Er lebt noch! Er hat auch keine Verletzungen. Vielleicht hat jemand Gift ausgelegt.«

Andy zog seine Jacke aus, schob sie vorsichtig unter Irmchens ausgekühlten Körper: »Wir müssen zu Dad. Er muß einen Arzt holen.«

So schnell sie konnten, liefen die Kinder mit Irmchen im Arm den Berg hinunter und zurück zum Campingplatz: »Dad, Dad! Wir haben Irmchen gefunden!«

Frank Mitchell, der seine Kinder schon vermißt hatte, kam im Morgenmantel aus dem Wohnwagen.

»Dad, bitte, du mußt uns helfen! Irmchen stirbt! Jemand hat ihn vergiftet.«

Frank nahm seinem Sohn den ohnmächtigen Kater aus dem Arm, legte ihn aufs Bett im Wohnwagen. Dann drückte er seine beiden Kinder an sich, versuchte sie zu trösten: »Ich wußte nicht, daß ihr Irmchen so sehr liebt.« Und als er diese Worte sprach, tat es ihm leid, daß er zu seinen Kindern so hart gewesen war: »Ich will alles versuchen! Ich hole sofort einen Arzt!«

Während Susan aus dem Wohnwagenanhänger kletterte, koppelte Frank den Wagen ab und brauste los.

Irmchen war in einem schlimmen Zustand. Tatsächlich hatte der Kater oben auf dem Berg vergiftetes Fleisch gefuttert. Es war mit einer Chemikalie präpariert, die Tiere nicht sofort sterben läßt, sondern sie langsam von innen verbrennt. Fraßen sie viel davon, waren sie bisweilen schon nach Stunden tot. Futterten sie nur einen kleinen Happen, quälten sie sich oft tagelang zu Tode.

Susan flößte dem Kater einige Tropfen Milch ein, die er, obwohl er bewußtlos war, gleich wieder erbrach.

Nach einer langen Stunde war Frank mit dem Tierarzt zurück. Die Männer verschwanden im Wohnwagen, ließen die Kinder draußen warten. Sie sollten nicht dabei sein, wenn Irmchen eingeschläfert werden mußte. Der Arzt sah sich den Kater an, nickte: »Die Chancen sind nicht gut. Das Tier muß schon sehr kräftig sein, wenn es das überleben will.«

Frank blickte den Arzt fragend an: »Und was machen wir jetzt?«

Der Arzt nahm eine Spritze aus seiner Tasche, kramte nach Pillen: »Ich kenne das Gift. Die Leute präparieren damit Fleischbrocken. Es tötet Ratten und Mäuse. Und wenn mal eine Katze draufgeht, ist das hier auch nicht schlimm. Verrückt spielen bloß die Touristen, die glauben, jede Katze retten zu müssen.«

Frank dachte an seine Kinder, denen der Kater ans Herz gewachsen war: »Bitte helfen Sie dem Tier.«

Der Arzt verpaßte Irmchen die Spritze, zerdrückte die Tablette auf einem Löffel, gab einige Tropfen Wasser dazu. Dann flößte er Irmchen den Brei ein: »Wenn der Kater diesen Tag übersteht, wird er überleben!«

Als der Doktor gegangen war, begann für Frank Mitchell der längste Tag seines Lebens. Bis in die Nacht hinein hielt er Irmchen im Arm, hatte er den Kater auf dem Schoß, streichelte sein Fell. Und während er mit seiner Familie bangte und hoffte, trat das ein, was sich die Kinder so sehnlich gewünscht hatten: »Ich glaube, unser Dad mag Irmchen auch!«

Und tatsächlich: Frank, der den Kater noch vor drei Tagen am liebsten vor die Tür gesetzt hätte, wollte Irmchen nun nicht mehr hergeben. Abends gegen sechs Uhr schlug der Patient zum erstenmal wieder die Augen auf. Noch fühlte sich der kleine Kater sterbenselend. Magen und Darm brannten. Irmchen verspürte einen fürchterlichen Durst.

Aber er lebte!

Nur langsam erholte sich Irmchen von der schweren Vergiftung. Fast den ganzen Tag lag der Kater müde im Wohnwagen auf einer Decke, hatte neben sich einen Napf mit Futter, ein Schälchen voll Milch. Frank, der sich rührend um Irmchen kümmerte, hatte die Abreise um eine Woche verschoben: »Dafür haben wir zwar weniger Zeit für Frankreich und Deutschland. Aber das macht nichts! Schließlich ist der Kleine wichtiger. Wir fahren erst, wenn alles okay ist!«

Wäre alles nicht so schlimm gewesen, man hätte fast sagen können: Nun hatte Irmchen sein Ziel doch noch erreicht, wenn auch auf tragische Weise. Frank, der den Mallorquiner unbedingt hatte loswerden wollen, war nun bis über beide Ohren verliebt in den Kater. Stundenlang saß er im Wohnwagen an seiner Seite, streichelte und kraulte das Fell im Nacken und am Bauch. War es draußen warm und sonnig, nahm Frank seinen Kater auf den Arm, trug ihn an der frischen Luft spazieren.

Nachts schlief Irmchen bei Frank im Bett. Kopf an Kopf lagen sie so. Und wenn sie morgens aufwachten, gähnten sie sich gegenseitig herzhaft an.

Frank sprach den ganzen Tag nur noch von Irmchen. Andy und Mary, die einerseits darüber froh waren, daß Irmchen nun in der Familie bleiben durfte, staunten. So hatten sie ihren Vater noch nie erlebt. Nach außen gab er sich als harter, sportlicher Bodybuilder und Geschäftsmann, der partout keine Schwächen und Sentimentalitäten zuließ. Disziplin, Ordnung und Stärke waren seine obersten Prinzipien.

Doch hier, bei Irmchen, lernte ihn die Familie von einer ganz anderen Seite kennen. Frank schmolz wie Butter in der Sonne, wenn es um »sein« Irmchen ging.

Und tatsächlich: Der Familienliebling hätte sich bestimmt ohne die liebevolle Pflege von Frank nicht so schnell erholt. Dreimal täglich zerdrückte er eine halbe Tablette im Löffel, vermischte das weiße Pulver mit Wasser, um es Irmchen ins Maul zu träufeln.

Das war nicht so einfach! Und von keinem anderen hätte sich Irmchen das gefallen lassen. Die Medizin schmeckte besonders bitter. Frank mußte einen alten Trick anwenden. Er wickelte den Kater in ein Handtuch, so daß nur noch der Kopf herausschaute. Die Pfoten waren dadurch regelrecht gefesselt. Irmchen mußte die Prozedur wohl oder übel über sich ergehen lassen.

Nach fünf Tagen war Irmchen schon wieder fast ganz fit. Der Magen war ausgeheilt. Und auch die anderen betroffenen Organe erholten sich langsam von dem Gift. Die ersten kurzen Ausflüge, natürlich nur in Gegenwart der Familie, wurden unternommen. Und lag ein Stück Futter am Wegesrand, so machte die Familie einen großen Bogen darum. Frank hatte sogar eine Hundeleine gekauft, um Irmchen damit auszuführen.

Doch das war zuviel des Guten. Irmchen hatte keine Lust, wie ein Hund spazierenzugehen. Das war unter aller Würde. Eine Katze läßt sich von niemandem an die Leine nehmen. Wenn sie kommt, dann freiwillig – oder eben gar nicht. Also trottete Irmchen bei den Spaziergängen nebenher oder ließ sich wie ein Pascha auf dem Arm tragen.

Als die Woche vergangen war, hieß es nun endgültig Abschied nehmen von Tossa und Spanien.

Es war schon eine fröhliche Fuhre, die vom Campingplatz rollte: Vater wie immer am Steuer, daneben Mutter und hinten die Kinder. Irmchen hatte von allen den ungewöhnlichsten Platz. Der Kater lag auf der Konsole direkt über der Armatur. Dösig ließ er die Vorder- und Hinterpfoten über das Lenkrad baumeln.

Frank hatte es schwer, den Wagen unter diesen Umständen zu fahren: Aber wenn Irmchen nun mal da liegen wollte, dann sollte es so gut sein.

Susan und die Kinder kicherten still in sich hinein: »Unser süßer Dad: Harte Schale, weicher Kern! Aber gerade deshalb lieben wir ihn.«

Es wurde eine zauberhaft schöne Tour durch Nordspanien, Süd- und Mittelfrankreich. Nachdem sich der Wagen die Pyrenäen hinauf und wieder hinab gequält hatte, bog Frank nach Osten ab, zeigte seiner Familie die malerische Landschaft der südfranzösischen Küste. Dann ging die Fahrt Richtung Norden. In der Nähe von Tours machte die Familie drei Tage Rast. Der Amerikaner kannte von einem früheren Frankreichbesuch einen Pariser Arzt, der hier an der Loire ein kleines Schloß besaß.

L'Eaunau, so hieß das kleine Anwesen in der Nähe von La Fleche, war kurz vor der Französischen Revolution erbaut worden. Es war fast ein Dornröschenschloß, lag auf einem Berg und war nur durch eine Allee mit riesigen alten Bäumen zu erreichen.

Dr. Valery stand schon am verwitterten Eisentor, als der Wagen im zweiten Gang den Berg hinaufkam. Er breitete die Arme aus, umarmte seine Gäste, rief die Familie aus dem Haus. Monsieur le Docteur hatte fünf Kinder und elf Enkelkinder. Dazu kamen mehrere Brüder und Schwestern und deren Frauen und Männer.

Der Abend auf L'Eaunau wurde einer der fröhlichsten und feuchtesten der ganzen Europa-Rundreise. Die Mitchells und die Valerys saßen im Kaminzimmer unter Bildern aus der Epoche Napoleons und auf Möbeln aus der Empire-Zeit. Der Champagner floß in Strömen – und irgendwann gegen Mitternacht lagen sich alle in den Armen, sangen gemeinsam Lieder, erzählten Geschichten aus Kindheit und Jugend.

Irmchen, wieder völlig genesen, hatte sich derweil auf den Weg gemacht, um zum Abendbrot eine delikate französische Maus zu vernaschen. Vor dem Schloß, hangabwärts, erstreckte sich bis zur Straße eine riesige Wiese. Hier schienen die kleinen Nager genauso fröhlich zu feiern wie die Menschen oben auf dem Château.

Irmchen schlich lautlos durch das hohe Gras, hoffte auf einen schnellen Happen. Doch die französischen Mäuse waren so leicht nicht zu fangen. Wann immer der hungrige Kater auftauchte, beendeten sie ihre Party, um in versteckten Löchern zu verschwinden.

Der verhinderte Kleinwildjäger kehrte mit leerem Magen und mieser Laune zum Schloß zurück, legte sich auf die noch sonnenwarme Steintreppe. Plötzlich hörte er ein Rascheln, spürte, daß jemand in der Nähe war.

Was da im selben Augenblick um die Ecke kam, war wohl die komischste Katze, die Irmchen je gesehen hatte. Mouch-Mouch oder auch Michi genannt, war eine alte Katze aus Tunesien, die das Schicksal nach Frankreich verschlagen hatte. Michi war zwölf Jahre alt, hatte keine Zähne mehr im Maul und einen Augenfehler.

Aber Michi war die uneingeschränkte Herrscherin auf L'Eaunau. Alle Katzen der Umgebung hatten Respekt vor ihr. Wenn sie des Weges kam, machten auch die Hunde lieber einen Bogen. Obwohl klein und mager und eher schwach und kränklich, ging Michi, wenn es Probleme gab, sofort und ohne große Vorrede zum Angriff über. Sie hatte nicht einmal vor Menschen Respekt. War sie schlechter Laune, und das kam alle vier Wochen vor, lief sie plötzlich auf ihr ausgewähltes Opfer zu, kletterte blitzschnell an der Kleidung empor und verpaßte dem vermeintlichen Kontrahenten ein paar schmerzhafte Ohrfeigen mit den kleinen Tatzen. Ja, so war Michi! Sie hatte schon all das hinter sich, was Irmchen noch vor sich hatte.

Michi kannte die Welt oder zumindest einen großen Teil davon. Auf der tunesischen Insel Djerba war sie in einer Hotel-Anlage aufgewachsen. Ein Kater hatte ihre Jungen aufgefressen. Ein Hotelboy, der anschließend als Schiffsjunge zur See fuhr, hatte Michi kurzerhand genommen und in seine Tasche gesteckt. Michi wohnte auf vielen Schiffen. Alte Segler waren ebenso darunter wie Öltanker. Sie jagte Mäuse auf Kreuzfahrtschiffen und Hochsee-Kuttern, auf Privatjachten, Walfängern und den Seelenverkäufern der Schmuggler.

In Neapel verlor Michi ihren Besitzer. In Rom lebte sie bei den Katzen vom Kolosseum, in Athen am Fuß der Akropolis. Dr. Valery fand Michi schwer verletzt im Norden Griechenlands. Halbtot lag sie auf einer Landstraße nahe den Klöstern von Meteora. Der Arzt nahm die Tunesierin mit zu sich nach Paris, brachte sie später auf sein Schloß. Hier regierte sie und erholte sich von den Strapazen des Lebens.

Und nun stand sie in all ihrer Häßlichkeit vor Irmchen und staunte, daß der Kater keinen Respekt zeigte.

Michi machte einen Buckel, versuchte es mit einem gekonnten Fauchen. Die erwartete Wirkung blieb aus. Irmchen, respektlos hingeflezt auf der Schloßtreppe, blinzelte nur mit den Augen.

Das konnte doch nicht wahr sein!

Jeder andere Kater der Gegend hätte spätestens jetzt auf einem Baum gesessen oder wäre in panischer Angst die Auffahrt hinuntergeflitzt. Irmchen dachte nicht daran! So gefährlich sah Michi beim besten Willen nicht aus.

Die Schloßkatze ging auf ihn zu, verpaßte dem schwarzen Eindringling einen gezielten Hieb mit der Pfote. Aber auch das machte auf Irmchen keinen Eindruck! Normalerweise wäre er längst aufgesprungen, hätte die Angriffshaltung eingenommen. Doch irgendwie war ihm heute nicht danach zumute. Und er tat etwas, das Michi total aus der Fassung brachte: Er fing an zu schnurren!

Unglaublich! Dieser Frechdachs war das erste Lebewesen auf dem Gelände des Schlosses, das keinen Respekt vor Michi hatte.

Auch ein zweiter und dritter Schlag mit der Pfote änderte nichts an der Situation. Irmchen erhob sich, zeigte sich in seiner vollen Größe und lief zu der alten Katzenlady, leckte ihr das Gesicht und machte Stupselchen. Michi war platt und streckte die Waffen. Irmchen hatte ihr altes Kämpferherz beim ersten Angriff erobert. Da mochte einer die Welt verstehen.

Als Dr. Valery und Frank Mitchell auf die Schloßtreppe traten, um eine Zigarette zu rauchen, wäre dem Gastgeber fast die Luft weggeblieben. Michi und Irmchen lagen eng aneinandergekuschelt, schmusten herum, leckten sich gegenseitig das Fell.

»Mon Dieu! Das kann nicht wahr sein! Das hat Michi noch nie getan. Ihr Irmchen muß ein Don Juan und Teufel zugleich sein. Wo haben Sie Ihren Kater eigentlich her?«

Frank erzählte in kurzen Zügen, was er mit Irmchen bisher erlebt hatte und fügte hinzu: »Er ist ein sonderbarer

Kater. Ich wollte ihn an sich gar nicht haben. Aber er besitzt die Gabe, Menschen zu verzaubern. Man muß ihn einfach ins Herz schließen. Und dann wird man ihn nicht mehr los. Wir wollen Irmchen auf jeden Fall mit nach Amerika nehmen. Schließlich gehört er jetzt zur Familie.« Frank und Dr. Valery traten wieder ins Haus, überließen die Katzen sich selbst.

Hätten Irmchen und Michi miteinander plaudern können, sie hätten bestimmt die spannendsten Abenteuer ausgetauscht. Aber vielleicht verstanden sie sich auch so. Drei Tage lang waren beide unzertrennlich, dann hieß es für das ungewöhnliche Paar Abschied nehmen. Michi saß noch lange am eisernen Tor, blickte suchend in die Ferne, bis der Wagen mit Irmchen am Horizont verschwunden war.

Es war schon sonderbar! Irmchens Schicksal war es wohl, als Tramp um die Welt zu ziehen. Bestimmt hätte der Kater viel lieber ein gemütliches Zuhause gehabt, mit einer Familie, einem festen Platz irgendwo in der Ecke, einem vollen Futternapf und einer täglichen Streichelstunde. Irmchen hatte als Baby kaum Liebe und Geborgenheit bekommen. Das war auch der Grund, warum er sich immer danach sehnte. Aber andererseits!

Andererseits war dieses Leben auch nicht ohne Reiz. Ein Abenteuer jagte das nächste. Und ein Ende war nicht abzusehen.

Hatte Irmchen einen Menschen gefunden, den er liebte, machte ihm das Schicksal ruck, zuck einen Strich durch die Rechnung. Schon war es mit der Geborgenheit vorbei, und der Kater steckte im größten Schlamassel.

Im Moment jedoch ging es ihm blendend. Wie ein kleiner Pascha saß er vorn im Wagen auf der Konsole. Und wann immer Frank eine Hand frei hatte, kraulte er seinem mallorquinischen Abenteurer das Fell.

Schloß L'Eaunau lag schon weit zurück, und der Wagen rollte in Richtung Atlantikküste. Frank hatte von Amerika aus eine Woche Aufenthalt auf Schloß Prêtreville gebucht. Das Schloß in der Nähe des alten Hafenstädtchens Honfleur stand unmittelbar an der Kanal-Küste. Auf der anderen Seite der Seine-Mündung konnte man die Hafenanlagen von Le Havre erkennen. Das Hauptgebäude war kurz nach der Französischen Revolution erbaut und später erweitert worden. Es lag in einem vier Hektar großen Park. Eine Allee mit fast 50 Meter hohen Bäumen führte zum Haus. Es gab einen Swimming-Pool, ein Fitness-Studio, eine Tennis-Anlage und sogar eine verfallene Kapelle.

Der Adelssitz lag in einem wahren Garten Eden: satte grüne Wiesen, rauschende Mischwälder, Schlösser an jeder Ecke, Dörfer, in denen die Zeit vor 200 Jahren stehengeblieben war.

Ein Hügel schmiegte sich sanft an den nächsten. Die Menschen, die hier lebten, waren still und zufrieden. Streß und Hektik, im zwei Autostunden entfernten Paris das Natürlichste der Welt, kannte man hier nicht. Die Menschen, Nachfahren der Normannen, waren fröhlich und ausgeglichen und saßen abends bei duftenden Muscheln und perlendem Cidre zusammen, plauderten im Kreis der Familie und mit Freunden.

Als Frank seinen Wagen durch die Einfahrt von Schloß Prêtreville lenkte, sprudelte es aus ihm heraus: »Da ist es! Davon habe ich immer geträumt!« Das efeuberankte Haus mit seinen alten Fensterläden, Türmchen und Erkerchen war romantischer, als man es in Hollywood für einen Film hätte bauen können.

»Hui, hui, jetzt spielen wir Schloßgespenst!« Andy riß die Augen auf, zog eine Grimasse, versuchte, seiner Schwester Angst einzujagen.

»Spinner!«

Mary gähnte demonstrativ. »Wenn es hier ein Gespenst gibt, dann bist du der erste, der sich in die Hosen macht.«

Frank und seine Familie packten die Koffer aus, bezogen zwei Zimmer im rechten Flügel. Und während Susan die Sachen in die Schränke hängte, flitzten die Kinder in den

Garten hinunter, machten ihren ersten Erkundungsgang. Irmchen beobachtete das Treiben vom Kamin aus.

Irgendwie schien das hier alles sehr langweilig zu werden: Schloß, Bäume, Garten und sonst nichts.

Also machte sich auch Irmchen auf den Weg. Auf eigene Weise würde er sich die Zeit schon vertreiben. Da gab es zum Beispiel die Ponys, die man ärgern konnte. Irmchen hielt die Nase in den Wind, setzte sich auf die Steinstufen, die von Schuhen ausgetreten waren.

Plötzlich war er da: rabenschwarz wie Irmchen, ein wenig kleiner, aber bestens im Futter. Langsam kam er auf Irmchen zu, Schritt für Schritt. Etwa einen Meter entfernt setzte er sich hin und starrte den fremden Kater an. Black Jack, der Schloßkater von Prêtreville, war höchst erstaunt über den unerwarteten Eindringling. Aber er wagte es nicht, sich mit dem mallorquinischen Abenteurer anzulegen.

Auch Irmchen wollte es nicht zum Streit kommen lassen, legte sich auf den Rücken und signalisierte: Ich will spielen und ich ergebe mich! Die beiden Kater wurden schnell gute Freunde. Sie tollten durch den Garten, jagten die Bäume hinauf und hinunter, tobten vergnügt mit den Kindern. Irmchen dachte an Valentino zurück, seinen ersten und besten Freund.

Black Jack schien ein ebenso feiner Kumpel zu sein. Er brachte Irmchen sein Spielzeug, stöberte mit dem neuen Freund durch die Winkel und Ecken des Schlosses. Mittags, wenn die Sonne am höchsten stand und die Familien am Pool grillten, ließen sich die Kater auf den Beckenrand plumpsen, warteten, bis die ersten Happen herübergeflogen kamen.

Drei Tage vergingen so auf dem Schloß, als Irmchen den ersten Ausflug allein unternahm.

Er bummelte die überwucherten Feldwege hinauf zum Gehöft von Luise und Jacques Berard. Da geschah es! Irmchen war gerade durch ein Loch im Zaun auf das Grundstück geschlichen, als sie plötzlich da war: Rose, die Katze der Berards, saß im Gras und blinzelte ihn verliebt an.

Irmchen, sonst keineswegs schüchtern, gab den Blick an das zarte Kätzchen zurück und spürte heftiges Herzklopfen. Was war nur los?

Rose ging es nicht viel anders: Was war das für ein fremder Kater? Die Katze mit dem braun-weiß gefleckten Fell machte einen kleinen Schritt nach vorn. Und für eine ewige Sekunde berührten sich ihre Nasen.

Irmchen war vollends durcheinander. Die Lust zu toben, zu spielen, zu jagen, zu balgen, wo war sie nur? Wie weggeblasen! Statt dessen zwei klopfende Katzenherzen, die sich von Minute zu Minute näherkamen.

Und dann tat Rose etwas, das Irmchen endgültig den Kopf verdrehte: Sie leckte ihm zärtlich übers Fell, fing an zu stupseln, schmiegte ihr Köpfchen an das seine.

Aus, vorbei! Weg hier! Irmchen war der Situation nicht mehr gewachsen!

Es dämmerte schon, als er den Weg zum Schloß zurückrannte.

»Wo warst du nur? Wir haben dich schon gesucht! Wir hatten Angst, daß dir wieder etwas passiert sein könnte.«

Andy nahm seinen Liebling auf den Schoß. Doch Irmchen wollte nicht. Und gekrault werden wollte er auch nicht. Selbst das Fressen, frischer Fisch, war ihm absolut gleichgültig. Er bekam keinen Bissen hinunter. Irmchen setzte sich vor dem Schloß auf die Treppe und blickte in den Mond, der zwischen den Bäumen am Himmel stand.

Das war es, worauf Irmchen gewartet, wonach er sich gesehnt hatte. Der Kater war zum erstenmal im Leben verliebt! Und dann auch noch in eine kleine Französin.

Er konnte nicht anders, und es war wieder der Ruf der Natur, dem er folgen mußte. In großen Sätzen sprang er die Treppen hinunter, sauste um die Ecke, rannte, so schnell es ging, den Berg hinauf zum Grundstück der Familie Berard.

Und da saß sie, hatte sehnsüchtig auf ihren Kater gewartet!

Rose hatte sich den ganzen Abend geputzt und ebenso wie Irmchen keinen Bissen hinunterbekommen. Die Familie konnte Rose nicht halten. Die ganze Kraft ihres Herzens zog sie hinaus, denn sie wußte und fühlte: Er kommt.

Irmchen und Rose beschnupperten sich, wie es nur verliebte Katzen tun, und maunzten um die Wette. Tänzelnd umkreisten sie sich, berührten sich dabei immer wieder mit den Flanken. Irmchen machte sich noch größer, die Muskeln spannten sich unter dem schwarzen glänzenden Fell. Langsam lockte Rose ihren Verehrer in Richtung Scheune.

Dann rannte sie plötzlich los, huschte durch den offenen Türspalt in die Scheune und verschwand in einer kuscheligen Ecke, in der ein Haufen Heu ein ideales Liebeslager abgab.

Irmchen, der spürte, was folgen würde, lief hinterher, packte seine Rose mit einem heftigen, aber liebevollen Biß am Nacken.

Eine Wolke schob sich vor die silberne Scheibe des Mondes, während Irmchen seine erste Liebesnacht erlebte. Als der Mond wenig später wieder über den Rand der Wolke kletterte, steckte Irmchen den Kopf aus der Scheune und rannte in Richtung Schloß. Er hatte eben den Zaun des Bauernhofes erreicht, als er plötzlich Black Jack gegenüberstand.

Irmchen hatte keine Sekunde Zeit, um zu reagieren. Black Jack, dessen Freundin Rose bisher gewesen war, stürzte sich mit einem lauten Schrei auf seinen Freund, biß sich im Fell des Nebenbuhlers fest. Mit den Hinterläufen versuchte Black Jack, Irmchen ins Gesicht zu treten. Mit den Krallen der Vorderpfoten hackte er nach den Augen. Irmchen konnte sich gerade noch rechtzeitig aus der gefährlichen Umarmung befreien, da stand Black Jack schon wieder über ihm, versuchte, den Mallorquiner zu beißen und zu kratzen.

Nachdem Irmchen den ersten Schreck überwunden hatte, ging er zum Gegenangriff über. Mit einem Hieb zerfetzte er das rechte Ohr seines ehemaligen Freundes, biß dem Schloßkater mit aller Kraft in die Flanken.

Beide Kater wälzten sich kreischend im Schmutz. Die Schwänze zu dicken Büscheln aufgeplustert, prügelten sie mit ausgefahrenen Krallen aufeinander ein, verpaßten sich gegenseitig tiefe, blutende Wunden. Keiner mochte aufgeben. Irmchen kämpfte ums Überleben. Black Jack glaubte, seinen Besitz, das Schloß und Rose, verteidigen zu müssen. Ein Hieb von ihm zerriß Irmchens rechtes Ohr. Die Tiere hatten schon viel Blut verloren. Fliehen, ausreißen, auf den nächsten Baum flüchten kam für keinen in Frage.

Black Jack schlug seine Eckzähne in Irmchens Hals. Nur um Millimeter verfehlten sie die Halsschlagader. Der Schloßkater hatte sich sofort festgebissen. Wenn er den tödlichen Biß lockerte, dann nur, um seine messerscharfen Zähne immer mehr in Richtung Schlagader zu drükken.

Irmchen schwanden langsam die Sinne. Der Kater, für den der Angriff viel zu überraschend gekommen war, merkte, daß er gegen Black Jack kaum noch eine Chance hatte.

Es war Rose, die Irmchen das Leben rettete. Sie hatte das Gekreische und Gefauche der kämpfenden Tiere gehört, war bis zum Rand des Grundstückes gelaufen. Sie kam für Irmchen im allerletzten Augenblick.

Für einen kurzen Moment lockerte Black Jack seinen tödlichen Biß, als er Rose sah. Diese Schicksalssekunde nutzte Irmchen! Er riß sich los, biß Black Jack mit voller Wucht ins Gesicht, verletzte Augen, Nase und Maul. Damit hatte jener nicht gerechnet. Laut schreiend sprang er auf, rannte vom Grundstück, verschwand, von heftigen Schmerzen gepeinigt, hinter der nächsten Hecke.

Erschöpft, blutend und schwer verletzt hinkte Irmchen

zum Schloß zurück. Die Kater, die erst Freunde und dann die erbittertsten Rivalen geworden waren, sahen sich nicht mehr wieder.

Der Schloßherr, der seinen Liebling am nächsten Morgen halbtot im Garten fand, brachte ihn sofort nach Honfleur zum Tierarzt. Black Jack mußte mehrere Tage dort bleiben, so übel war er von Irmchen zugerichtet worden. Als Monsieur vom Tierarzt zurückkam, bat er seine Gäste, sofort abzureisen.

Die Mitchells sahen ein, daß dies wohl das Beste war. Noch am Vormittag packten sie ihre Sachen zusammen, verstauten sie im Wagen. Während Andy die letzten Handtücher zurechtlegte und Susan einige Brote für die Fahrt fertig machte, saß Frank auf den Stufen zum Schloß, kraulte seinen zerzausten Kater: »Ich glaube, du bist ein Sorgenkind! Erst kommst du mir nichts dir nichts auf einem Stück Holz angetrieben, dann stirbst du fast an einem vergifteten Köder und nun prügelst du dich mit dem Kater des Hausherrn!«

Irmchen, der bei der Kater-Keilerei nicht ganz so schlimm verletzt worden war, lag erschöpft auf Herrchens Schoß. Das Ohr sah aus wie ein Blumenkohl. Doch damit konnte man leben. Die tiefen Bißwunden am Hals taten zwar weh, aber da die Schlagader nicht verletzt war, konnte man auch sie als harmlos bezeichnen. Alles übrige waren nur Schrammen.

Am Nachmittag rollten die Mitchells mit ihrem Wohnwagen vom Hof. »Schade«, sagte Susan zu ihrem Mann, »ich hätte gern noch mehr von dieser schönen Landschaft hier kennengelernt.«

Frank machte seiner Frau zuliebe noch einen kleinen Umweg. Als der Wagen nach etwa 200 Metern auf die Hauptstraße bog, schaute Irmchen noch einmal zurück. Und da, am Wegesrand, saß sie!

Rose war gekommen, um ihrem Freund, dem verschmusten Raufbold aus Estellencs, *au revoir* zu sagen. Kaum länger als drei, vier Sekunden sahen sich die Katzen in die Augen. Dann war die Hauptstraße frei und Frank bog ab, lenkte den Wagen in Richtung Küste.

Irmchen und Rose blickten sich noch lange hinterher. Als die kleine Französin, die ihm die erste Liebeslektion erteilt hatte, am Horizont zum winzigen Punkt geschrumpft war, rollte sich Irmchen ein, schloß die Augen und versuchte zu schlafen.

Wochen später brachte Rose in der Scheune, in der sie sich nachts mit Irmchen getroffen hatte, sechs Katzenbabys zur Welt. Doch davon wußte der Vagabund nichts. Da hatte er schon wieder andere Abenteuer hinter sich und Frankreich längst Adieu gesagt.

Eines der Babys war kohlrabenschwarz, hatte einzelne silberglänzende Haare im Fell und einen weißen Fleck auf der Brust. Roses Herrchen nahm alle Babys weg, bis auf eines. Der kleine Kater durfte bei der Mutter bleiben.

Rose und ihr Sohn lebten lange auf dem Bauernhof, etwa sechzehn Jahre. So genau konnte das später niemand mehr sagen. Und der kleine Kater, sein Herrchen nannte ihn Rocky, wurde der wildeste Raufbold der ganzen Gegend.

Viele Jahre später gab es in der Gegend unzählige freche Kater, die auf der Brust einen weißen Fleck trugen und die alle die Schlagfertigkeit ihres Großvaters geerbt hatten.

Aber das ist eine andere Geschichte!

Die Mitchells besuchten in den folgenden Tagen die schönsten Strände der Normandie, Küsten, an denen einst blutige Geschichte geschrieben worden war.

Frank und seine Familie gingen am Utah- und Omaha-Beach spazieren. Sie staunten über das, was der Krieg zurückgelassen hatte. An diesen Plätzen hatte viele Monate vor Kriegsende die Invasion der Alliierten begonnen. So mancher Panzer, der sich im Dünensand festgefahren hatte und vereinzelte Schiffswracks erinnerten an jene Zeit.

Irmchen liebte Frank, Susan, Andy und Mary. Bei dieser Familie konnte er ewig leben. Der Kater wußte, daß er es bei seinen amerikanischen Freunden gut hatte.

Die Rückreise nach Amerika stand kurz bevor.

»In sechs Tagen ist es soweit, dann geht es heim!« Frank sah seine Frau von der Seite an: »Wir verschiffen Auto und Wohnwagen in Hamburg, fliegen mit den Kindern und Irmchen heim in die Staaten.«

Während die Familie noch im Nobelstädtchen Deauville in einem Strandcafé saß und die milden Strahlen der Januarsonne genoß, bekam Irmchen im Wohnwagen einen Tobeanfall.

Frank zwickte seine Frau: »Schau mal! Alle zwei Sekunden saust der kleine Teufel am Fenster vorbei. Ich finde ihn süß, wenn er außer Rand und Band ist!«

»So kenne ich dich!« Susan verdrehte die Augen. »Denk daran, daß der Wagen nur von einem Kollegen geliehen ist. Wir sollten darauf achten, daß Irmchen daraus keinen Schrotthaufen macht!«

Andy und Mary bestellten sich beim Garçon je eine Cola, Frank wollte eine Tasse Kaffee und Susan eine heiße Schokolade.

»Na gut«, lenkte Frank ein, »dann kommt Irmchen an die Leine, und ich hole ihn her. Hier kann er wenigstens nichts anrichten!« Dad ging zum Wohnwagen, der nur etwa zehn Meter entfernt stand, band seinem Liebling die Leine um, kehrte zum Café zurück.

»Was für eine Ruhe«, seufzte Susan. »So könnte es ewig bleiben!« Es blieb keine Sekunde länger so!

Als der Kellner kurz darauf kam und für zwei Cola, einen Kaffee und die heiße Schokolade über 40 Mark kassieren wollte, schrie Susan vor Entrüstung laut auf. Irmchen bekam dadurch so einen Schreck, daß er wie ein aufgescheuchtes Huhn losrannte.

Frank, der nur auf einem Bein stand, weil er sich die Hose hochkrempelte, wurde mitgerissen, verlor den Halt. Hals über Kopf stürzte er auf zwei ältere Damen, die am Nachbartisch saßen und Torte naschten. Frank stolperte mit seinem Gesicht geradewegs in den Kuchen.

Verzweifelt rief er nach seiner Frau, verlor erneut die Balance, prallte auf die Nachbarin. Der Stuhl, auf dem sie saß, kippte, fiel um. Ihre Beine flogen nach oben. Die Tasse Kaffee, die sie auf die Lehne gestellt hatte, schleuderte Frank ins Gesicht.

»Mon Dieu«, fluchte die Frau, »was machen Sie Tollpatsch nur!« Irmchen, nun in Panik, tobte weiter.

»Susan, hilf mir, halte den Kater!«

Doch Irmchen war nicht mehr zu halten. Der mallorquinische Teufel wickelte die Leine wie ein Lasso um die Beine des Kellners, der ein volles Tablett hielt. Das Chaos war perfekt. Der Kellner taumelte. Frank prallte gegen die Schulter des Mannes, beide stürzten zu Boden. Kuchen, Kaffee, Erfrischungsgetränke purzelten durcheinander. Es sah aus wie auf einem Schlachtfeld.

Endlich bekam Andy seinen Kater zu fassen: »Los, schnell weg, ehe noch mehr passiert!«

Frank konnte gerade noch zweihundert Francs aus seinem Portemonnaie ziehen. Dann rannte auch er zum Wagen, schmiß sich hinter das Steuer, und die Familie brauste los.

»Und ich? Was ist mit meinem Kleid, das Sie auf dem Gewissen haben?« Die Frau, die von oben bis unten mit Torte, Sahne und Kaffee vollgekleckert war, fuchtelte mit ihrem Sonnenschirm herum. »Wer bezahlt mir die Reinigung?«

Frank mußte noch einmal tief in die Tasche greifen. Der Ober hatte sich das Autokennzeichen notiert. Wochen später kam in Amerika eine gepfefferte Rechnung ins Haus.

Aber erstmal rollte der Wagen von Deauville in Richtung Rouen. Irmchen, der Unglücksrabe, lag bei Frank auf dem Schoß. Genüßlich leckte er sich einen Rest Torte von der Pfote, der bei dem Gerangel an ihm klebengeblieben war. Irmchen wußte nicht, daß es die teuerste Kaffeepause in Frank Mitchells Leben war.

Dad war sehr wütend auf Irmchen: »Was haben wir uns da nur eingefangen? Der Kerl ist ja vom Teufel besessen!«

Der kleine Streuner sah das anders. Hätte man ihn im Wohnwagen toben lassen, wäre nach fünf Minuten alles vorbei gewesen. So aber hatte Irmchen erst einmal Angst vor der fremden Umgebung. Und dann kamen Frauchens Schreckensschreie, die fliegenden Torten, der schimpfende Kellner und der stürzende Herr des Hauses dazu. Da mußte man ja durchdrehen.

Drei Stunden dauerte es, bis die Mitchells Rouen erreichten. So lange brauchte Frank auch, um sich wieder zu beruhigen.

»Du, Dad, wann machen wir Pause?« Andy, dessen Magen seit Stunden knurrte, hatte einen Riesenappetit auf französische Küche. »Sei still! Wir halten in einer halben Stunde im ersten Dorf hinter Rouen. Da ist das Essen billiger«, herrschte Frank, immer noch schlecht gelaunt, seinen Sohn an.

Das Familienoberhaupt entdeckte wenig später das Dorf von einer Anhöhe aus, als Mary laut zu jubeln anfing: »Da, eine Hochzeit, mitten auf dem Land! Bitte, bitte, laßt uns hinfahren und zuschauen.« Frank knurrte etwas Unverständliches, aber als ihm auch Susan einen bittenden Blick zuwarf, murmelte er nur »okay« und bog in Richtung Dorfplatz ab.

So etwas hatten die vier Amerikaner noch nie erlebt. Als sie den Wagen vor der Bürgermeisterei parkten und ausstiegen, kam sofort der Bürgermeister herüber, begrüßte die Globetrotter und lud sie zum Essen ein: »Kommen Sie mit an den Tisch! Heute ist bei uns ein Feiertag. Und jeder, der vorbeikommt, ist unser Gast!« Der Familie verschlug es die Sprache. Das war die sprichwörtliche französische Gastfreundschaft.

Etwas verlegen fragte Dad seine Frau: »Haben wir denn nicht irgend ein kleines Geschenk?«

Susan schüttelte den Kopf: »Nein, wir haben nichts dabei außer ein paar belegten Broten und schmutzigen Handtüchern.«

Mary kicherte, gab ihrem Vater einen Buff in die Seite: »Du kannst ja Irmchen hierlassen!«

Doch Frank, der bei diesem Namen sofort wieder an den Streß der letzten Stunden erinnert wurde, drohte: »Wehe, wenn einer von euch Irmchen aus dem Wagen holt. Das Tier bleibt drin! Ich will um Himmels willen nicht nochmal so eine Pleite wie vorhin erleben.«

Kurz darauf führte François Radot, der Bürgermeister, seine unerwarteten Gäste zum Brautpaar: »Das sind Jeannette und Michel. Sie sind heute die wichtigsten und glücklichsten Leute im Dorf.«

Jeannette strahlte übers ganze Gesicht, und ihre Wangen glühten vor Aufregung. »Sie kommen aus Amerika? Da verbringen wir unsere Flitterwochen. Wir fliegen nach San Francisco, Los Angeles und genießen anschließend eine Traumwoche auf Hawaii.«

Michel, erst vor sechs Wochen einundzwanzig Jahre alt geworden, begrüßte die Familie, bot allen Plätze am großen Hochzeitstisch an, der in und vor der offenen Scheune aufgestellt worden war.

Und wieder war es Susan, die das Chaos mit einer Bemerkung regelrecht heraufbeschwor: »Was für ein schöner, festlicher Abschluß unseres Frankreich-Besuches. Besser hätte es nicht sein können!«

Da trat Irmchen erneut in Aktion.

Marcel, der zehnjährige Sohn des Bürgermeisters, war während der Begrüßung der Gäste zum Wohnwagen geschlichen, hatte am hinteren Seitenfenster Irmchens schwarzen Kopf entdeckt. Der Junge überlegte nicht lange. Er hatte schon den ganzen Tag vorgehabt, der Hochzeitsfeier eine persönliche Note zu verleihen. Er war das einzige Kind an der Tafel und hatte sich bis zu diesem Augenblick schrecklich gelangweilt: festliche Garderobe, Reden und Frauen, die vor Rührung ständig in Tränen ausbrachen. Nein, das war nichts für Marcel. Da mußte ein Streich die richtige Stimmung bringen.

Marcel holte aus seinem Zimmer eine Schnur und drei Blechbüchsen, öffnete die Wohnwagentür und verschwand blitzschnell im Fahrzeug.

Irmchen war erstaunt: Was wollte der fremde Junge hier? Doch bevor der Kater unter dem Schrank verschwinden konnte, hatte Marcel ihn gepackt und ihm die Blechbüchsen an den Schwanz gebunden.

Von einer Sekunde zur anderen gab es in Irmchens schwarzem Katerschädel nur noch zwei Gedanken: Panik und Flucht!

Er fegte im Wagen hin und her, fauchte, kreischte, daß Marcel, der das Temperament Irmchens nicht kannte, sein Heil in der Flucht suchte. Mit einem Satz war er aus dem Wagen. Und Irmchen, fast völlig von Sinnen vor Angst, tobte hinterher.

Gerade als Susan den Satz vom festlichen Ende der Frankreich-Reise ausgesprochen hatte, kam das scheppernde Geräusch der Blechbüchsen wie ein Orkan auf die Festtafel zugerauscht. Mit einem Satz landete Irmchen auf der vierzig Meter langen Tafel, als sogleich von Ferne lautes Hundegebell zu hören war. Die vier Hunde des Polizeichefs, immer gern bei einer erfrischenden Katzenjagd mit dabei, kamen angerannt, versuchten, Irmchen zu fassen.

Der Kater rannte wieder einmal um sein Leben, aber diesmal von Teller zu Teller. Zarte Fleischstückchen und Broccoli segelten durch die Luft. Gläser, gefüllt mit Cidre, Wein und Calvados, kippten reihenweise um. Irmchen raste die Tafel einmal hinauf und hinunter und fühlte sich in der Falle. Überall waren diese schrecklichen Hunde.

Aufgebracht versuchten die Gäste, Irmchen zu fangen, ihm die Blechbüchsen vom Schwanz zu reißen. Doch das brachte den Teufelskater aus Estellencs noch mehr aus der Fassung.

In größter Todesangst sprang er der Braut in den Schleier.

Ihr Mann wollte zeigen, wie schnell man dieses Problem löst, griff nach Irmchen und langte daneben. Ratsch machte das Hochzeitskleid, und die Braut, der eben noch Freudentränen über die Wangen kullerten, fing laut an zu schluchzen. Das Kleid, das ihre Mutter in mühseliger wochenlanger Arbeit genäht hatte, bestand oberhalb der Gürtellinie aus zwei Teilen.

Frank, der das Drama zur Salzsäule erstarrt mitangesehen hatte, wäre am liebsten weggerannt oder hätte sich in den nächsten Brunnen gestürzt.

Dieses Ziel peilte auch Irmchen an. Am Ende seiner Kräfte hechtete der Kater auf den Brunnenrand, machte einen riesigen Satz. Die Schnur mit den Blechbüchsen zerriß an einer scharfen Eisenkante, und Irmchen war erst einmal frei.

Doch die Hunde, die ihn noch immer fressen oder zumindest jagen wollten, sprangen hinterher. Platsch, platsch machte es! Und zwei Hunde landeten im Wasser. Nur der Pfiff des Polizeichefs bewahrte die beiden anderen Jäger vor dem unfreiwilligen Bad.

Frank hatte in diesem Augenblick schon wieder seine Familie gepackt und war zum Wohnwagen geflüchtet. Irmchen, der Büchsen und Hunde abgeschüttelt hatte, konnte im letzten Augenblick die rettende Wohnwagentür erreichen.

Andy warf nochmal einen Blick zurück, hielt sich vor Schreck die Augen zu: Die Braut war in Ohnmacht gefallen, der Bräutigam brüllte ständig »merde«, und die Frauen schnatterten aufgebracht durcheinander.

Mary, die bisher immer nur gekichert hatte, löste die Spannung, und alle Mitchells mußten lachen: »So fröhlich möchte ich später auch einmal Hochzeit feiern!«

Mit Herzklopfen und wiederholten Blicken in den Rückspiegel fuhr Frank zur belgischen Grenze. Er hatte Angst, daß plötzlich in weiter Ferne die halbe Hochzeitsgesellschaft auftauchen würde, um schreckliche Rache zu nehmen.

Susan ahnte seine Gedanken, versuchte, ihren entnervten Mann zu beruhigen: »Mach dir keine Sorgen! Wir konnten nichts dafür. Es war Schicksal.«

»Und Irmchen war auch nicht schuld«, fügte Andy hinzu. »Es war der blöde Marcel mit seiner dämlichen Blechbüchsen-Idee.«

»Na gut! Ist ja auch egal! Auf jeden Fall müssen wir sehen, daß wir Land gewinnen und hier wegkommen. Ich bin nur froh, wenn wir Frankreich hinter uns gelassen haben«, sagte Frank und verzieh Irmchen im tiefsten Innern seines Herzens den Büchsen-Auftritt.

Die Reise nach Hamburg führte die Mitchells durch die Ardennen, vorbei an malerischen Städtchen. Kurz vor Hannover sagte Frank: »Wir fahren hier raus. Ich muß tanken und außerdem kenne ich in Bemerode einen Freund, dem ich gern Hallo sagen würde.«

Die Familie war einverstanden. Am folgenden Tag war die Europa-Rundreise sowieso zu Ende. Was sollte da noch geschehen? Eine kleine Verschnaufpause zwischendurch war allen recht. Es sollte für Frank Mitchell und seinen Freund Dirk Schröder das erste Wiedersehen nach fast zwanzig Jahren werden.

Susan war mit den Kindern zum großen Tiergarten von Bemerode gefahren. Dort liefen Hirsche und Rehe frei herum, und die Besucher konnten sie fast mit den Händen berühren. Es war ein strahlender, fast warmer Wintertag. Die Bäume trugen noch glitzernde Schneehauben. Das Sonnenlicht, das zwischen den Ästen flimmerte, überzog die schlafende, verschneite Landschaft mit einem hauchzarten, weißgoldenen Film.

Zwanzig Jahre waren eine lange Zeit. Frank dachte

an den Augenblick zurück, als der Freund damals an seiner Tür geklingelt hatte.

Dirk, gelernter Bäcker, 1 Meter 90 groß, hatte sich ein Flugticket zusammengespart, um am Venice Beach, dem Mekka der Bodybuilder Amerikas, mit Gewichten zu trainieren.

Die Männer hatten schnell Freundschaft geschlossen. Dirk, ein Tier von einem Mann, arbeitete nebenbei auf dem Bau, um abends in Franks Studio zu trainieren. Er entwickelte sich in kürzester Zeit zum wahren Herkules. Ob bei Langhantel-Kniebeugen, Bankdrücken oder Kreuzheben – er schaffte höhere Gewichte, mutete sich mehr Wiederholungen zu als die anderen Bodybuilder. Dirk wollte unbedingt einen Titel gewinnen: Mr. Amerika, Mr. Universum, am liebsten den Mister Olympia. Aber das wollten viele.

Die erblichen Veranlagungen mußten stimmen. Ernährung, Trainingsfleiß, Proportionen, Muskeldichte kamen dazu. Und dann war da noch das Teufelszeug, von dem alle sprachen. Die meisten behaupteten, es nie probiert zu haben. Doch die Zahl derer, die schluckten oder spritzten und sogar beides machten, war groß.

Dirk merkte nach dem ersten Amerika-Jahr, daß er seine Grenzen erreicht hatte. Irgendwann griff auch er zur Todesdroge Anabolika. Diese Erinnerungen gingen Frank durch den Kopf, als er in die Seelhorster Straße einbog: Hier sollte Dirk jetzt leben!

Und noch einmal wanderten seine Gedanken zurück: Dirk schluckte und spritzte zwei Jahre lang auf Teufel komm raus. Die Muskeln wurden größer, aber nicht besser. Er gewann keinen einzigen Titel, kam nicht mal in die Endausscheidung. Am Ende packte er seine Koffer und flog zurück nach Deutschland.

Frank brachte den Freund damals zum Flughafen, und Dirk versprach: »Ich trainiere weiter. Ich höre mit den Hormonen auf und werde trotzdem gewinnen.«

Das war das letzte Lebenszeichen von Dirk. Er tauchte in keinem Zeitungsbericht auf, stand auf keiner Bühne und betrat nie wieder ein Bodybuilding-Studio. Denn irgendwann stellte der Arzt bei ihm eine unheilbare Lebererkrankung fest. Es folgten Probleme mit den Hoden. Schließlich litt Dirk unter schlimmen Wutanfällen und Depressionen.

Der Chef setzte ihn vor die Tür, weil er die Arbeit vernachlässigte. Seine Freundin machte mit ihm Schluß. Sie konnte die Tobsuchtsanfälle, Trinkorgien und die beginnende geistige Umnachtung nicht mehr länger ertragen.

Dirk suchte sich einen Job als Rausschmeißer in einem Bordell. Er fing an, Autos zu knacken, Rauschgift zu verkaufen und schließlich minderjährige Mädchen auf den Strich zu schicken.

Irgendwann passierte es! Dirk, der nachts gerufen wurde, weil ein Freier nicht bezahlen wollte, schlug ohne Vorwarnung zu und brach dem Mann das Genick. Er mußte für sieben Jahre ins Gefängnis.

All das wußte Frank nicht, als er an der Wohnungstür klingelte und dahinter ein schlurfendes Geräusch hörte: »Wer ist da? Ich bin nicht da!«

Frank stutzte: Was war denn das?

»He, Dirk, bist du's? Hier ist Frank, dein alter Freund Frank aus Venice.« Der Amerikaner klingelte nochmal, dann öffnete sich die Tür.

»Äh, ich, äh! Ich hätte gern ...! Dirk, du?«

Es war Dirk oder besser das, was von ihm übrig war. Er wog jetzt fast 300 Pfund, war aufgedunsen, hatte kaum noch Haare auf dem Kopf und schien schwer krank.

Dirk blickte seinen alten Freund mit traurigen Augen an: »Ja, ich bin's! Komm rein!«

Schweigend saßen sich die Männer im völlig verwahrlosten Zimmer gegenüber. Überall lagen Schnaps- und Rotweinflaschen. Die Gardinen waren vor die Fenster gezogen, und es roch nach verschimmeltem Essen und Unrat.

»Ja, ich bin's«, wiederholte Dirk. »Das hättest du nicht

gedacht! Die Hormone haben mich zerstört. Der Rest kam von allein.

Aber ich weiß, ich bin selber schuld! Ich mache keinem anderen Menschen Vorwürfe. Ich hätte alles bleiben lassen sollen. Aber nun ist es zu spät!«

Frank versuchte, die Tragik dieses Lebens zu begreifen, wollte helfen: »Wenn du willst, nehme ich dich mit in die Staaten. Oder du kommst nach! Wir haben dort Ärzte, die darauf spezialisiert sind. Es gibt vielleicht eine Chance. Du darfst dich nicht aufgeben!«

Frank blieb zwei Stunden bei seinem alten Trainingsfreund. Dann sagten sich die Männer Adieu. Sie hatten Tränen in den Augen, als sie sich zum letztenmal anblickten. Und sie ahnten wohl, daß sie sich nicht mehr wiedersehen würden.

Erschüttert darüber, was falsch verstandenes Bodybuilding aus Dirk gemacht hatte, lief Frank die wenigen hundert Meter zum Wohnwagen zurück. Als er Susan, die Kinder und Irmchen traf, war er kreidebleich, mußte selbst erst einmal einen Cognac trinken. Danach konnte er in groben Zügen erzählen, was er erlebt hatte.

Susan war erschüttert: »Er war damals einer deiner besten Freunde. Warum seid ihr nicht in Kontakt geblieben?«

Frank wußte keine Antwort: »Laßt mich bitte eine Stunde allein.« Er zog seine Jacke über, lief hinaus in den verschneiten Tiergarten: Ich hätte mich um ihn kümmern können. Aber ich wußte ja nicht ...

Frank machte sich Vorwürfe: Er habe einen Freund im Stich gelassen. Und er versuchte Entschuldigungen zu finden. Es war doch immer so viel zu tun! Die Arbeit, bis zu dreizehn Stunden am Tag, Verantwortung, Pflichten, die Familie, nie Zeit!

Frank mußte damit leben.

Als er zurückkehrte, hatte Susan schon alles gepackt und den Wagen startklar gemacht: »Komm, ich fahre! Es ist besser so! Und glaube mir, du hättest ihm nicht wirklich helfen können.«

Frank erfuhr nie, daß Dirk kaum zwei Monate später starb. Ein Mann hatte ihn ohnmächtig in eben demselben Tiergarten gefunden, in dem auch Frank spazierengegangen war, um allein zu sein. Dirk brach plötzlich zusammen, wurde in ein Krankenhaus gebracht, erlangte das Bewußtsein nicht wieder. Er starb allein: Kein Arzt, keine Schwester waren in der Nähe, als ihn gegen ein Uhr früh leise der Tod erlöste.

*

Die Europa-Reise der Mitchells näherte sich ihrem Ende. In einiger Entfernung tauchte die Silhouette von Hamburg auf.

Frank war in seinen Gedanken noch immer bei seinem Freund Dirk. Wie hatte das alles nur geschehen können. Aber Dirk war eben keine Ausnahme. Es gab etliche, denen es ähnlich ging, und viele, die noch mit einem blauen Auge davonkamen. Was für ein verdammtes Zeug! Heroin konnte nicht schlimmer sein.

Susan hatte die Karte von Hamburg auf ihrem Schoß, versuchte, so gut es ging, ihren Mann durch die fremde Stadt zu lotsen. Einen Tag wollten die Mitchells in der Hansestadt bleiben. Dann stand die Rückreise bevor. Irmchen, der auf Andys Knien döste, ahnte nichts von dem weiten Weg.

Frank parkte den Wagen vor einem kleinen Hotel im Stadtteil Eimsbüttel. »Laßt uns die City mit der Reeperbahn und Sankt Pauli besuchen.«

Irmchen wurde ins Zimmer gesperrt. Auch Andy und Mary mußten im Hotel bleiben. Dann machten sich Susan und Frank auf den Weg.

Susan, die vor vielen Jahren einmal Hamburg besucht hatte, war neugierig: Ob alles noch so wie früher war?

Einiges hatte sich verändert. Die Lokale von damals waren zum Teil verschwunden. Andere waren völlig verwahrlost und mit Brettern zugenagelt. Und wo früher die Matrosen bei den Mädchen haltmachten, gab es heute Döner-Buden, Supermärkte, Schnellrestaurants.

Susan mußte plötzlich lachen: »Sieh an, da spielen sie noch mal den Film ›Irma la Douce‹. Ob damit wohl unser Irmchen gemeint ist?«

Auch Frank schmunzelte: »Süß ist er ja, der kleine Kerl. Aber mit dem Gewerbe hat er bestimmt nichts am Hut.«

Frank und Susan waren gegen Mitternacht wieder bei den Kindern und Irmchen.

Dad setzte sich noch für einen Augenblick zu seiner Frau auf die Couch: »Weißt du, Liebling, ich bin froh, daß wir diese Tour gemacht haben, schon wegen der Kinder. Sie hatten so die Chance, das alte Europa kennenzulernen. Ich finde, wir haben viele nette Menschen getroffen. Und schließlich gibt es ja noch Irmchen. Ein schöneres Souvenir können wir kaum mit nach Hause nehmen.«

Susan streichelte die Hände ihres Mannes: »Du bist schon ein komischer Kauz. Erst wolltest du den kleinen Kerl nicht haben. Und nun möchtest du ihn nicht mehr hergeben. Er wird es bei uns gut haben.«

Als Frank das Licht der Nachttischlampe ausmachte und noch für einen Augenblick wach lag, zogen die Erlebnisse der letzten Wochen an ihm vorbei. Am drolligsten waren Irmchens Verrücktheiten in Deauville und bei der Hochzeit. Grausam war das Schicksal von Dirk. Und während er seinen Gedanken nachhing, fielen ihm irgendwann die Augen zu.

Der nächste Tag wurde hektisch und aufregend. Wagen und Anhänger sollten eingeschifft werden. Die Familie mußte zum Flughafen. Es war gegen Mittag, als Frank das Gespann an den Landungsbrücken parkte: »Kommt, hier in der Nähe ist ein bekanntes Fischrestaurant. Da essen wir noch etwas.«

Die Familie setzte Irmchen in den Wagen, verschloß die Tür, ließ aber das Fenster einen Spalt offen. Dann schlenderten die Mitchells an den Hafenanlagen entlang zum Restaurant.

Just in diesem Augenblick rollten sieben von Zugmaschinen geschleppte alte Zirkuswagen auf den Parkplatz, auf dem der Wohnwagen der Mitchells stand. Sie gehörten zum Wanderzirkus Santini, der nach einem kurzen Gastspiel aus Holland zurückgekehrt war.

Hans Duval, der Direktor des Familienunternehmens, wies die Wagen ein: »Los, macht schon! Wir dürfen nur eine halbe Stunde hierbleiben. Und ich muß noch schnell zur Behörde, um den Papierkram zu erledigen. Also beeilt euch!«

In Reih und Glied wurden die Wagen neben dem Gespann der Mitchells aufgestellt. Kinder, Schwiegerkinder, Geschwister – alles Artisten, die ihr mühseliges Handwerk mit der Muttermilch eingesogen hatten, die auch mal betteln mußten, um zu überleben – kamen aus den Wagen und warteten auf die Anweisungen des Chefs: »Ihr geht jetzt in den nächsten Schnellimbiß. Und ich erledige die Formalitäten. In spätestens vierzig Minuten ziehen wir weiter nach Cuxhaven.«

Und Hans Duval bat noch seine Frau: »Bring mir einen Hamburger mit und mach ihn in der Pfanne heiß.«

Die jungen Leute verschwanden in Richtung City. Nur Pedro, der kleine Helfer von Clown Baldini, blieb im Wohnwagen. Er hatte Schnupfen, mußte im Bett liegen, sollte außerdem auf die Wagen aufpassen.

Die Artisten waren kaum fort, als Pedro aus den Federn krabbelte, um die Umgebung vom Fenster aus zu erkunden. Der elfjährige Junge mit den schwarzen Locken, der in der Manege dem Clown assistierte und sonst bei allen anfallenden Arbeiten mit zupacken mußte, fand es langweilig, im Wohnwagen zu warten. Neugierig drückte er seine Nase am Zirkuswagenfenster platt, versuchte etwas von der Gegend zu erkennen. Aber das war nicht möglich. Der Wohnwagen der Mitchells versperrte die Sicht.

»Blöder Wagen! Ich kann überhaupt nichts sehen!«

Pedro beschloß, einen Rundgang zu machen: »Bevor die anderen zurück sind, liege ich wieder im Bett.«

Der Junge zog seinen Trainingsanzug über, schlüpfte aus dem Wagen. Neugierig sah er sich um, betrachtete die Schiffe im Hafen, die Kräne und die riesige Brücke, die sich über das Wasser spannte: »Mann, ist das ein Ding!«

Pedro schlenderte über den Platz, musterte den Wohnwagen, der ihm die Sicht versperrt hatte. Plötzlich schob sich eine kleine schwarze Nase über den Fensterrand. Nanu, was ist denn das, dachte Pedro. Es sieht aus wie eine Katze.

Irmchen, der soeben seinen Mittagsschlaf beendet hatte, blickte genauso erstaunt wie Pedro in die Runde. Seine grüngelben Augen blieben an dem Jungen hängen, der vor dem Fenster stand.

Minutenlang starrten sie sich an. Dann begann Pedro, den Kater zu locken: »Miez, Miez, komm. Ich habe was zu fressen für dich!«

Irmchen verstand die Worte nicht, wiewohl der Tonfall irgendwas Leckeres versprach. Aber der Kater konnte nicht aus dem Wagen hinaus und Pedro nicht hinein. Da entdeckte der Junge an der Seite das angelehnte Fenster: »Komm, meine Süße, hier kannst du raus!«

Irmchen, nichts Böses ahnend, steckte seine Nase zum Fenster hinaus. Pedro hielt ihm ein Stückchen Hühnchenfleisch hin, das er schnell aus dem Wohnwagen geholt hatte.

Der Kater verspürte einen gewaltigen Appetit und langte zu. Pedro kletterte auf eine Holzkiste, um näher an den ewig hungrigen Zausel heranzukommen. Der Vielfraß, dankbar für die unerwartete Zwischenmahlzeit, reckte sein Köpfchen vor zum Kraulen. Da packte der Junge zu! Er wollte den Kater nur für einige Minuten zum Spielen und

Schmusen im Wohnwagen haben. Ehe es sich Irmchen versah, hing er zappelnd bei Pedro im Arm, der mit ihm sofort im Zirkuswagen verschwand.

Die beiden hatten sich eben angefreundet, als der Zirkuschef zurückkam und kurz darauf auch der Rest der Familie eintrudelte. »Los, los, wir fahren«, drängelte Hans Duval. Und bevor Pedro Irmchen zurückbringen konnte, rollte der Konvoi auch schon vom Parkplatz. Als sich der Wagen von Pedro rumpelnd in Bewegung setzte, geriet Irmchen in Panik: Raus hier, zurück zur Familie, zu Frank, Susan und den Kindern! Doch es war zu spät. Die Zirkuswagen bogen auf die Hauptstraße ab, rollten in Richtung Stadtrand. Irmchen ahnte es und wurde ganz traurig: Das war der Abschied von den Mitchells.

Hätte er wie ein Mensch weinen können, er hätte bestimmt laut losgeheult. So aber sprang der Kater aus Estellencs immer wieder verzweifelt gegen die Fensterscheibe, versuchte zu entkommen, gab am Ende entkräftet auf.

Kaum fünf Minuten, nachdem der Zirkus vom Platz gerollt war, traten Frank und seine Familie aus dem Restaurant auf die Straße: »Sieh mal, Susan, ein kleiner Zirkus! Der zieht bestimmt von Stadt zu Stadt, um seine Zelte aufzuschlagen!«

Die Mitchells kamen am Konvoi vorbei, wußten nicht, daß dies der Abschied von ihrem geliebten Irmchen war. Als sie kurz darauf den Wohnwagen erreichten, und Andy im Hänger nach dem Rechten sehen wollte, hörte sein Vater ihn plötzlich laut schreien: »Mam, Dad, Irmchen ist weg! Unser Irmchen ist fort! Irmchen, Irmchen, wo bist du?«

Frank fühlte einen Kloß im Hals, Susan zitterte, Mary kamen die Tränen. Sie alle hatten Irmchen ins Herz geschlossen. Und nun war der kleine Teufel spurlos verschwunden.

Frank gewann als erster wieder die Fassung: »Er kann nicht weit sein! Sicher sitzt er hier irgendwo in der Sonne, und wir müssen ihn nur rufen.«

Die Familie schwärmte aus. Überall suchten die Mitchells nach ihrem Liebling. Sie schauten unter fremde Autos, fragten Passanten, holten Fleisch, um Irmchen zu locken. Sie liefen sogar zur Straße hinauf, in der Hoffnung, Irmchen dort zu finden. Aber alles Suchen war vergeblich. Irmchen tauchte nicht mehr auf. Andy konnte kaum noch aus den verheulten Augen schauen. Und Frank ging es nicht viel besser: »Ich verstehe das nicht! Irmchen hatte es doch gut. Wir haben ihn alle geliebt, den kleinen Kerl. Bestimmt hat ihn jemand gestohlen! Aber wer klaut einen Kater? Es laufen doch überall genügend herrenlose Tiere herum!«

Frank konnte nicht wissen, daß ein kleiner Zirkusjunge Irmchen mitgenommen hatte. Es war spät am Nachmittag, als er sich aufraffte und seiner Familie mitteilte: »Wir werden ohne Irmchen nach Amerika zurückfliegen.«

»Nein, Dad, bitte!« Andy war von allen am unglücklichsten. »Ich kann mein Irmchen doch nicht hierlassen.«

Auch Frank konnte die Tränen kaum zurückhalten. Liebevoll nahm er seinen Sohn in die Arme: »Sieh mal! Vielleicht hat unser kleiner Kater schon ein neues Zuhause gefunden. Möglicherweise ist er jetzt bei einem Menschen, den er genauso glücklich macht wie uns. Und bedenke! Irmchen ist ein Abenteurer. Er ist gar nicht dafür geboren, fest an einem Ort zu leben. Ich habe von ihm schöne Fotos gemacht. Die ziehe ich ab, und dann kommt ein Bild auf den Kamin im Wohnzimmer. So ist er immer bei uns.«

Als später der Wagen verladen wurde und die Familie ins Flugzeug stieg, war der Zirkustreck schon weit von Hamburg entfernt. Und während die Maschine in den Himmel kletterte und davondüste, blinzelte ein kleiner Zirkusjunge mit einem schwarzen Kater auf dem Arm in die Wolken, sah das Flugzeug und dachte: Wenn ich groß bin, möchte ich auch mal mit so einem Ding fliegen und als berühmter Zirkusclown die Welt kennenlernen.

Ein neuer Abschnitt im Leben von Irmchen hatte begonnen. Es sollte ein aufregendes Kapitel für ihn werden.

Irmchen merkte sofort, daß der Junge ein gutes Herz hatte. Zärtlich kraulte Pedro das Fell des Katers, und es gibt wohl kaum eine Katze auf der Welt, die bei einer so liebevollen Schmuserei nicht zu schnurren anfängt.

Doch Irmchen war auch unglücklich. Zu schnell, zu abrupt hatte das Schicksal wieder mal eine neue Richtung eingeschlagen. Eben noch die vertraute Atmosphäre des Wohnwagens, das fröhliche Lachen von Andy und Mary und die weichen Herzen von Frank und Susan – und nun dieser fremde, alte Zirkuswagen, in dem es so eigenartig roch.

Irmchen sah sich sein neues Zuhause genauer an. Alles war verkommen. Der Wagen schien mindestens 90 Jahre alt zu sein. Die Farbe, in unzähligen Anstrichen erneuert, blätterte von den Holzwänden. Durch Ritzen, die sich im Laufe der Jahrzehnte gebildet hatten, pfiff der Wind. Und im Prinzip war an Bord dieser kleinen Welt alles krumm und schief.

Pedro teilte sich den Zirkuswagen mit dem Clown Baldini, den er liebte, bewunderte und von dem er lernte. Baldini, der in Wirklichkeit Klaus Rensch hieß, stammte aus Wuppertal, hatte sich dem Zirkus irgendwann angeschlossen. Und Pedro?

Er hatte fast ein ähnliches Schicksal wie Irmchen. Baldini, auf der Suche nach einer eigenen Familie, war in einem Waisenhaus auf Pedro aufmerksam geworden. Unbekannte hatten den Jungen als Baby vor die Tür der Hauses gelegt. Wäre es nicht sommerlich warm gewesen, er hätte sich den Tod geholt. So aber fand ihn morgens eine Schwester. Sie nahm ihn mit ins Haus und zog ihn, wie all die anderen Waisenkinder, groß.

Pedro war drei Jahre alt, als der kleine Zirkus im Ort Station machte, um hier für eine Woche zu gastieren. Und wie so oft lud Zirkuschef Duval arme Kinder aus der Umgebung zu einer Vorstellung ein, wollte ihnen einen schönen Nachmittag bereiten. Baldini, der den Knirps in der

Pause entdeckte und auf den Arm nahm, verliebte sich sofort in den Jungen. Der Rest war nur noch eine Formalität. Da Pedro keine Eltern hatte und sich sowieso kaum jemand richtig um ihn kümmerte, wurde er von der örtlichen Behörde bald zur Adoption freigegeben. Als der Zirkus nach einer Verlängerung wieder weiterzog, hatten sich zwei Menschen gefunden, die sich für den Rest ihres Lebens lieben würden – wie Vater und Sohn.

Baldini kümmerte sich aufopfernd um den Jungen, den er Pedro nannte. Als er größer war, zeigte der Clown ihm die ersten Kunststücke. Pedro lernte schnell. Er wollte die Menschen zum Lachen bringen. Das war sein größter Wunsch. Er wollte sie aufmuntern, weil er selbst als Kind fast nie hatte fröhlich sein können.

Pedro wurde im Zirkus zunächst ›Mädchen für alles‹. Er fütterte die beiden Ponys und den Schimpansen. Er durfte die Eintrittskarten abreißen, die Süßigkeiten verkaufen und mußte die Sägespäne in der Manege erneuern.

Pedro war kaum elf Jahre alt und hatte an manchen Tagen zwölf und mehr Stunden zu arbeiten. Die restliche Zeit aber träumte er davon, eines Tages ein gefeierter Star zu sein. Er sah sich in einer großen Manege, hörte von fern die Musik der Kapelle und das Aufbranden des Beifalls. Und er hatte noch einen Wunsch: Er wollte außer seinem großen Freund und Vater noch so gern einen kleinen Kameraden haben, den er mit ins Bett nehmen konnte, für den er selbst sorgen durfte. Nun war er da – in Gestalt eines drolligen Katers. Pedro hob Irmchen immer wieder hoch, schaute ihm ins Gesicht: »Na du! Was bist du für einer?«

Pedro entdeckte das Halsband mit der Kapsel, öffnete sie und las, daß Irmchen von Mallorca kam.

»Hast wohl eine weite Reise hinter dir! Aber wieso heißt du eigentlich Irmchen, wenn du ein Kater bist?«

Der Junge fand dafür keine Erklärung. Doch nach kurzer Überlegung entschied er, es dabei zu belassen.

»So, und nun mußt du erstmal gefüttert werden!«

Während der Zirkuswagen über das holprige Pflaster der Landstraße rollte, öffnete Pedro den alten Kühlschrank, goß seinem neuen Freund ein Schälchen Milch ein: »Du kannst noch ein Stück von meiner Wurst bekommen und einen Kanten trockenes Brot.«

Das mit der Wurst und der Milch war noch in Ordnung. Aber mit dem Brot war Irmchen, der schon auf einer Hochzeit durch die erlesensten Speisen getobt war, nun doch nicht einverstanden.

»Aha, du bist verwöhnt«, schmunzelte Pedro. »Na, hast auch ein schönes seidiges Fell. Dir ging es bestimmt immer gut!«

Woher sollte Pedro auch wissen, daß genau das Gegenteil der Fall war.

Irmchen, der die Lektionen des Überlebenskampfes gelernt hatte, wußte, wie wichtig ein voller Bauch war. Wie den meisten Katzen Mallorcas war ihm ein ausgeprägter Freßinstinkt angeboren. Wo immer ein Bissen herumlag, war er sofort zur Stelle, um ihn in Windeseile hinunterzuschlingen. Bei Pedro, das merkte Irmchen, mußte er sich um das Futter keine Gedanken machen. Der Junge hatte ein Herz für Katzen.

Doch was würde Baldini sagen, wenn er den kleinen Kerl auf seinem Bett im Wohnwagen entdeckte. Pedro wurde nervös. Hoffentlich gibt das keinen Ärger!

Die Antwort bekam der Junge unverzüglich. Der Zirkuskonvoi erreichte auf dem Weg nach Cuxhaven einen Fluß, über den keine Brücke führte. Es war fast dunkel, als Hans Duval am Ende der Straße laut »halt« rief.

»Wir müssen kurz warten, dann werden wir von einer Fähre übergesetzt. Aber heute schaffen wir es vielleicht nicht mehr bis nach Cuxhaven«, teilte der Chef seinen Leuten mit.

Baldini, der die Zugmaschine lenkte, an der Pedros Wohnwagen hing, schaltete den Motor aus, zog die Bremse an, kam nach hinten: »Na, mein Junge, alles okay?«

Er öffnete die Tür: »Ich komme rein und mache mir ein paar Brote.« Er hatte den Satz kaum zu Ende gesprochen, da verfinsterte sich sein Gesicht: »Was ist denn das? Nehmen wir neuerdings blinde Passagiere mit?«

Baldini ging auf Pedro zu, sah sich Irmchen genau an: »Wie bist du nur an den geraten?«

Der Junge beichtete kleinlaut, was sich auf dem Parkplatz in Hamburg zugetragen hatte. Baldini legte die Stirn in Falten: »Du willst doch damit nicht sagen, daß du den Leuten den Kater geklaut hast? Das ist ja vielleicht ein Mist! Hoffentlich werden wir nicht angezeigt!« Baldini konnte nicht wissen, daß die Mitchells schon auf dem Heimweg nach Amerika waren und daß von daher keine Gefahr drohte.

Doch ein anderes Problem mußte gelöst werden: Durfte Irmchen bleiben oder nicht?

Pedro sah seinen Adoptivvater bittend an: »Laß ihn bei uns. Ich wünsche mir so sehr einen Freund.«

Baldini lief im Wohnwagen auf und ab, schaute abwechselnd auf den Jungen und dann wieder zum Kater hinüber: »Und wer versorgt ihn, kümmert sich um das Katzenklo? Wer macht ihm das Futter? Und vor allem – wer bezahlt es?«

Pedro war ratlos: Stimmt! Daran hatte er nicht gedacht. Der Kater konnte schlecht neben dem Wagen herlaufen und unterwegs Mäuse fangen.

Da kam dem Jungen der rettende Einfall: »Irmchen wird selbst für sich sorgen und seinen Unterhalt verdienen.«

Baldini machte ein erstauntes Gesicht: »Wie hast du dir denn das vorgestellt?«

Pedro hatte die Antwort blitzschnell parat: »Wir bringen ihm Kunststücke bei und lassen ihn in der Manege auftreten.«

Baldini mußte sich setzen: »Wie? Ich als Clown mit einem Kater? Die Leute werden sich schieflachen!«

»Genau das sollen sie«, konterte Pedro. »Wir müssen

Irmchen nur dazu bringen, Kunststücke vorzuführen. Aber das wird bestimmt nicht einfach. Ich habe noch nie von einer Katze gehört, die im Zirkus aufgetreten ist.«

Baldini war skeptisch. Und während sich der Zirkuswagen langsam in Bewegung setzte und von einem anderen »Familienmitglied« auf die Fähre gezogen wurde, streckte der Clown seine Hand aus, kraulte den schwarzen Kater und murmelte: »Na dann. Willkommen an Bord!«

Der kleine Zirkus erreichte doch noch in der Nacht Cuxhaven. Unten, an der Alten Liebe, der Landungsbrücke, wo früher die Schiffe nach Amerika abgelegt hatten, schlug er sein rotes Zelt auf.

Es war klein. Kaum 200 Zuschauer fanden darin Platz. Und die Manege, wenn man sie überhaupt so nennen konnte, war so winzig wie ein Wohnzimmer. Zelt, Masten, Zuschauerbänke – alles war alt und abgenutzt, hatte Jahrzehnte auf dem Buckel. Aber immerhin: Die Ausrüstung funktionierte. Und wie oft hatte das Publikum auf den knarrenden Bänken gejubelt, laut geklatscht und mit den Füßen getrampelt, daß das Zelt nur so bebte und zitterte. Baldini hatte seinem kleinen Assistenten oft von früher erzählt, von den guten Zeiten, wenn man ein paar Mark beiseite legen konnte, um Requisiten zu kaufen oder die Bänke zu streichen. Es gab aber auch Monate, da saßen weniger als zwanzig Zuschauer im Zelt, und die Artisten mußten, oft mit Tränen in den Augen, trotzdem ihre Kunst vorführen.

Sie alle wußten, daß in solchen Wochen die ohnehin sehr schmale Gage ausfiel. Verbittert traf man sich mittags bei Eintopf und Würstchen und überlegte, wie es weitergehen sollte.

Vor allem in den großen Städten mußte der kleine Zirkus verzweifelt ums Überleben kämpfen. Die Menschen dort waren verwöhnt und anspruchsvoll. Da konnten die Artisten nicht mithalten. Sie gaben sich die größte Mühe. Doch immer wieder hagelte es Pfiffe und Buhrufe. Leere

Bierbüchsen flogen durch die Luft, trafen die Akrobaten. Und oft forderten die Zuschauer ihr Eintrittsgeld zurück, hinterließen eine leere Kasse. Aber aufgeben? Nein, das wollte und konnte die kleine Truppe nicht.

Wovon sollte sie leben?

Also zog der Zirkus mit seinem roten Zelt über die Dörfer und durch die Kleinstädte. Da waren die Menschen meist noch dankbar, wenn die Artisten auf den Marktplätzen Proben ihres Könnens gaben. Und nun Cuxhaven!

Schon am Morgen nach der Ankunft begann für Irmchen die Arbeit. Baldini legte den Kater an die Leine, was ihm natürlich überhaupt nicht gefiel. Und auch das Frühstück, ein paar Wurstreste, ließ auf sich warten. Das konnte ja heiter werden!

Irmchen wußte nicht, was los war. Pedro und Baldini setzten ihn auf ein Podest: »Nun spring, spring doch gefälligst!«

Nichts geschah! Der Kater blickte verwundert zu den Freunden, verstand kein Wort. Hunger war das einzige, was er in diesem Augenblick verspürte. Aber springen? Wozu das bloß? Eine Stunde lang versuchten Pedro und Baldini, Irmchen zu überreden – vergeblich.

»Laß es uns mit einem Stückchen Wurst probieren«, schlug der Junge vor. Baldini holte eine Scheibe, legte sie auf das andere Podest, das zwei Meter entfernt stand: »So, du Dummkopf, nun spring endlich!«

Irmchen verstand – doch anders, als es sich Junge und Clown erhofft hatten. Er hüpfte vom Podest, lief über den staubigen Boden und war mit einem Satz auf dem zweiten Podest, um die Wurst zu verdrücken.

Baldini faßte sich an den Kopf: »Na, das ist ja ein Luder, legt uns aufs Kreuz!«

Pedro schielte zu Irmchen hinüber: »Wenn du nicht gehorchst, gibt es Probleme!«

Da kam der Junge auf die Idee: »Ich hab' was! Vielleicht klappt es!« Pedro legte ein Brett von Podest zu Podest, band ein neues Stück Wurst an einen Faden und zog den Köder langsam hinüber. Gehorsam und hungrig tänzelte der Kater hinterher. Nach mehreren Versuchen nahm Pedro das Brett weg und ließ die Wurst an einem Gummiband von einem Podest zum anderen schnellen. Und tatsächlich – Irmchen sprang hinterher! Zwar landete er neben dem Ziel, aber er hatte den ersten Sprung geschafft.

Es dauerte noch einige Tage, bis Irmchen begriff, worauf es ankam. Doch nach zwei Wochen sprang er wie ein Panther von einem Podest zum anderen und knautschte dann vergnügt an seinem Wurstzipfel.

Triumphierend stellte sich Pedro vor seinem »Chef« in Positur: »Siehste! Irmchen ist ein Genie!«

Baldini war erstaunt. So schnell hatte noch kein Tier seine Nummer gelernt. Aber wie sollte er dieses Kunststück ins Programm einbauen? Und was konnte man Irmchen noch beibringen? Schließlich ließ sich mit einem so kurzen Auftritt kein Blumentopf gewinnen. Da kam der Zufall zu Hilfe!

Eines Tages beobachtete Pedro, daß Irmchen einen Trick beherrschte, der gut zu verwenden war. Als der Junge seinem Kater im Wagen ein Stück Fleisch hinwarf, fing dieser den Brocken im Flug auf.

Irmchen hatte das Talent von seinen Vorfahren geerbt und indirekt den Mallorca-Touristen zu verdanken. Über viele Jahre hinweg hatten sie dort die streunenden Katzen vor den Hotels gefüttert. Das Prinzip der Auslese ließ die überleben, die an die meisten Brocken herankamen. Und das waren jene Katzen, die den Happen schon in der Luft packen konnten. Die anderen verhungerten, pflanzten sich nicht fort.

Doch der Kater konnte noch mehr. Er hatte gelernt, wie man auf Türklinken springt und so lange daran herumschaukelt, bis die Tür aufgeht. Und schließlich: Irmchen konnte fischen. Dazu ließ er den Schwanz ins seichte Wasser hängen, wartete, bis ein kleiner Fisch ihn für Futter hielt und anbiß. Mit einem Pfotenhieb und ausgefahrenen Krallen angelte sich Irmchen die Beute geradewegs ins Maul.

Pedro war begeistert: »Katerchen, du bist Weltklasse. Das muß ich sofort Baldini sagen. Daraus machen wir eine Nummer.«

Doch wie das Leben so spielt: Als der Clown den Wohnwagen betrat, lag Irmchen schon wieder in der Ecke und schlief. Kein Fleischbrocken konnte den sonst ewig hungrigen Kater animieren, Kunststücke zu vollführen. Und die Tür wollte er auch nicht aufmachen.

Baldini setzte sich zu seinem Freund auf die Bettkante: »Sieh mal, Pedro! Darin liegt ja gerade die Schwierigkeit. Die Tiere müssen ihre Kunststücke zeigen, wann du es willst. Und daran mußt du arbeiten. Viele Tiere beherrschen irgendeine Fertigkeit. Aber das reicht nicht. Man muß ihnen beibringen, etwas Einstudiertes auf Befehl vorzuführen. Mach dir keine Gedanken! Wir bekommen das schon hin. Morgen ist auch noch ein Tag.«

Baldini verließ den Wagen, und Pedro nahm seinen Liebling auf den Arm, lief zum Deich hinunter. Neugierig schnupperte Irmchen die salzige winterliche Nordseeluft. Draußen auf See, an Bord der Kutter, hatten Fischer an langen Stangen ihre Netze ausgebreitet. Containerschiffe, auf dem Weg nach Hamburg, schoben sich schwerfällig in die Elbmündung. Und ab und zu legte ein vereinzeltes Butterschiff ab, um Touristen, vor allem aber auch Einheimische, zu billigen Einkaufsfahrten auf See hinauszubringen.

Irmchen reckte seinen Kopf nach oben, blinzelte in den mattblauen Himmel. Hier war vieles anders. Nur die Möwen machten den gleichen Lärm wie überall. Sie kreisten auf See und sammelten sich über den Schiffen. Sie schwebten aber auch nahe dem Deich, in der Hoffnung, ein Tourist würde sein Brötchen mit ihnen teilen. Pedro setzte sich auf einen Stein, beobachtete die leeren und verschlossenen Strandkörbe: Irmchen, wenn ich später einmal ein berühmter Clown bin und viel Geld verdiene, kaufe ich uns ein Haus. Du bekommst einen eigenen Garten mit Felsen, Bäumen, einer Wiese und einem kleinen Teich. Und den Urlaub, den wir uns dann leisten können, verbringen wir gemeinsam. Wir könnten nach Mallorca fliegen und deinen Heimatort besuchen.«

Irmchen verstand kein Wort.

Nur eines war dem Kater wieder einmal klar: Er hatte Glück gehabt und ein Herrchen gefunden, das es gut mit ihm meinte. Aber die Sache mit der Arbeit – daran mußte er sich wohl erst gewöhnen.

Pedro streckte sich aus und döste. Sein Liebling machte es sich auf seiner Brust bequem, so daß beide fast Nase an Nase dalagen. Und wann immer sich Irmchen besonders wohl fühlte, stößelte er mit den Vorderpfoten, machte den Milchtritt, den Katzenbabys an den Zitzen der Mutter üben. Irmchen, der diese Angewohnheit sein Leben lang nicht ablegte, signalisierte damit stets höchstes Wohlbefinden. Es war aber auch ein Zeichen dafür, daß er die Einsamkeit seiner Kindheit nie ganz vergessen hatte und die bitteren Erfahrungen der Jugend tief im Unterbewußtsein festsaßen. Doch im Moment genossen Junge und Kater das Faulsein, die klare Luft der See, die milden Sonnenstrahlen. Und sie waren froh, daß sie sich gefunden hatten.

Es war schon spät, als Pedro vor Kälte aufwachte und feststellte, daß sein Kater fort war. Er bekam einen Riesenschreck: »Irmchen, Irmchen, wo bist du?«

Die Angst war sofort verflogen, als Pedro ihn oben auf dem gepflasterten Rand des Deiches sitzen sah: »Hallo, da bist du ja«, rief der Junge erleichtert. »Irmchen, du siehst aus wie ein König. Und wenn es einen lieben Gott der Katzen gibt, dann könnte er doch so sein wie du.«

Überhaupt, dachte der Junge, wer weiß denn, welche Gestalt Gott hat. Warum sollte er nicht ein großer schwarzer Kater sein? Die Menschen sind der Meinung, daß Gott ihnen ähneln müßte. Aber wer hat denn den lieben Gott schon mal gesehen?

Pedro war, während er den Deich hinaufkraxelte, felsenfest davon überzeugt, daß Irmchen ein heimlicher Katzenkönig sein mußte, ein verzauberter vielleicht, aber auf jeden Fall ein König: »Majestät, wollen wir zurück zum Wohnwagen?«

Irmchen zwinkerte dem Jungen zu. Und als Pedro seinen Liebling hochnahm, gab es für Irmchen nichts Schöneres, als den schwarzen Kopf unter das Kinn des Jungen zu schieben und aus vollem Halse zu schnurren.

*

Irmchen und Pedro waren unzertrennlich. Der Junge liebte seinen Kater über alles. Er war für ihn Freund, Spielgefährte, Bruder und ein Lebewesen, das über die Einsamkeit hinweghalf, die er ständig verspürte.

Pedro nahm den Kameraden auch nachts mit ins Bett. Irmchen kannte das schon. Aber bei Pedro war es anders. Sobald der Junge zugedeckt war und Baldini das Licht ausgeknipst hatte, sprang Irmchen aufs Bett, drehte sich in Pedros Armen dreimal um die eigene Achse und ließ sich mit einem zufriedenen Maunzer zur Seite plumpsen. Dann gab der kleine Clown seinem Kater einen Kuß auf die schwarze Nase und schlummerte zufrieden ein.

So lagen sie, eng aneinandergekuschelt, wärmten sich gegenseitig und waren glücklich.

Drei Wochen gastierte der Zirkus in Cuxhaven, als Baldini sich eines Morgens ans Bett seiner verschmusten Freunde setzte: »Es ist soweit. Irmchen beherrscht seine Kunststücke. Wir sollten es probieren. Ich schlage vor, wir testen ihn bei der Kindervorstellung morgen nachmittag.«

Pedro verspürte ein mulmiges Gefühl in der Magengegend: »Sollten wir nicht noch ein paar Tage warten? Wir sind doch in der nächsten Woche in Hannover! Vielleicht fangen wir lieber dort mit Irmchen an!«

Baldini legte die Stirn in Falten: »Hast du vergessen, was ich dir an der Fähre gesagt habe? Irmchen muß arbeiten! Sonst kann er nicht bei uns bleiben. Seit über drei Wochen lebt er auf unsere Kosten und hat noch immer nicht für sein Futter in der Manege gearbeitet.«

Pedro kannte Baldinis Weltanschauung. Er war der Meinung, daß nur der leben, essen und trinken durfte, der auch dafür arbeitete. Die meisten im Zirkus dachten so. Denn es war ihnen nie etwas geschenkt worden. Viele waren auf der falschen Straßenseite des Lebens geboren und aufgewachsen. Sie hatten die Armut kennengelernt und täglich ums Überleben kämpfen müssen.

Ihnen gemeinsam waren die Träume und Hoffnungen. Reichtum, Anerkennung, Luxus, die Liebe der Menschen, Jubel, Applaus – das wünschen sich alle Überlebenskünstler vom Zirkus. Dafür arbeiten sie, recken und strecken sie sich nach oben. Doch das Füllhorn des Lebens bleibt so oft in unerreichbarer Ferne. Je gewaltiger die Anstrengungen, desto größer waren meist die Enttäuschungen.

Wie oft hatte es sie getroffen: Das Zelt kaputt. Ein Tier tot. Ein Familienmitglied verunglückt. Und im harmlosesten Fall – eine Nummer in der Manege verpatzt. Dann gab es Pfiffe und Popcorn-Gewitter.

Wenn es nicht die Träume und Sehnsüchte waren, die durch die Köpfe der Zirkusleute schwirrten, waren es die Ängste. Wie oft schon hatte der eine oder andere alles hinschmeißen wollen, verzweifelt, deprimiert. Wenn man abends gemeinsam im kleinen Zirkuszelt saß, und der Wind durch die immer wieder notdürftig reparierten Nähte pfiff, wenn das Essen kärglich ausfiel – dann kam es schon mal vor, daß jemand sein Besteck auf den Tisch feuerte und laut anfing zu fluchen. Alle dachten in diesem Moment dasselbe: Wir schaffen es nicht! Wir schaffen es einfach nicht, hier herauszukommen! Unsere Zeit ist vorbei. Adieu Zirkuswelt! Adieu Santini!

Die tröstenden Worte kamen jedesmal vom Chef. Hans Duval blickte seinen Leuten in die Augen: »Ihr dürft nicht aufgeben! Wir alle dürfen nicht aufgeben! Menschen, die hinschmeißen, bevor sie nicht alles versucht haben, sind Versager. Nein, das sind wir nicht! Alles im Leben ist machbar! Man muß es nur wollen! Man muß sein Ziel vor Augen sehen! Man muß dafür leben, darum kämpfen und notfalls sogar bereit sein, dafür zu sterben. Laßt uns nicht aufgeben! Nur, wenn wir zusammenhalten, haben wir eine Chance!«

Hans Duval wußte, daß er mit seinen Worten die Zirkusfamilie kaum noch erreichte. Wie konnte man nur mithalten mit Kinos, Fernsehen, Nachtclubs, Straßenfesten? Betreten blickten alle am Tisch zu Boden. Der Chef hatte so etwas schon oft gesagt – fast zu oft.

Er hat ja recht, dachten die meisten. Aber was nützt es schon? Nichts bewegt sich! Was bewirken da schon Worte?

Pedro, der ganz am Ende des Tisches saß, dachte an seinen Kater. Wenn Irmchen ein großer Star würde, wären wir alle gerettet.

Der Chef blickte zu Pedro und Baldini hinüber: »Na, ihr zwei? Morgen ist euer großer Tag! Irmchen darf zum erstenmal auftreten. Ich werde den schwarzen Teufel höchstpersönlich ansagen.« Die Stimmung war gedrückt. Und sie blieb es, bis gegen Mitternacht alle in ihren Wagen verschwanden.

Pedro schlief in dieser Nacht unruhig in seinem kalten Wagen. Baldini hatte sich nach den Ermahnungen und Beschwörungen Duvals mit mehreren Gläsern Cognac beruhigt und schnarchte angezogen auf seinem Bett. Es war etwa gegen drei Uhr früh, als plötzlich ein beißender Rauch über den Platz zog und in die Wohnwagen kroch.

Irmchen bemerkte als erster, daß etwas nicht stimmte.

Der Kater hob den Kopf, kitzelte dabei Pedro mit den Barthaaren im Gesicht. Der Junge schlug die Augen auf, sah aus dem Fenster und bekam einen Riesenschreck: »Das Zelt! Das Zelt! Mein Gott, das Zelt!«

Baldini war sofort hellwach: »Nein! Das kann nicht sein!«

Ohne ein weiteres Wort zu verlieren, stürzte er aus dem Wagen, brüllte, daß in Sekunden alle wach waren: »Das Zelt brennt, das Zelt! Holt Wasser! Nehmt Eimer, Schüsseln! Schnell, schnell, unser Zelt verbrennt!«

Hans Duval versuchte zu retten, was zu retten war. Mit seiner Frau, den Kindern, den Freunden und Verwandten schleuderte er einen Eimer Wasser nach dem anderen in die Glut. Doch die Flammen fraßen sich hungrig und gierig durch den morschen Stoff.

Der Wind klatschte die lodernde Wand gegen zwei Zirkuswagen, die ebenfalls sofort in Flammen standen. Es war das Ende des kleinen Zirkusunternehmens.

Das Zelt war zur prasselnden Pyramide geworden, als Hans Duval plötzlich den Eimer sinken ließ. Er wischte sich die Tränen aus den Augen, blickte auf das, was sein Leben war und was nun verglühte, starb: Ich habe nicht recht behalten! Ich habe mich geirrt! Man kann kämpfen, soviel man will! Wenn das Schicksal gegen einen ist, hat man keine Chance! Es waren die letzten einsamen Gedanken jenes Mannes, der sich sein Leben lang gegen dieses gottverdammte Schicksal gestemmt hatte. Mit Zelt und Wagen verbrannte auch jeglicher Lebensmut in seinem Herzen.

Hans Duval hörte nicht das leise Knirschen des berstenden Holzes, das langsam das Knistern des Feuers übertönte. Er sah nur in die Flammen.

Zunächst unmerklich, dann immer schneller neigte sich der lodernde Hauptmast des Zeltes. Hans Duval weinte, als der Mast zersplitterte, als die Taue rissen und wie Peitschen nach oben schnellten. Vor ihm verbrannte sein Lebenstraum! In einem windgepeitschten Funkenregen stürzte der Mast zur Seite, riß das verglühende Zelt mit sich.

Der Zirkuschef hatte keine Chance, sich zu retten – er hätte es vielleicht auch nicht getan. Die meterhohen Flammen schlugen über ihm zusammen. Kein Schrei, kein Hilferuf!

Seine Männer rannten sofort zu ihm hin, rissen die schwere Zelthaut zur Seite, zogen ihren Chef weg vom Feuer. Doch es war zu spät! Hans Duval erwachte noch einmal aus der Ohnmacht. Hemd und Hose waren verbrannt, die Haut vom Feuer zerfressen. Der Zirkuschef blickte jedem einzelnen zum Abschied in die Augen: »Ich weiß nicht, wer das getan hat, aber ich verzeihe ihm!«

Dann ergriff er die Hand seiner Frau: »Ich dachte, ich hätte recht. Aber ich habe mich geirrt. Man kann nicht gegen das Schicksal kämpfen. Ich liebe dich! Geh mit den Kindern nach Amerika zu meinem Bruder.«

Der Druck seiner Hand ließ nach. Und während das Zelt in einem Funkenregen verglühte, schloß er die Augen, um zu sterben.

Irmchen und Pedro hatten alles vom Wagen aus mitangesehen. Das war's also, dachte der Junge. Und was machen wir jetzt?

Baldini kehrte in diesem Augenblick in den Wagen zurück: »Duval ist tot! Er wurde vom brennenden Zelt erschlagen. Aber ich glaube, er wollte auch nicht mehr leben. Er hatte irgendwie seinen ganzen Lebensmut verloren. Er wußte wohl, daß wir alle keine Chance haben. Vielleicht mußte alles so kommen.«

Nur wenige Stunden waren vergangen, als die Sonne aufging und die Männer der Cuxhavener Feuerwehr die verbrannten Reste untersuchten. Das Feuer war aus. Zu retten gab es hier nichts mehr.

*

Fast ein Jahr war seit dem Tod von Hans Duval vergangen – ein langes Jahr, ein schweres Jahr. Die Zirkusfamilie hatte sich in Cuxhaven getrennt. Jeder wollte seinen eigenen Weg gehen. Und alle stellten fest: Es gab ohnehin kaum Gemeinsamkeiten. Das Bindeglied war einzig und allein Hans Duval gewesen. Nachdem er mit seinem Zirkuszelt umgekommen war, fiel die Familie auseinander wie Perlen einer Kette, die vom Faden kullern.

Baldini erinnerte sich später noch oft an diese Nacht, in der das Schicksal so plötzlich einen anderen Verlauf genommen hatte. Und er dachte auch an die Worte des Chefs, mit denen er sich und den anderen immer wieder hatte Mut machen wollen. Immer öfter hatte die Überzeugung dem Zweifel Platz machen müssen. Und trotzdem – Duval hatte fest daran geglaubt: Irgendwann einmal würde er Chef eines großen Zirkusunternehmens sein. Er war wohl mit diesem Glauben gestorben – damit, und mit dem Wissen, daß jemand das Zelt angesteckt hatte.

Am Morgen nach der Katastrophe war die Polizei gekommen, hatte Ermittlungen angestellt, Spuren gesucht, die Zirkusfamilie befragt, Anwohner verhört und die verbrannten Überreste sichergestellt.

Doch nichts kam dabei heraus. Die Frage, wer das Zelt angezündet hatte, wurde nie geklärt. Also ließ man die Artisten laufen, setzte sie vor die Tür des Polizeireviers, fast so, wie man einen Hund hinausjagt, den man los sein will.

Die Zirkusleute waren in Cuxhaven nicht beliebt: fahrendes Volk, vielleicht sogar arbeitsscheu. Und mit Sicherheit war ein Mörder unter ihnen. So dachte man im Ort, so tuschelten viele hinter vorgehaltener Hand.

»Adieu, ich drück euch die Daumen!« Baldini gab jedem einzelnen die Hand. Noch einmal schauten sich die Männer und Frauen der »Familie« in die Augen. Vielleicht dachte jeder in diesem Augenblick dasselbe: Der Mörder wurde zwar nicht gefunden. Aber waren nicht alle irgendwie schuldig? Hatten nicht alle Duval, seine Ideale und seinen Glauben verraten? Waren sie nicht froh, daß dieses Leben endlich vorbei war?

Ja! So gesehen waren alle schuldig. Und wie sollte es weitergehen? Es war Winter! Der eisige Wind trieb den Menschen auf den Straßen Tränen in die Augen. Und kaum einer hatte Ersparnisse, um erstmal irgendwo unterzukommen.

Baldini drehte sich nicht einmal mehr um. Er nahm Pedro bei der Hand und verschwand um die nächste Ecke. Der Junge hatte, während er durch den Schnee stapfte, nur einen Gedanken: Ich muß aufpassen, daß mein Irmchen nicht erfriert. Der Kater saß in einem aus Bretterresten zusammengezimmerten Korb mit Lüftungsschlitzen. Pedro hatte noch eine Decke darum gewickelt. Doch der Minikäfig war so groß und schwer, daß Pedro damit seine Mühe hatte.

»Komm, ich habe für uns einen Ausweg«, begann Baldini das Gespräch. »Ich habe in den letzten Jahren etwas Geld beiseite gelegt. Davon können wir zwar keinen eigenen Zirkus aufmachen. Aber für eine bescheidene Drei-Mann-Truppe reicht es. Wir kaufen uns einen VW-Bus und packen unser Glück.«

Zwölf Monate lang versuchten Baldini, Pedro und Irmchen, auf Füße und Pfoten zu fallen, nur um immer wieder Bauchlandungen zu erleben. Ein Kater, der durch einen brennenden Reifen springt – wer wollte das schon sehen? Und ein Clown, dem vor Hunger die Späße vergehen, wen interessierte das schon?

Sie hatten es schwer. Und es ging ihnen schlechter als bei Duval. Wo immer sie konnten, traten die drei auf Marktplätzen auf, zeigten dort ihre Kunststücke. Es war schließlich mehr ein Betteln als die hohe Schule der Artistik. Doch es ging ums Überleben!

Die Baldinis, so nannte sich das traurige Häuflein, spielten in Hildesheim, auf dem Marktplatz von Hameln, versuchten ihr Glück vor der alten stuckverzierten Fassade der historischen Universität von Helmstedt. Die einzigen Zuschauer dort waren die Insassen vom Gefängnis gleich nebenan. Und die lachten und grölten, pfiffen so laut, daß Baldini die Schamröte ins Gesicht stieg.

Auch Irmchen hatte mitbekommen, daß nicht alles nach Wunsch lief. Meist gab es nur Reste von irgendwelchen Bratwürsten zu essen, dazu gummiähnliche fettige Pommes mit Majo oder Ketchup. Das war beim besten Willen nichts für einen kräftigen Kater wie Irmchen. Aber was sollte er machen? Hätte der schwarze Kater mit dem weißen Fleck auf der Brust einen Gürtel getragen, er hätte ihn jetzt enger schnallen müssen.

Irmchen wurde zusehens dünner, genau wie seine beiden Freunde. Die Gesetze des Lebens waren billig und verlogen: Der Nachruhm – darauf kam es an! Alle großen Meister und Genies hatten gefälligst arm zu sterben. Reichtum erniedrigt, macht profan. Nur Armut erhöht!

Hätte Irmchen in menschlichen Kategorien denken können, er hätte bestimmt so oder ähnlich empfunden, um der ganzen Misere wenigstens eine fröhliche Seite abzugewinnen. Aber da Irmchen das nicht vermochte und auch von Galgenhumor noch nie etwas gehört hatte, verspürte er eben nur mordsmäßigen Kohldampf – sonst nichts!

In Schöppenstedt, einem kleinen verschlafenen Ort im Elm, hatten die Baldinis ihren letzten Auftritt. Es sollte auch ihr ungewöhnlichster werden.

Baldini hatte den VW-Bus am Rande des Ortes geparkt und bei drei Vorstellungen kaum 14 Mark eingenommen: »Mein Gott, das reicht ja nicht einmal für ein Essen!«

Er war so verzweifelt, daß Pedro meinte, er müsse nun unbedingt etwas unternehmen.

Das Unheil nahm wieder einmal seinen Lauf!

Es war etwa gegen drei Uhr am Nachmittag, als der Junge mit einem winzigen Paket Wurst in der Hand die Straße hinaufgerannt kam. Kaum 100 Meter dahinter: der schnaufende Fleischer, in dessen Laden er die Wurst geklaut hatte und der Dorfpolizist, der, so lang und schlank wie er war, kaum schneller lief als der dicke Fleischer. Pedro konnte seinem Schicksal nicht entgehen, obwohl er es doch nur gut gemeint hatte. Die Wurst sollte das Abendbrot sein. Man hätte beim Bäcker nebenan nur noch das Brot stibitzen müssen. Aber dazu sollte es nicht mehr kommen.

Die Baldinis mußten mit zur Wache. Auch die geschliffensten Ausreden halfen nichts! Der Beamte spannte einen Bogen in die Maschine, begann das Protokoll zu schreiben.

Da hatte Baldini eine Idee: »Wissen Sie, wir bringen die Wurst zurück, zahlen eine kleine Strafe – ich dachte so an zehn Mark – und führen Ihnen unsere Kunststücke vor.«

Der Polizist und seine beiden Kollegen mußten lachen: Was waren das nur für verrückte Vögel. Aber gut! Es handelte sich ja sowieso nur um Mundraub und nicht um Diebstahl, so logen sie sich in die eigene Tasche. Und außerdem ließ sich so das Protokoll sparen.

Also machten die Hungerkünstler das Polizeirevier zur Zirkusmanege und improvisierten eine kleine Extravorstellung.

Baldini imitierte Charly Chaplin, Pedro balancierte auf der Schreibtischkante und Irmchen hüpfte ungeschickt auf den Vorderpfoten durch den Raum. Doch dann passierte es!

Ein Polizist, der in diesem Augenblick mit zwei Ladendieben das Amtszimmer betrat, bekam so einen Schreck, daß er für einen Moment die Männer aus den Augen ließ.

Die Ladendiebe, quasi Kollegen der klauenden Baldinis, nutzten ihre Chance, blickten sich kurz an – und rannten los.

Der Polizist wurde von der plötzlichen Bewegung so weit und schnell nach vorn geschleudert, daß er wie ein Wurfgeschoß durch den Raum fegte und den balancierenden Pedro mit einem lauten Aufschrei von der Tischkante fegte. Alles ging drunter und drüber! Der Polizist rutschte über den Tisch, riß seinen Kollegen samt Schreibmaschine und Stuhl um. Pedro landete unsanft auf dem abgetretenen grünen Linoleumboden, und Baldini erstarrte. Dann drehte Irmchen durch! Das Fell wie ein Nadelkissen in alle Himmelsrichtungen gesträubt, der buschige Schwanz, der gefährlich in der Luft tanzte – das signalisierte: Jetzt geht es los! Irmchen, in panischer Angst, aber auch voller Temperament, sprang mit einem Satz auf den Lampenschirm, der direkt über dem Schreibtisch des Dorfpolizisten hing. Doch die Lampe bot keinen Halt. Sie pendelte wie bei einem Erdbeben hin und her. Irmchen versuchte vergebens, sich am Stromkabel festzuhalten. Der Kater rutschte ab, drehte sich blitzschnell in der Luft, spreizte die Pfoten und fuhr – wie einen Satz spitzer Messer – seine Krallen aus.

Just im richtigen Augenblick!

Der Polizist, der eben über den Tisch gefegt war, rappelte sich auf, als Irmchen auf seinem Kopf landete und sich im Haar festkrallte. Doch was auf den ersten Blick soviel Halt und Sicherheit zu bieten schien, entpuppte sich in Sekundenschnelle als »völlig losgelöste« Angelegenheit. Samt Haarschopf stürzte Irmchen zu Boden. Der Polizist, seiner schmucken Lockenperücke beraubt, tobte: »Scheißkater, Zirkus-Penner, Diebesgesindel! Ihr seid alle festgenommen. Ich buchte euch ein!«

Für den Bruchteil einer Sekunde herrschte Stille im Raum. Sofort waren sich Ladendiebe und Baldinis wortlos einig: Es ist Zeit zu gehen.

Die beiden Jung-Ganoven waren durch die Tür des Polizeireviers in die Freiheit entkommen.

Fluchend rannten zwei Polizisten hinterher: »Halt, stehenbleiben! Ihr seid verhaftet! Das ist Widerstand gegen die Staatsgewalt! So bleibt doch endlich stehen!«

Es nützte nichts! Die Beamten, ohnehin langsamer und nach wenigen Minuten außer Puste, gaben schnell auf.

Und außerdem! Die Mühe lohnte sich nicht: »Letztlich

sparen wir so den Schreibkram«, sagte der eine zum anderen. »Gehen wir zurück! Trinken wir einen Kaffee! In zwei Stunden ist sowieso Schichtwechsel, und bis dahin müssen wir uns erholen.«

Baldini, Pedro und Irmchen rannten zu ihrem Wagen, sprangen hinein und gaben Fersengeld.

Das war gerade nochmal gutgegangen! Baldini lenkte den alten VW-Bus durch den Elm in Richtung Autobahn: »Komm, wir fahren nach Berlin! Dort ist immer etwas los. Und auf dem Kurfürstendamm können wir mit unseren Kunststücken bestimmt ein paar Mark verdienen.«

*

Ein halbes Jahr war seit dem Auftritt im Polizeirevier vergangen. Die drei Freunde hatten in Berlin inzwischen ein richtiges Zuhause gefunden. Gemeinsam lebten sie in einer kleinen Kreuzberger Zwei-Zimmer-Wohnung an der Oranienstraße. Das Haus war frisch renoviert. Und nach acht Wochen hatten Baldini und Pedro mit Irmchen auf dem Ku'damm soviel Geld verdient, daß sie sich den ersten Fernseher leisten konnten. Die Möbel hatten sie bei Versteigerungen erstanden. Es gab sogar Gardinen, eine Tischdecke auf dem Tisch und Blumen in den Vasen. Die hatte Pedro allerdings auf einem Friedhof geklaut – mit der Rechtfertigung, die Toten könnten sie ohnehin nicht sehen. Und die Lebenden haben wenigstens etwas davon.

Berlin war schön, quirlig, lebendig, farbenfroh, voller Spannung. Die Menschen hier waren anders als auf dem Land: verrückter gekleidet, lustiger und vor allem spendabler.

Die Baldinis zeigten ihre Kunststücke vor dem Café Kranzler, dem Haupteingang eines großen Kaufhauses und auf dem Breitscheidplatz unter der Gedächtniskirche. Ja, hier tobte das Leben. Musikanten spielten auf ihren Instrumenten. Eine ältere Frau im langen bunten Kleid forderte die Passanten schmunzelnd zur freien Liebe auf. Punker und Penner traktierten sich betrunken mit Bierflaschen. Andere lagen dösend daneben, hatten eine ausgemergelte Hundefamilie dabei, bettelten um Geld für Futter – um dafür anschließend im nächsten Supermarkt Billig-Fusel zu kaufen.

Es war fast wie in einem riesigen Freiluftzelt. Horst Ehbauer, Weltmeister im Grimassenschneiden, brachte mit seinem Knautschgesicht die Leute ebenso zum Lachen wie der Clown, der ihnen hinterherlief und dabei jede Bewegung imitierte.

Und mittendrin: die Baldinis! Irmchen tanzte auf den Pfoten, balancierte auf einem schmalen Brett und versuchte sich, oftmals vergeblich –, im »Handstand«.

Das Geld klingelte fröhlich und unüberhörbar im Körbchen. Wenn das Wetter schön war und der blaue Himmel über der Stadt als Zirkuskuppel erstrahlte, zeigten sich die Berliner von der großzügigen Seite.

Und abends, in der Kreuzberger Wohnung, zählten die drei glücklichen Straßenkünstler ihre Einnahmen. Manchmal waren es bis zu dreihundert Mark, die sich auf dem Wohnzimmertisch zu einem kleinen Berg aus Groschen und Markstücken anhäuften.

Baldini strahlte: »Wir sollten etwas Geld zur Seite legen, als Reserve. Wenn wir sparen, können wir uns vielleicht mal einen kurzen Urlaub leisten, auf Mallorca oder so.«

Irmchen lag derweil zufrieden schnurrend auf dem Schoß von Pedro. So war das Leben wundervoll. Tagsüber die vielen Menschen und die Kunststücke, und abends das traute Beieinander mit den Freunden. Was noch niemand ahnte: Für Irmchen sollte bald wieder die Stunde des Abschieds kommen.

*

Es war Hochsommer. Der Kater und die Freunde lebten seit mehreren Monaten in Berlin, als sich Baldini im Wohnzimmer aufbaute und den Vorschlag machte: »Kommt! Wir fahren nach Wannsee! Ich lade euch zum Picknick ein!«

Baldini zauberte einen großen Freßkorb hervor, gefüllt mit Sekt, frischen Brötchen, Wurst, Marmelade, ja sogar Lachs und Aal – dessen Duft Irmchen verführerisch durch die Nase zog. Mit Decken und Kissen, Bechern, Messern und Gabeln fuhren die Freunde hinaus zur alten Mülldeponie, von der man eine herrliche Sicht bis nach Potsdam und Babelsberg hatte.

Zwischen dem hohen Gras, den Blumen und Bäumen, die sich im Wind auf dem bepflanzten Müllberg in eine Richtung neigten, breiteten Baldini und Pedro die Decken aus, ließen den Sektkorken knallen und machten sich über den Picknickkorb her. Was für ein schöner Tag! Keine Menschenseele weit und breit! Nur Sonne, blauer Himmel und duftende Blumen.

Es war am späten Nachmittag. Baldini und Pedro schlummerten im Gras und ließen sich von Insekten im Gesicht kitzeln, als Irmchen beschloß, einen Ausflug zu machen. Schließlich war alles neu. Und eine kleine Runde um den Berg, das würden die Freunde bestimmt nicht bemerken. Es sollte ja kein weiter Ausflug sein, nur eine Schnupper-Tour.

Irmchen streckte seine Pfoten, gähnte herzhaft und lief los. Immer weiter entfernte sich der Mallorca-Kater von seinen Freunden, kletterte den Berg hinab, verschwand zwischen Kiefern und Fichten. Plötzlich raschelte es. Irmchen, der auf seiner Insel das Jagen gelernt hatte, sah ein junges Kaninchen vorbeihuschen und fegte hinterher. Tiefer und tiefer geriet er dabei in den Wald hinein. Das Kaninchen hatte sich längst im Bau der Eltern verkrochen, als es zu dämmern anfing.

Irmchen hielt die schwarze Nase in den Wind, schnupperte, daß die Barthaare nur so tanzten. Der Kater blinzelte in den dunkelblauen Himmel, drehte sich um, lief ein paar Schritte in die eine Richtung, dann in die andere.

Verzweiflung machte sich in seinem Herzen breit. Wo waren nur Baldini und Pedro? Irmchen fühlte Angst. Er hatte sich verirrt. Plötzlich ein Geräusch, das immer näher kam. Ein Schatten löste sich aus dem Dickicht, bewegte sich auf den kleinen Mallorquiner zu: »Na, was bist denn du für einer?«

Irmchen blickte nach oben, war bereit, sofort die Flucht zu ergreifen. Doch irgend etwas in ihm sagte: Halt, warte ab!

Der Ausreißer sah sich den Mann genau an, der etwa zwei Meter entfernt vor ihm stand: Er trug zwei unterschiedliche Schuhe, die nicht mit Schnürsenkeln, sondern mit Paketschnüren zugebunden waren. Auch die Hosenbeine wurden unten mit Schnüren zusammengehalten. Die alte braune Hose war viel zu groß, wurde nur von einem breiten Gürtel am Herunterrutschen gehindert.

Artur, so hieß der Fremde, hatte eine verwaschene graue Jacke an, dazu ein weißes Hemd und eine Krawatte: »Hallo, kleiner Stromer, wem bist du denn davongelaufen?«

Die Stimme des Mannes flößte Irmchen Vertrauen ein. Aber näher als die zwei Schritte ließ der Kater den Fremden nicht herankommen.

Artur war 68 Jahre alt, hatte sein Fahrrad etwa zehn Meter entfernt an einen Baum gelehnt. Sein volles graues Haar trug er glatt nach hinten gekämmt. Aus seinem Gesicht blickten kluge und gütige Augen.

Der Mann, den alle nur den Waldmenschen nannten, weil er in einer kleinen selbstgebauten Holzhütte im Wald lebte, beugte sich vor, kniete sich auf den feuchten Waldboden, streckte seine rechte Hand aus: »Du bist wohl auch so ein Ausreißer, der kein Zuhause hat? Nun komm schon her! Ich tu' dir doch nichts!«

Irmchen tapste einige Schritte auf Artur zu, bereit, sofort die Flucht zu ergreifen. Zu viele Menschen hatten sich ihm schon mit falscher Freundlichkeit genähert. Und oft hatten sie zärtliche Worte geflüstert, um im nächsten Augenblick zuzupacken und Irmchen in irgendeinen Kasten zu sperren. Erfahrungen zählten auch für Katzen, und vor allem für Irmchen. Artur rutschte auf den Knien vorsichtig ein Stück näher: »An deinem zerfetzten Ohr sehe ich, daß du ein Raufbold bist. Ich glaube, wir haben manches gemeinsam.«

Irmchen machte noch einen Schritt nach vorn, und ganz langsam berührten sich Katzennase und Arturs Fingerspitzen. Kater und Mensch mochten sich auf Anhieb.

Artur hob Irmchen hoch, legte ihn sich rücklings wie ein Baby in den Arm, kraulte den Hals: »Was hast du denn da?«

Der Waldmensch sah die matt schimmernde Metallkapsel auf Irmchens Brust, öffnete mit den Fingernägeln die Hülse.

Neugierig las er die Worte, die dort standen.

»Woher stammst du? Von Mallorca? Das kann doch nicht wahr sein. Wie bist du nur hierhergekommen?«

Und plötzlich kullerten Freudentränen über die Wangen des Mannes, der so viele Jahre seines Lebens in Einsamkeit verbracht hatte. Er nahm Irmchens Kopf, hielt ihn fest und gab dem neuen Freund einen herzhaften Kuß auf die feuchte Nase.

Ich würde gern wissen, was dieser schwarze Teufel schon alles durchgemacht hat, dachte er. Aber er sieht kräftig und gesund aus. Bestimmt ist er oft Menschen begegnet, die es gut mit ihm meinten.

Artur lief zu seinem Rad, schob es auf den Waldweg: »Komm, kleiner Vagabund! Wir haben uns gefunden! Nun kannst du auch bei mir bleiben!«

Und wie ein braver Hund, der seinem Herrn folgt, lief Irmchen neben dem neuen Freund her, geradewegs zu dessen Waldhütte.

Es war schon dunkel, als Baldini und Pedro die Suche

nach ihrem Kater aufgaben. Beide waren todunglücklich, hatten sie doch nicht nur einen Partner, sondern auch einen Freund verloren.

Pedro schob seine Hand in die Hand von Baldini: »Warum ist er nur weggelaufen? Wir waren unzertrennlich! Wir haben unser Irmchen geliebt!«

Auch Baldini war niedergeschlagen: »Weißt du, mein Junge, so ist das bisweilen im Leben. Man trifft sich, geht ein Stück des Weges gemeinsam und sagt Adieu. Doch glaube mir, ich werde Irmchen nicht vergessen, genausowenig wie du. Er war schon ein außergewöhnlicher Kater. Aber sieh mal: Er war eben auch ein Abenteurer, auf der Suche nach etwas, das für ihn immer hinter dem Horizont liegen wird. Ich glaube, wir sollten uns keine Sorgen machen. Es geht Irmchen bestimmt gut. Er wird durch die Wälder streifen, die Freiheit genießen – und irgendwann und irgendwo wieder einen Menschen finden, der sich um ihn kümmert.«

Und während Baldini und Pedro traurig zurück nach Kreuzberg fuhren, lag Irmchen schon bei Artur in der kleinen Holzhütte, hatte es sich vor einem prasselnden Feuer auf ein paar alten Lappen gemütlich gemacht und schlummerte. Auch Irmchen dachte an die Freunde, träumte von Abenteuern und Geborgenheit, von bösen und guten Menschen, aber auch von Menschen, denen es genauso ging wie ihm: die oft überall dabei waren, aber doch nie dazugehörten.

Artur war ein Mensch, den das Schicksal hin- und hergestoßen hatte, der immer wieder die bittere Erfahrung hatte machen müssen, daß zwischen der Sonne und ihm vieles war, das lange Schatten warf. Und wann immer er sich bemühte, aus den Schatten herauszutreten, waren sie mitgewandert, hatten ihn schnell wieder eingeholt.

Artur stammte aus einer wohlhabenden Berliner Familie. Sein Vater hatte mehrere Konfektionsgeschäfte. Und als einziges Kind hatte der Junge eine gute Schule besuchen dürfen. Kurz vor dem Abitur holte ihn der Krieg, und Artur mußte an die Front. Er überstand die Jahre wie durch ein Wunder unverletzt.

Als junger Mann, der früh hatte erwachsen werden müssen, volontierte er bei einer Zeitung, schrieb große Geschichten und wurde schon mit fast 30 Jahren Chef einer Zeitungsredaktion. Artur heiratete, wollte für sich und seine Frau ein Häuschen bauen, wollte Kinder und nicht mehr als ein schönes Zuhause. Doch die Schatten seines Lebens breiteten sich schneller aus, als er seine Pläne verwirklichen konnte. Eines Tages kam er heim, fand nur noch einen Zettel: Ich habe die Nase voll! Lebe du dein Leben. Tschüß!

Artur kannte den Grund oder besser, er ahnte ihn.

Claudia, seine Frau, hatte es nicht ertragen können, daß er am Tag vierzehn und mehr Stunden arbeitete, ohne sich um sie zu kümmern. Sie wollte etwas vom Leben haben. Und er? Er hatte immer Pflichten gesehen, Verantwortung, Zeitung, Auflage. Artur war verzweifelt und hilflos.

Er ging am nächsten Tag wieder zur Arbeit. Aber seine Zähigkeit, die einzige wahre Qualität, die er besaß, schmolz dahin. Langsam begann er, seine Arbeit zu vernachlässigen, erst unmerklich, dann immer mehr. Schließlich kam der Alkohol. Wie in Jack Londons ›König Alkohol‹ machte er die Flasche zu seinem Freund und trank sich um das wenige, das er noch besaß. Die Schatten hatten sich wie ein schwerer Mantel um ihn gelegt, und Artur besaß nicht mehr die Kraft, daraus hervorzutreten.

Eines Tages eröffnete ihm sein Chef, daß er gefeuert sei. Zu diesem Zeitpunkt war Artur schon alles egal. Er verlor nicht nur seine Arbeit. Am Ende war er ohne Freunde und Wohnung, die er nicht mehr bezahlen konnte. Und schließlich hatte er nur noch die Sachen, die er am Leib trug.

Da beschloß Artur, alles hinter sich zu lassen und als Waldmensch zu leben. Nun hauste er in den Wäldern von

Wannsee, lebte unter Rehen und Füchsen, bettelte oder traf ab und zu einen Menschen, der ihm Zigaretten, ein Brot oder abgelegte Kleidungsstücke schenkte.

Es dauerte einige Jahre, bis sich Artur an sein neues Leben gewöhnte. Die Einsamkeit des Waldes, so sehr er sie genoß, war eine große Belastung.

Der Waldmensch, wie sie ihn nannten, stand bei Morgengrauen auf, putzte seine Hütte, sah nach, ob irgendwo etwas undicht war und machte sich auf die Nahrungssuche. Bald hatte Artur die besten Pilzstellen entdeckt, wußte, wo die saftigsten Himbeeren wuchsen und besorgte sich den Rest aus Supermärkten. Artur klaute nur in der höchsten Not. Meist stöberte er auf den Höfen der Supermärkte nach Eßbarem, fand ab und zu eine alte Apfelsine oder eine eingedrückte Büchse, die aussortiert worden waren.

Die Wintermonate waren immer eine schwere Zeit. Die Hütte, in der es an allen Ecken und Enden zog, war kaum warm zu bekommen. Und hatte er einmal kräftig durchgeheizt, war das Haus derartig verqualmt und verräuchert, daß er kaum noch Luft bekam. So gingen die Jahrzehnte ins Land. Artur kannte fast alle Tiere des Waldes, hatte ihnen sogar Namen gegeben. Er kannte auch die Spaziergänger, die fast täglich im Wald mit ihren Hunden Runden drehten.

Sein bester Freund war der alte Fritz geworden, der immer am Nachmittag mit seiner Hündin Anja, einem Mischling, spazierenging. Er war früher Oberamtsrat gewesen und wohnte mit seiner Frau Jutta in einem Reihenhaus ganz in der Nähe.

Fast immer hatten die Männer bei ihren Treffen dasselbe Gesprächsthema: Frauen. Stundenlang konnte Fritz von seinen Liebesabenteuern erzählen. Und gebannt hörte Artur zu, wenn der alte Schürzenjäger davon berichtete, wie er die Frauen verführt hatte. Es war eine Welt für sich, in der Artur lebte, bis – ja, bis Irmchen seinen Weg kreuzte.

Er hatte sofort das Gefühl, daß es ein besonderer Kater war. Irmchen schien ihm viel intelligenter als jedes andere Tier. Und Artur staunte nicht schlecht, als er sah, wie Irmchen die knarrende Tür von allein aufmachte und wenig später plötzlich auf den Vorderpfoten durch die Hütte lief. »Was bist du nur für ein Tier«, flüsterte Artur und nahm seinen schwarzen Liebling auf den Arm.

Und wann immer Irmchen so dalag, schloß er genießerisch die Augen, verdrehte den Kopf, ließ alle Pfoten hängen und begann, laut zu schnurren. Irmchen und Artur liebten einander. Sie waren beide Vagabunden, Ausgestoßene, Verlorene dieser Welt. Sie hatten nur sich, und sie wußten es.

Irmchen begleitete Artur überall hin. Bei den langen Ausflügen durch den Wald war der Kater stets an der Seite seines Menschen. Und Irmchen lernte auch bei Artur dazu. Der Waldmensch zeigte ihm, welche Früchte schmecken und Kraft geben. Er besuchte seine Freunde, die Rehe und Füchse, und mit allen schloß Irmchen Freundschaft.

Und nachts, wenn die Sonne über der Havel längst untergegangen war, schlummerte Irmchen auf Arturs Brust, leckte sein Gesicht und zwickte ihn im Schlaf liebevoll mit den Krallen.

Ein Jahr lebte Irmchen bei Artur, so glücklich und zufrieden, wie ein Kater eben nur sein konnte. Doch dann geschah etwas, womit keiner gerechnet hatte. Es war einer jener lauen Sommerabende, an denen man glaubt, im süßen schweren Duft einer Mittelmeerinsel zu ertrinken. Die Sonne stand orangefarben am Himmel. Nur noch wenige Stunden, und es würde Nacht werden.

Da machte Artur einen Vorschlag: »Komm, wir gehen zur Königstraße und beobachten die heimkehrenden Ausflügler.« Brav wie immer trottete Irmchen neben seinem Lieblingsmenschen her. Nach 40 Minuten hatten sie die Straße erreicht. Der Mann setzte sich auf eine Bank.

Der Kater sprang auf seinen Schoß, schloß die Augen und träumte.

»Das ist ja Irmchen! Sieh doch mal, der Mann dort hat Irmchen auf dem Schoß!«

Der Kater hörte seinen Namen, riß die Augen auf, daß sie kullerrund wurden, und schaute hoch.

Nein, das konnte nicht wahr sein! Direkt vor Artur, der verdutzt dreinschaute, standen Baldini und Pedro.

Irmchen war völlig durcheinander!

»Wie kommen Sie zu unserem Kater?« brüllte Pedro Artur an.

»Euer Kater? Der gehört mir! Der ist mir vor einem Jahr zugelaufen!« Artur hielt Irmchen fest, preßte ihn an seine Brust: »Wer seid ihr überhaupt? Wie könnt ihr behaupten, daß er euch gehört?«

Irmchen verstand überhaupt nicht mehr, was geschah. Mit einem Satz war der Mallorquiner vom Schoß gesprungen und auf einen Baum geflüchtet.

Pedro hatte Tränen in den Augen: »Geben Sie uns Irmchen zurück. Sie haben ihn entführt. Irmchen, komm runter! Komm mit nach Hause!«

Der Kater maunzte hilflos. Ja, das waren seine beiden Freunde, mit denen er soviel erlebt hatte. Aber da war auch Artur, den er über alles liebte.

Baldini brachte wieder Ruhe in die Situation: »Haben Sie Irmchen damals im Wald gefunden?«

Artur nickte stumm.

»Und Irmchen lebt jetzt bei Ihnen und ist glücklich.«

Artur – auch er hatte Tränen in den Augen – nickte wieder.

Baldini blickte zu Pedro: »Eine schwierige Angelegenheit. Was machen wir da nur? Offensichtlich fühlt sich Irmchen bei Ihnen durchaus wohl.«

Artur, der immer wieder hatte schlucken müssen, sah die beiden an: »Ihr wollt mir doch mein Irmchen nicht wegnehmen? Bitte, er ist der einzige Freund, den ich habe.«

Die Artisten setzten sich mit auf die Bank: »Weißt du, wir lieben ihn auch! Und wäre der kleine Strolch nicht einfach ausgerückt, würde er jetzt noch bei uns leben.«

Es war Artur, der den entscheidenden Vorschlag machte: »Ich zeige euch mein Haus. Ich lade euch zu einer Büchse Erbsen ein, die ich auf dem Hof eines Supermarktes gefunden habe. Und wenn ihr dann geht, muß Irmchen entscheiden, ob er bei mir bleiben will oder ob er euch folgen möchte.«

Der Mond stand hoch am Himmel, als Artur, Baldini, Pedro und Irmchen vor der kleinen Hütte saßen und in die Flammen des Lagerfeuers blickten. Die beiden Männer und der Junge hatten schnell Freundschaft geschlossen. Sie erzählten sich gegenseitig, was sie alles schon erlebt hatten, sprachen von den schönen Augenblicken und den traurigen.

Kurz vor Mitternacht sah Baldini auf die Uhr: »Komm, wir müssen gehen! Es ist spät!«

Es war der Moment der Entscheidung. Baldini und Pedro klopften ihre Hosen sauber, reichten Artur die Hände. Beide schauten sie zu Irmchen hinüber. Und als ob der Kater fühlte, was los war, wanderten seine Blicke immer wieder zwischen Baldini, Pedro und Artur hin und her. Es war einer der bittersten Augenblicke in seinem Leben.

Baldini und Pedro waren schon einige Schritte vorausgegangen. Kaum noch konnte man sie erkennen im Licht des verglimmenden Feuers. Irmchen rannte hinterher, blieb stehen, drehte sich um.

Und dann tat er etwas, was er in seinem Leben noch nie gemacht hatte: Irmchen fing laut an zu miauen.

Der Kater war hin- und hergerissen in seiner Liebe zu den drei Freunden. Zitternd lief er zurück zu Artur, blieb wieder stehen, blickte zu Baldini und Pedro. Er wußte, daß er Abschied nehmen mußte.

Baldini und Pedro kamen noch einmal zurück, nahmen Irmchen auf den Arm: »Okay, kleiner Teufel, bleib hier!

Wir lieben dich, wir werden dich vermissen. Aber vielleicht hast du es hier besser.« Auch Irmchen hatte sich entschieden – für Artur. Noch lange schaute er seinen beiden Freunden nach, bis sie im Dunkel der Nacht verschwunden waren.

Artur trat neben Irmchen, hockte sich nieder, streichelte seinem Kater das Fell unter dem Hals: »Danke, kleiner Teufel, danke, daß du mich nicht verlassen hast. Ich werde dich nie im Stich lassen, werde immer für dich sorgen.«

Artur lag schon in seiner Hütte und schlief, als Irmchen noch neben dem verglühenden Lagerfeuer saß und in den Wald hineinblickte.

Die Morgendämmerung ließ die Sterne am Himmel verblassen, als der Kater sich vor der Hütte einrollte und in einen tiefen Schlaf fiel. Seine Gedanken wanderten wie so oft zurück nach Mallorca, der Insel, auf der er zur Welt gekommen war. Und im Traum schnupperte er den süßlich-herben Duft der mallorquinischen Wälder, sah er seinen alten Freund Juan vor sich stehen und spürte plötzlich das zarte Stupseln von Valentino.

Was für ein verrücktes Leben!

*

Es war im zweiten Jahr, das Irmchen bei Artur verbrachte, als der Mann aus dem Wald den Kater morgens sanft am Schwanz zog: »Komm, alter Ganove, wir besuchen unseren Kumpel Philip.«

Irmchen gähnte, blinzelte Artur verschlafen an. Philip war der Fuchs, der nahe der Havel seinen Bau hatte und gerade Vater geworden war.

Drei Fuchsbabys tobten ständig um den genervten Papa herum, balgten sich und trieben es oftmals auf die Spitze. Sie zerrten an Philips Schwanz, sprangen dem »Chef« übermütig auf den Rücken und bekamen dann und wann auch mal ein paar sanfte Schläge mit der Pfote, wenn das Gebalge gar zu heftig wurde.

Etwa gegen neun Uhr früh schlichen sich Mann und Kater durch die Schonung, kamen dem Fuchsbau immer näher.

»Horch mal, Katerli, was ist das für ein Geräusch?« Irmchen spitzte die Ohren, konnte aber nichts feststellen und erst recht nicht antworten.

»Das kommt aus dem Bau! Ich glaube, es ist die Mutter der Fuchsbabys. Oh je, sie heult ja fürchterlich!«

Artur kniete sich auf den feuchten Waldboden, versuchte sich Klarheit zu verschaffen. Unmöglich! Das Gewimmer wurde immer lauter. Doch zu sehen war nichts. Er richtete sich wieder auf, wischte sich die Hose sauber. »Irmchen, bleib hier! Ich hole eine Taschenlampe.« Nach 45 Minuten war Artur zurück, knipste die Taschenlampe an, leuchtete in den Fuchsbau. Nichts zu erkennen!

Der Mann legte die Stirn in Falten. »Ich muß da wohl hineinkrauchen. Der Eingang ist ja groß genug. Hoffentlich wird es hinten nicht enger.« Artur legte sich auf den Boden, schnappte die Lampe, robbte vorsichtig in die Erdhöhle.

Er war schon mit den Füßen verschwunden – Irmchen saß derweil draußen vor dem Eingang, kam sich als Wachtposten ungeheuer wichtig vor – als Artur unter einer Wurzel hängenblieb.

»Mist!« Er zerrte an der Wurzel herum, versuchte, sich davon zu befreien. Immer wieder rüttelte und ruckelte er. Da geschah es! Die Decke des Baus löste sich, begrub ihn fast bis zum Hals im Sand.

»So ein Dreck, verfluchter! Auch das noch! Irmchen, Irmchen, Hilfe!«

Artur wußte natürlich genau, daß der Kater nicht helfen konnte. Irmchen war zwar kräftig und talentiert. Doch ein verschüttetes Herrchen auszugraben, das war etliche Nummern zu groß.

Mühselig gelang es Artur, der Todesängste verspürte, sich ein wenig Luft zu verschaffen. Da! Hinter einer Biege entdeckte er Sekunden später die Füchsin. Schlimm sah sie aus. Ihre linke Vorderpfote hing in einer Falle. Blut tropfte aus der Wunde, und es schien, als sei die Pfote völlig zerquetscht.

Ohne auf sich selbst zu achten, versuchte Artur, bis zur Füchsin zu kriechen: »Hallo, mein Mädchen! Schön brav! Ich bin sofort bei dir und befreie dich.« Durch den kleinen Erdrutsch hatte sich auch die verhängnisvolle Wurzel etwas gelockert. Artur robbte bis zum Fuchsnest, versuchte, die Falle zu öffnen. Es funktionierte nicht. Er konnte die Kraft seiner Arme nicht einsetzen, weil der Platz fehlte. Zurück ging es auch nicht mehr, denn ein Umdrehen in dem engen Bau war unmöglich. Also blieb nur ein Weg: mit dem verletzten Tier durch die Decke.

Philip und die Fuchsbabys, die gemeinsam in einer Ecke saßen und keine Scheu vor dem Freund hatten, schauten gebannt und ängstlich zu. Im Liegen begann Artur, an der Höhlendecke herumzukratzen. Erdbrocken fielen ihm ins Gesicht. Immer wieder mußte Artur husten und Sand ausspucken. Ganz zu schweigen von den Krümeln, die ihm schon Augen und Ohren zukleisterten. Es war eine schmutzige Arbeit. Aber schließlich wollte er seine kleine Freundin nicht verletzt zurücklassen.

Während sich Artur durch das Erdreich buddelte, saß Irmchen immer noch am Eingang und döste vor sich hin. Nicht im geringsten erstaunt darüber, daß Herrchen nichts von sich hören ließ, geschweige denn aus dem Fuchsbau auftauchte, spielte Irmchen mit den Mücken, die über ihm in der Luft tanzten.

Arturs »Angriff« auf den Fuchsbau lag etwa eine halbe Stunde zurück, als sich plötzlich in sieben Metern Entfernung unter dem modrigen Blätterteppich etwas bewegte: Irmchen ließ die Mücken Mücken sein, lief neugierig zu der Stelle.

Zuerst bohrte sich eine Hand aus der Erde, dann folgte ein Arm. Am Ende, völlig verdreckt und über und über mit schwarzem Waldboden bedeckt, tauchte das Gesicht von Artur auf: »Hallo Irmchen! Nett, daß du mir geholfen hast. Bist ein echter Kumpel.« Irmchen legte den Kopf zur Seite, machte einen Schritt vorwärts und stupste Herrchen mit der Nase, fing laut an zu schnurren.

»Erdmännchen« Artur verdrehte die Augen: »Ich glaube, ich spinne! Da begebe ich mich in Todesgefahr, tauche wie ein Zombie mitten aus der Erde auf, und du fängst an zu schmusen.« Irmchens Freund vergrößerte das Loch, bückte sich, hob die verletzte Füchsin ans Tageslicht: »So, meine Maus, jetzt bist du gleich frei.«

Mit zwei schnellen Griffen hatte Artur die Falle geöffnet und die verletzte Pfote vorsichtig herausgezogen: »Oha, sieht nicht gut aus! Ich muß dich wohl mitnehmen. Hier hast du keine Chance.« Wie ein Kind trug Artur die Füchsin zu seiner Waldhütte. Im Gänsemarsch hinterher: Irmchen, Fuchspapa Philip und die flauschigen Fuchskinder. Irmchen war selig. So schön war es noch nie gewesen.

Obwohl Füchse und Katzen sonst so gut wie nichts gemeinsam haben – als die Pfote verheilt war, gab es vor der Hütte nur noch eine große Familie. Die Fuchsbabys tobten durchs Häuschen, rissen den einzigen Topf vom Herd, rollten sich in den alten Läufer ein. Und draußen vor der Tür saßen die Fuchseltern, spielten mit Irmchen und hielten sich schon fast für Haushunde, so zutraulich waren sie. Etwa drei Wochen leisteten Philip und seine Familie Artur und Irmchen Gesellschaft. Dann war die Pfote der Fuchsmama ganz gesund.

Artur stand vor seiner Hütte, schaute in die Runde: »Am liebsten würde ich euch alle hierbehalten. Aber das geht nicht. Ihr müßt zurück zu eurem Bau.«

Die Tiere blickten Artur an. Aha, mit dem Spielen in der Großfamilie ist es nun wohl vorbei, las man in ihren Gesichtern.

Der Mann fuhr mit der Hand durchs Haar: »Dann wollen wir mal!« Artur hob eines der Jungen hoch und lief los.

Und wie auf ein Signal hin setzte sich die ganze Familie in Bewegung. Am Fuchsbau angekommen, fühlten sich die Tiere gleich wieder wie zu Hause. Im Nu waren sie in der Erdhöhle verschwunden, kamen aber nach wenigen Minuten erneut zum Vorschein.

»Also dann, Freunde, ich wünsche euch alles Gute. Komm, Irmchen, wir müssen zurück.«

Waldmensch und Kater verbrachten den Abend wie so oft am Lagerfeuer vor der Hütte, blickten abwechselnd in die Flammen und hoch zum Sternenhimmel.

Artur griff sich an die Schulter, die seit Wochen schmerzte: »Irmchen, ich werde alt. Ich weiß'nicht, wie lange wir hier noch leben können.«

Artur dachte dabei an das Seniorenheim, das er vor wenigen Tagen besucht hatte und wo ein Zimmer auf ihn wartete. Vielleicht sollte er dorthin umziehen. Es gab ein warmes Zimmer, einen kleinen Fernseher, regelmäßige Mahlzeiten und die richtige Pflege. Aber was würde aus seinem Freund werden? Er konnte ihn nicht mitnehmen. Katzen waren dort verboten. Und Irmchen zurücklassen? Nein, das brachte er auch nicht übers Herz.

So heftete der alte Mann überall am Wannsee Zettel an die Bäume, hoffte auf ein neues Zuhause für Irmchen. Doch niemand wollte den Kater haben.

»Irmchen, was machen wir nur mit dir?«

Artur hatte eine verrückte Idee: »Ich bringe dich morgen in den Zoo. Da leben so viele Tiere. Vielleicht findest du dort eine neue Heimat!«

Am nächsten Tag nahm der Mann seinen Freund an die Leine und fuhr mit dem Bus in die City, schmuggelte sich durch den Lieferanteneingang des Wirtschaftshofes in den Zoo.

Irmchen kam aus dem Staunen nicht mehr heraus: überall die vielen Menschen und Tiere. Aber eines war komisch: Die Menschen liefen alle frei herum, während die Tiere eingesperrt in ihren Käfigen und Gehegen saßen.

Und was es da für Exoten gab: Neugierig betrachtete Irmchen die gewaltigen Giraffen, die Büffel, Affen, Antilopen, Bären und all die anderen Tiere. So viele fremdartige Lebewesen hatte der kleine Mallorquiner noch nie gesehen. Irmchen wurde nervös. Die unterschiedlichen Gerüche, die Laute, die die Tiere von sich gaben, all das machte ihm Angst.

Artur hielt seinen Kater auf dem Arm, kam eben am Raubtierfreigehege vorbei, als ein Tierwärter ihn ansprach: »He, was machen Sie denn mit dem Kater hier? Sind Sie von allen guten Geistern verlassen? Verschwinden Sie, Katzen sind hier verboten!«

Der Waldmensch bekam einen Schreck, ließ Irmchen fallen, als just in diesem Moment ein Tiger in seinem Gehege lauthals brüllte und fauchte. Das war zuviel für Irmchens Nerven. Er machte einen Buckel, kreischte. Sein Fell stand senkrecht, so daß er fast doppelt so groß wirkte.

Artur rief noch: »Irmchen, komm her! Es ist gut! Dir passiert nichts!« Doch es war schon zu spät. In panischer Angst fegte der Kater davon, verfolgt von Artur und dem Pfleger, der immer lauter schimpfte und brüllte.

Irmchen schlug genau die falsche Richtung ein: geradewegs zum Tigergehege. Der Kater war nicht mehr zu bremsen. Mit wenigen Sätzen saß er oben auf den Gitterstäben, raste von Käfig zu Käfig. Nun drehten auch seine großen Verwandten unter ihm durch. Die Pumas, Tiger, Geparden und Panther rasten und tobten in ihren Anlagen. Panik brach aus und machte alles noch viel schlimmer.

Väter rissen entsetzt ihre Kinder zurück, Mütter klammerten sich an ihre Männer, Kinder fingen an zu plärren, und irgend jemand brüllte voller Verzweiflung: »Holt die Polizei, erschießt die Tiere, sie brechen bestimmt aus und bringen uns alle um!«

Nichts dergleichen geschah, denn die Gitterstäbe bestanden aus massivem Eisen.

Aber das schien die Großkatzen keinesfalls zu stören.

Während Irmchen noch immer in Panik auf den Drahtabdeckungen hin und her rannte und vergeblich nach einer Fluchtmöglichkeit Ausschau hielt, sprangen die Pumas und Leoparden an den Gitterstäben hoch. Sie verkrallten sich im Maschendraht, versuchten, den Eindringling mit ihren Riesenpranken zu erwischen. Es wurde für den Kater der reinste Todes-Slalom. Überall tauchten die gewaltigen Krallen auf. Und nur um Haaresbreite entging Irmchen den messerscharfen Klauen.

Derweil stand Artur hilflos auf einem kleinen Stück Rasen vor dem Gehege, brüllte pausenlos: »Irmchen, du Idiot, beruhige dich doch!« Drei Tierpfleger, die mit einem Wasserschlauch angerannt kamen, brachten Rettung. In wenigen Sekunden hatten sie den Schlauch an einen Hydranten angeschlossen, jagten den kalten Strahl mitten ins Gehege.

Besucher, Pfleger, Raubtiere und Artur, alle waren sofort pitschnaß. Nur Irmchen, inzwischen auf das Dach des Raubtierhauses geflüchtet, war für den scharfen Wasserstrahl unerreichbar. Artur war ratlos. Als plötzlich auch noch der alarmierte Zoodirektor erschien, und die Raubtiere mit aller Kraft versuchten, die Gitterstäbe auseinanderzudrücken, rannte er völlig kopflos in die Richtung des Ausgangs.

Das war für Irmchen das Signal. Als der Kater seinen Freund davonlaufen sah, hechtete er mit großen Sprüngen über die Gitter hinweg, sprang in hohem Bogen auf den Rasen vor den Käfigen. Mit einem Affenzahn flitzte Irmchen hinter Artur her, nur mit einem Wunsch im pochenden Herzen: Bloß weg hier und zwar ganz schnell!

Artur hatte eben das Elefantentor erreicht, als Irmchen um die Ecke schoß und mit einem Satz auf seiner Brust landete.

Mit dem zitternden Kater auf dem Arm hastete Artur zur nächsten U-Bahnstation, rannte bei Rot über die Kreuzungen, so daß die Autofahrer gleich dutzendweise in die

Bremsen steigen mußten. Im letzten Augenblick sprang Artur auf einen anfahrenden Zug. Dann kehrte endlich Ruhe ein.

Und während die anderen Fahrgäste staunend das komische Duo betrachteten, streichelte Artur seinen Kater, bis dieser genüßlich vor sich hinschnurrte. Nach vier Stationen war die Welt für beide wieder in Ordnung: »Ich glaube, der Zoo ist nicht das richtige Zuhause für dich. Da ist zuviel los. Da sind zu viele Menschen und Tiere.«

An diesem Abend fanden die Freunde erst spät den Schlaf, so aufregend und hektisch war der Tag gewesen. Ihr Problem hatten sie nicht gelöst.

Artur fragte überall in Wannsee nach einer neuen Heimat für Irmchen. Aber alle schüttelten die Köpfe. Fritz, sein Freund, hatte einen Hund, und der haßte Katzen wie die Pest. Und dessen Tochter Annelie pflegte bereits zwei Katzen aus der Nachbarschaft. Auch da gab es kein Zuhause. Der Sohn von Fritz, der in der City lebte, hatte schon sechs Katzen.

Artur war verzweifelt: »Ich kann dich doch nicht einfach im Wald zurücklassen.«

Das Schicksal holte die beiden Freunde ein, viel schneller, als sie es geglaubt hatten. Es war nur wenige Tage später, als ein Mann vom Bezirksamt morgens vor der Waldhütte erschien: »Wir haben für Sie einen Platz im Seniorenheim. Packen Sie Ihre Sachen und kommen Sie bitte mit!«

So schnell verschwand Artur, der Waldmensch, aus Irmchens Leben. Sie hatten noch nicht einmal Zeit, um richtig Abschied zu nehmen. Artur hob seinen zerzausten Liebling auf den Arm, küßte ihn auf die feuchte, schwarze Nase: »Leb wohl, mein Freund! Mach's gut, du mallorquinischer Teufel. Ich kann nichts mehr für dich tun. Paß auf dich auf!«

Der Mann setzte Irmchen auf einen Stein, hatte Tränen in den Augen, als er ihm zum letztenmal das Fell kraulte.

Traurig nahm er seine alte Tasche und die Plastiktüten mit den wenigen Habseligkeiten, machte sich mit dem Mann vom Bezirksamt auf den Weg.

Irmchen war wieder einmal allein. Doch so groß der Abschiedsschmerz war, so ungewiß die Zukunft, der Kater fühlte instinktiv, daß es wohl irgendwie weitergehen würde. Eine letzte Nacht noch verbrachte er in der nun einsamen Hütte. Überall roch es nach dem Freund, der so plötzlich und schnell gegangen war. Und wie damals in Estellencs rollte sich Irmchen zusammen, vergrub das Katzengesicht unter den schwarzen Pfoten und schlief ein.

Als Tage später Waldarbeiter kamen und die kleine Holzhütte einrissen, war Irmchen schon längst unterwegs, auf der Suche nach neuen Abenteuern.

*

Irmchen empfand einen Riesenspaß dabei, allein durch den Wald zu streifen. Immer wieder traf er Spaziergänger, jung und alt, die ihm unbedingt das Fell kraulen wollten. Und so manches Kind bettelte seine Eltern an: »Schau mal, die Mieze dort! Die möchte ich haben!«

Wann immer er solche Worte hörte, flitzte der Kater schnurstracks um die nächste Ecke, verschwand hinter einem Gebüsch oder einem Baum.

Nein, eingesperrt in einer Stadtwohnung, bei irgendwelchen völlig normalen Menschen? Dafür war er nicht geeignet. Das Leben war bisher so abwechslungsreich, stürmisch und abenteuerlich. Und dann irgendwo bei einer braven Familie leben? Irmchen wäre verkümmert und vor Langeweile bestimmt gestorben.

Das Leben war für ihn ein großer Spaß, ein gefährlicher bisweilen, aber auch ungemein reizvoll.

Und wie das oft so ist: Wer mit den Gefahren lebt, gewöhnt sich daran, lernt, damit umzugehen, geht eben meist nicht daran zugrunde.

Irmchen hielt es, ohne es zu wissen, mit Jack London, dem amerikanischen Abenteuer-Schriftsteller.

Man mußte dem Leben ein Angebot machen, dem Leben und dem Schicksal. Die Höhen zählen nur, wenn man auch die Tiefen kennengelernt hat. Nur wer aus der Geborgenheit heraustritt und das Risiko eingeht, von der Gewalt des Schicksals vernichtet zu werden, entwickelt die Kraft, sich aus Niederlagen emporzukämpfen.

Nur der Kampf zählt im Leben. Es waren stets die Kämpfer, die durch das große Tor in die Geschichte dieser Welt eintraten. Kämpfer wurden geboren, oder sie machten sich selbst dazu.

Nein, so konkret dachte Irmchen nicht, konnte er gar nicht denken. Aber in der Tiefe seines Herzens empfand er so. Irmchen war wild, genau wie seine Eltern. Er besaß noch das, was heute so vielen Kreaturen auf dieser Welt fehlt: Ursprünglichkeit, Verwegenheit, Spontanität.

Ob Mensch oder Tier: So viele waren schwach, müde und verweichlicht. Die Zivilisation hatte Mensch und Tier gleichermaßen zu kaum noch belastbaren Geschöpfen gemacht. Immer mehr Menschen quälten sich mit Zivilisationskrankheiten. Sie litten unter Allergien, Erbkrankheiten, Umweltschäden, psychischen Störungen. Und die Tiere? Sie wurden entweder ausgerottet oder zu lebensunfähigen Nahrungslieferanten gezüchtet.

Was Irmchen dagegen spürte, war die Energie, die seine Vorfahren ihm vererbt hatten. Es war die wilde Kraft des Lebens, so rein und unverfälscht und ursprünglich.

Er war ein mutiger kleiner Kerl, stark, talentiert und sehr klug. Er wußte, daß Menschen böse und gut waren, und daß sie heute so und morgen so reagieren konnten.

Das bedeutete für den Kater: Man sollte nie zu vertrauensvoll sein und den Menschen lieber einmal mehr aus dem Weg gehen. So hielt er es und kam damit gut zurecht. Auf seinen Streifzügen ernährte er sich von Mäusen und Kaninchen, und ab und an gelang es ihm, einen Vogel zu fangen.

Es wurde Herbst, als Irmchen in Wannsee, gegenüber vom alten Strandbad, vor einem hohen Zaun stand. Er war grün gestrichen, hatte ein Steinfundament. Alle fünf Meter wurde er durch Steinsäulen gehalten. Irmchen, der keine Lust verspürte, sich in die Nähe menschlicher Behausungen zu begeben, steckte trotzdem seine Nase durch eine Lücke im Zaun, roch den süßen Duft von gebratenem Fleisch. Irgend jemand saß im Garten und grillte Würstchen über einem offenen Feuer.

Irmchen, sonst stets vorsichtig, war so sehr mit Schnuppern beschäftigt, daß er gar nicht merkte, wie jemand von hinten heranschlich. Blitzschnell schossen zwei Hände vor, packten ihn am Genick, umklammerten die Pfoten mit den gefährlichen Krallen. Der Kater wollte gerade wieder zum großen Freiheitskampf durchstarten, als er sah, wer ihn da so heimtückisch von hinten attackiert hatte: »Na, du bist ja einer! Du bist ja ein Süßer. Du bist genauso schwarz wie ich!«

Stimmte! Maria, die als Dienstmädchen in der Villa arbeitete, und die sich um die Kinder des Hausherrn zu kümmern hatte, war von dunkler Hautfarbe, strahlte Irmchen mit ihren braunen Kulleraugen an.

Der Raufbold stemmte sich gegen die Umklammerung, fuhr aber seine Krallen gleich wieder ein: Nein, das war kein böser Mensch. Das erkannte er sofort.

Maria trug ein blaues Kleid und eine weiße Schürze. Was fehlte, war ein Häubchen. Sonst hätte sie ausgesehen wie eine Krankenschwester.

Das Dienstmädchen lebte seit sieben Jahren im Haus von Heinz Weilandt, der als Filmproduzent Millionen verdiente. Maria war 28 Jahre alt, wohnte in einem kleinen Seitenflügel der 42-Zimmer-Villa. Sie hatte eine niedliche Zwei-Zimmer-Wohnung und einen direkten Ausgang zum Garten. Es ging ihr gut hier, und sie war glücklich.

Der Familienchef war selten zu Hause. Die beiden Kinder Sven und Margarete langweilten sich ständig oder ließen sich von Privatlehrern unterrichten. Sven, 13 Jahre alt, spielte Klavier, war ein As am Computer, sprach perfekt Englisch und Französisch und hatte für sein Alter eine ausgezeichnete Allgemeinbildung. Margarete war drei Jahre älter als Sven, träumte von jungen Männern und Abenteuern. Sie besuchte abends heimlich alternative Kneipen, diskutierte über sinnige und unsinnige Möglichkeiten, die Welt zu verändern. Sie rauchte ab und an Haschisch und gab ihr Taschengeld für Kosmetika, Cola und Kleidung aus.

So recht glücklich waren Sven und Margarete nicht, obwohl sie alles hatten. Aber vielleicht lag es genau daran. Sie besaßen alles, was man für Geld kaufen konnte. Was sie vermißten, war die Würze des Lebens. Ein wenig Not und Entbehrung hätten sie vielleicht gern mal kennengelernt. Aber so recht von Herzen kam dieser Wunsch denn doch wieder nicht.

Ihre liebste Freundin war Maria. Die Tochter eines US-Soldaten und einer Berlinerin war in Berlin geboren und in den Vereinigten Staaten aufgewachsen. Sie hatte sich nach der Schule allein durchboxen müssen und war nach vielen Umwegen im Haus von Heinz Weilandt gelandet. Oft saßen Sven und Margarete abends bei Maria im Wohnzimmer, erzählten von Kummer und Freuden, lachten, tobten und spielten miteinander.

Maria war die Seele des Hauses. Sie konnte alles. Obwohl nicht für die Küche zuständig, war sie eine perfekte Köchin. Und die größte Freude kam auf, wenn sie den Kindern ihre Lieblingsspeise zubereitete: Griespudding mit Mandeln, Rosinen und Marzipan. Dazu Blaubeeren und obendrauf eine Portion Schlagsahne.

Maria hatte sich sofort in Irmchen verliebt: »Komm, du schwarzer Feger. Ich nehme dich mit in meine Wohnung und gebe dir erstmal was zu futtern.« Irmchen kannte das. Was jetzt folgte, war durchaus zu ertragen: eine Schale Milch, ein Stück Fleisch und anschließend – vielleicht – ein Platz im warmen Kuschelbett.

Das mit der Milch und dem Futter traf ein. Aus dem Bett wurde nichts. Irmchen mußte auf der Couch schlafen. Auch gut!

Ach, war das schön, wieder ein richtiges Zuhause zu haben. Irmchen beschloß, eine Weile zu bleiben. Und wer Katzen kennt, der weiß, daß sie es sind, die sich ihr Herrchen oder Frauchen aussuchen, nicht umgekehrt.

So auch Irmchen: Der raffinierte Kater wußte genau, wie man einen Menschen becircen mußte. Erst stolz durchs Zimmer schreiten und den neuen Besitzer keines Blickes würdigen. Dann, wenn er verführerisch die Stimme hebt und anfängt zu säuseln, verstohlen einen Schmuseblick zuwerfen und um die Beine streichen. Schließlich, wenn der neue Besitzer liebevoll flüstert: Komm doch mal auf den Schoß, muß man sich als Kater etwas zieren. Aber Katzen sind wie Menschen, irgendwann bricht der Widerstand. Und am Ende gibt man dem neuen Herrchen oder Frauchen großzügig die Gelegenheit, das Katzenherz zu erobern. War der Platz auf dem Schoß erst einmal gesichert, mußte man als Katze nur noch die Augen zukneifen, herzhaft schnurren und mit dem Köpfchen stupseln. Das wirkte immer und hatte stets zum Erfolg geführt. Auch der Raufbold von Mallorca machte da keine Ausnahme.

Nach zwei Abenden hatte Irmchen sein Ziel erreicht, drehte sich am Fußende von Marias Bett, bis er die richtige Schlafposition gefunden hatte.

Maria, die wußte, daß fremde Tiere auf dem Grundstück verboten waren, fühlte Unbehagen: Da waren die Schäferhunde Rex und Ralph, die mit Irmchen kurzen Prozeß machen würden. Da war aber auch der Chef des Hauses, Heinz Weilandt, der keine Tiere außer seinen Hunden duldete.

Maria beschloß, erst einmal nur ihre beiden jungen Freunde einzuweihen. Hatte Irmchen die Herzen von Sven und Margarete erobert, würde auch der Rest kein Problem mehr sein.

Schon am nächsten Tag war es soweit. Irmchen machte seinen ersten Spaziergang durch den Garten, als plötzlich die beiden Hunde angerannt kamen. Der Eindringling hatte eindeutig die schlechteren Karten. Rex und Ralph, die Katzen haßten, jagten Irmchen sofort kreuz und quer über das Grundstück.

Der Kater war jedoch keine leichte Beute. Im Zickzack schoß er zwischen Hecken und Beeten hindurch, sprang im hohen Bogen über die Terrasse, fegte mehrere Male ums Haus herum, hechtete über Gartenmöbel, um im nächsten Augenblick wie ein geölter Blitz um den Swimmingpool zu kurven.

Rex und Ralph hatten es schwer. Irmchen war zwar nicht schneller, dafür aber wendiger. Und nach zehn Minuten japsten die Hunde schon nach Luft. Doch jetzt kam Irmchen erst richtig in Fahrt. Wann immer die Hunde aufgeben wollten, sauste er an ihnen vorbei, machte sie regelrecht verrückt. Nach weiteren zehn Minuten waren Rex und Ralph mit ihren Kräften am Ende.

Irmchen wurde übermütig. Um den Hunden zu zeigen, wer hier der Meister ist, schoß er mit einem Anlauf an ihren Köpfen vorbei und hechtete mit einem Riesensatz auf eine alte Eiche, die mitten im Garten stand.

Das war zuviel! Jaulend ließen sich die Hunde vor dem Baum auf die Seite fallen und fingen laut an zu knurren. Kaum außer Puste hüpfte der Kater von Ast zu Ast, trieb mit den Hunden ein wildes Spiel. Plötzlich verlor er den Halt, schwebte den Bruchteil einer Sekunde zwischen Himmel und Erde und plumpste direkt vor den Nasen der Hunde auf den Rasen.

Aus: Rex schnappte zu und erwischte Irmchen am Rükken. Wie ein Irrer schüttelte er seine Beute im Maul, wollte dem Kater die Wirbelsäule durchbeißen. Irmchen, der schon auf Mallorca gegen einen Hund hatte kämpfen müssen, drehte sich blitzschnell um und schlug Rex die Krallen in die Nase. Keinen Augenblick zu früh. Sekunden später hätte der Hund dem Kater mit der Kraft seines Kiefers das Rückgrat gebrochen.

Irmchen war noch leicht benommen, hatte nur einen Gedanken: Weg! Mit großen Sprüngen hechtete der Kater über die Wiese, als ein untersetzter kräftiger Mann mit Sonnenbrille und in Badeshorts aus dem Haus auf die Terrasse trat.

»Was ist denn hier los«, konnte Heinz Weilandt gerade noch sagen, als Irmchen mit einem Riesensprung auf seiner Brust landete, sich an der nackten Haut des Mannes emporhangelte und auf seiner Schulter Halt suchte.

»Aua, du verdammtes Mistvieh, Himmelarsch, wo kommt dieser Kater her?«

Irmchen zitterte am ganzen Körper. Von herzlicher Eroberung, Schmusen und Schnurren konnte da keine Rede sein. Zu verrückt war die Situation.

Heinz Weilandt schüttelte den Kater ab: »Hau ab! Raus hier! Oh, tut das weh! Pfui Teufel! Überall die Kratzer!«

Der Filmproduzent hatte den Satz kaum zu Ende gesprochen, als auch schon Rex und Ralph um die Ecke gerannt kamen. Der Filmboß reagierte instinktiv. Wie im Reflex bückte er sich, hob den Kater hoch: »Holla, holla, ganz ruhig! Platz! Rex, Ralph, sofort Platz!«

Die Hunde zögerten einen Augenblick und gehorchten.

Heinz Weilandt, dessen Kratzwunden heftig bluteten, rief nach seiner Frau: »Sophie, komm mal raus und hilf mir. Ich habe hier ein Problem!«

Doch Sophie Weilandt hörte nichts. Sie stand in der Küche, hatte das Radio laut gestellt. Statt dessen kam Sven aus dem Haus geflitzt: »Papa, was ist denn das? Ich dachte, du magst keine Katzen!«

Heinz Weilandt wischte sich mit einem Taschentuch das Blut von Brust und Schulter: »Was soll das dumme Gerede? Sperr die Hunde sofort ein. Du siehst doch, daß sie verrückt spielen.«

Maria, die den Lärm gehört hatte, kam ebenfalls aus

dem Haus gerannt: »Irmchen, mein Gott, Irmchen, was ist denn nur los? Oh je, Herr Weilandt. Was hat der Kater mit Ihnen angestellt?!« Maria sah richtig besorgt aus.

Heinz Weilandt riß die Augen auf, legte die Stirn in Falten, tobte los: »Sind Sie wahnsinnig? Sie haben diese verfluchte Katze angeschleppt? Sie wissen doch, daß ich dieses Viehzeug hasse! Nehmen Sie mir sofort den schwarzen Bastard ab und schmeißen Sie ihn vor die Tür. Ich dulde hier keine Dreckstiere!«

Hätte Irmchen die Worte verstanden, er wäre tödlich beleidigt gewesen. So aber sah der Kater nur seine Freundin Maria und beruhigte sich wieder.

Der Chef kannte kein Erbarmen. Als Maria versuchte zu erklären, wie sie an den Kater gekommen war, brüllte der Filmboß erneut los: »Hören Sie auf! Schmeißen Sie das Vieh raus! Und wenn Sie noch ein Wort sagen, können Sie Ihre Sachen packen!«

Eine schlimme Situation. Maria nahm den Kater, streichelte ihm das blutende Fell: »Aber er ist doch verletzt!«

Die Frau hatte Tränen in den Augen, hielt Irmchen vorsichtig auf dem Arm: So ein Scheißkerl, dachte sie. Wie kann er diesen armen Zausel nur vor die Tür setzen?

Aber sie mußte gehorchen. Weilandt war der Boß, nicht nur im Filmgeschäft, sondern auch zu Hause. Und er war nun mal auch ihr Brötchengeber und obendrein noch ein Katzenhasser.

Das waren genug Argumente gegen den zerzausten Irmchen-Kater. Maria brachte den derangierten Raufbold vor das große Gartentor: »Tut mir leid, Kleiner! Ich kann dir nicht helfen. Aber warte! Wenn es dunkel ist, bringe ich dir eine Schale Milch.«

Maria verschwand, und Irmchen saß wieder einmal mutterseelenallein draußen vor irgendeiner Tür.

Alle Knochen taten weh. Der Zausel fing an, sich zu putzen. Jede Bewegung schmerzte. Die Verletzungen bluteten stark, waren jedoch nicht lebensgefährlich. Müde rollte sich der Kater neben einem Steinpfosten zusammen und war überzeugt, erneut eine gehörige Portion Weltschmerz runterschlucken zu müssen.

So waren die Menschen. Einige mochten Tiere, andere wiederum nicht. Aber wie sollte man sie unterscheiden? Bei Heinz Weilandt war das kein Kunststück. Er hatte Irmchen schnell klargemacht, wer in seinem Herzen Platz hatte und wer nicht.

»Hallo, Katerli! Was machst du denn da?«

Die Stimme verriet, daß es sich in diesem Fall wieder mal um einen Katzenfreund handelte.

Margarete, die von einer Freundin kam, beugte sich zum schwarzen Raufbold hinunter: »Du bist bestimmt Irmchen, von dem Maria erzählt hat. Und was machst du hier draußen? Warum bist du nicht bei deiner Freundin?«

Irmchen konnte die Frage natürlich nicht beantworten, ging aber sofort auf Tuchfühlung, schmiegte den Kopf an Margaretes Oberschenkel, stupselte mit der schwarzen Nase.

Margarete, von ihren Freunden Maeggi genannt, hob den Kater hoch, drückte den automatischen Türöffner, verschwand im Haus. Die Tochter wußte nichts von der wilden Verfolgungsjagd am Nachmittag und erst recht nichts vom Zusammenstoß mit dem Vater. »Hast dich wohl verirrt«, flüsterte sie dem unerwünschten Besucher ins Ohr. »Komm mit auf mein Zimmer, leiste mir Gesellschaft.«

Maeggi nahm Irmchen mit nach oben.

Das Mädchen bewohnte mit seinem Bruder eine kleine separate Wohnung, die aus vier Zimmern, Küche, zwei Bädern, Fitnessraum und einem Privatkino bestand. Mit einem Satz war Irmchen vom Arm, schnupperte sich wie ein Hund durch die Räume und entdeckte sofort das Himmelbett von Maeggi.

»Wenn das der Papa merkt, gibt es Ärger«, sagte Maeggi mehr zu sich selbst. Als sie dann Irmchen bei Licht besah, stellte sie fest, daß es den Ärger schon gegeben hatte: »Au weia, du bist bestimmt Rex und Ralph in die Quere gekommen.«

Irmchen, der Schmerzen gewöhnt war, hatte die Verletzungen fast vergessen. Hauptsache ein warmer Platz, ein lieber Mensch, ein Bett und Futter. Das reichte zum Glücklichsein.

»Ach, du dickes Ei! Bist du irre, du blöde Kuh? Wenn das der Alte sieht.« Sven, der in diesem Augenblick das Zimmer betrat, hatte die Situation sofort richtig erkannt: »Du hast den Kater von Maria mitgenommen. Das gibt Zoff, da sei mal ganz sicher!«

»Psst! Halt den Mund!« Maeggi legte den Zeigefinger an die Lippen. »Dein bescheuertes Gebrüll muß ja nicht gleich jeder hören. Und schon gar nicht Papa.«

Sven beruhigte seine Schwester: »Ist ja gut. Ich sag nichts mehr. Aber verrate mir bitte, was du mit dem Kater anstellen willst?«

Margarete hatte ihre Entscheidung längst getroffen: »Irmchen bleibt bei uns! Papa und Mama müssen davon nichts wissen. Hauptsache, du verquatschst dich nicht. Unser Haus ist doch groß genug. Wir müssen Maria nur bitten, uns ab und zu Futter zu besorgen. Das funktioniert bestimmt. Ich mache das schon. Oder willst du diesen armen Teufel wieder vor die Tür setzen?«

Sven wollte nicht. Doch er war sich darüber im klaren, daß irgendwann alles auffliegen würde. Und dann würde es tierischen Ärger geben.

Es vergingen immerhin vier Wochen, bis alles herauskam und Irmchen entdeckt wurde. Die Kinder hatten sich in der Zeit viel und oft mit ihrem schwarzen Liebling beschäftigt und dabei herausgefunden, daß Irmchen nicht nur stark war, sondern darüber hinaus auch noch intelligent und mit seinem Kunststück-Repertoire ausgesprochen bühnenreif.

*

Es passierte beim Abendbrot, als die Familie im Speisezimmer beisammensaß. Heinz Weilandt, der den lästigen Kater längst vergessen hatte, löffelte in der Vorsuppe herum. Plötzlich senkte sich die Türklinke, die Tür sprang auf, aber dahinter war kein Mensch zu sehen.

Dem Filmboß stockte der Atem. Er verschüttete einige Tropfen Suppe, als er etwas schier Unglaubliches sah: Als gelte es, die beste Nummer seines Lebens hinzulegen, hatte Irmchen zunächst durch einen Sprung auf die Türklinke die Tür geöffnet. Schwupp, war der Kater wieder auf dem Boden, stellte sich auf die Vorderpfoten und kam so ins Zimmer gelaufen.

»Das kann nicht wahr sein! Nein, das gibt es nicht! So etwas können Katzen nicht. Und bestimmt nicht der schwarze Teufel!« Irmchen legte sich voll ins Zeug, setzte sich neben dem Hausherren auf den chinesischen Teppich und sprang auf die Hinterpfoten, um sofort wie ein Hund Pfötchen zu geben.

Heinz Weilandt blickte in die Runde: »Sagt, daß ich spinne! Sowas kann nur der Kater des Clowns Poppow. Und der, das weiß ich, kann's nicht so gut.«

Sven und Maeggi, die über den Auftritt zunächst genauso erstaunt waren, grinsten: »Dürfen wir vorstellen? Der klügste Kater der Welt! Irmchen von Mallorca!«

Der Kater hatte nicht nur eine Schlacht gewonnen. Er hatte dem Schicksal wieder einmal eine entscheidende Wendung gegeben.

Dieser Abend und die kommenden Wochen gehörten ganz Irmchen und dem Filmboß. Die Liebe auf den zweiten Blick war überwältigender als alles, was beide bisher erlebt hatten.

Heinz Weilandt konnte immer noch nicht fassen, was ihm da quasi mit schmerzhaftem Anlauf über den Weg gerannt war. Schade: Der Chef des Hauses konnte Irmchen nicht fragen, wo er die phantastischen Kunststücke gelernt hatte. Aber schließlich war es auch egal. Hauptsache, und er dachte jetzt als Geschäftsmann, Irmchen war ein Supertalent.

Zausels neuer Stammplatz war abends der Schoß von Heinz Weilandt. Wenn der Boß vor dem Kamin saß, döste der Kater schnurrend auf seinem Bauch, ließ sich kraulen und schmuste mit seinem neuen Besitzer liebevoll herum. So sehr der Chef erst gegen den Kater war, so schnell hatte er ihn nach seiner Supereinlage ins Herz geschlossen. Mann und Tier, Filmmensch und Kater, Heinz und Irmchen, sie waren von nun an unzertrennlich.

Der Herbstwind hatte längst die Blätter von den Bäumen gewirbelt, und es war schon kalt in Berlin, als Heinz Weilandt einen Entschluß faßte. Es war gegen zwei Uhr früh, der Mann und sein Kater saßen noch vor dem Kamin. Stundenlang hatte der Filmkönig gegrübelt und dabei Irmchen liebevoll und zärtlich das Fell gekrault. Dann setzte er den Kater vorsichtig auf den Fußboden, stand auf, hob Irmchen auf den angewärmten Sessel: »Warte! Ich trommle die Familie zusammen. Ich werde ihr etwas Wichtiges mitteilen.«

Heinz Weilandt holte seine Frau und die Kinder aus den Betten, bat sie ins Kaminzimmer: »Ihr werdet euch wundern, daß ich euch zu dieser Stunde zu mir rufe, aber ich muß euch was sagen. Ich werde mit Irmchen einen Film machen, einen richtigen großen Film. Ich werde ein Drehbuch schreiben lassen, und Irmchen wird in diesem Film die Hauptrolle spielen. Na, was haltet ihr davon?«

Die Familie war sprachlos.

Mutter und Kinder sahen den Familienchef erstaunt an.

Sven fand als erster die Fassung wieder: »Äh, ich denke, du magst keine Katzen.«

Margarete buffte ihren Bruder in die Seite: »Sei still! Ich bin froh, daß Papa Irmchen mag und der kleine Kerl bei uns bleiben kann.«

Heinz Weilandt warf seinem Sohn einen kurzen Blick zu:

»Ja also, ich habe meine Meinung eben geändert. Das ist doch was völlig Normales. Und außerdem ist unser Zausel so talentiert, daß man mit einem entsprechenden Film bestimmt viel Geld verdienen kann. Wie die Story laufen soll, weiß ich noch nicht. Aber da Irmchen ja wohl ein kleiner Abenteurer ist, werden wir ihn alles Mögliche erleben lassen. Dem kleinen Zettel nach zu urteilen, den er in der Hülse um den Hals trägt, kommt unser Freund offensichtlich aus einem kleinen gottverlassenen Nest auf Mallorca. Lassen wir unseren Film also dort beginnen. Der Rest sind spannende Abenteuer, die überall auf der Welt um Irmchen herum passieren. Die Drehzeit wird sicherlich lang sein. Aber dafür bekommt ja unser Hauptdarsteller keine Gage.«

»Typisch, der Alte«, flachste Sven. »Bei seinem Star spart er wieder das Geld, obwohl der Kater die meiste Arbeit hat. Sag mal, großer Boß, ohne uns hättest du doch jetzt nicht deinen Hauptdarsteller. Was fällt dabei für uns ab?«

Heinz Weilandt, der immer noch das Fell seines Katers kraulte, schaute zu seiner Frau hinüber: »Meine Damen und Herren Kinder leben hier seit etlichen Jahren wie die Maden im Speck. Sie haben ihr eigenes Dienstmädchen, bekommen viel Taschengeld, verkehren in den besten Kreisen, müssen sich um nichts Sorgen machen. Das, meine Lieben, ist eure Gage. Und nun ab ins Bett!« Sven und Maeggi wollten gerade das Zimmer verlassen, als ihr Vater noch hinterherrief: »Ihr könnt gern bei den Dreharbeiten auf Mallorca dabei sein. Wir fangen im nächsten Frühjahr in diesem Ort namens Estellencs an.«

Sven machte ein langes Gesicht, hielt es nicht einmal für nötig, sich zu bedanken: »Ach je! Da bin ich aber tierisch begeistert. Oh Maeggi, was fahre ich auf Mallorca ab, dieses blöde Inselchen mit seinen Idiotenbesuchern.«

Maeggi dachte da anders: »Irgendwie finde ich deine Reaktion beschissen. Ist doch toll, wenn wir dabeisein dürfen. Und außerdem – vielleicht erfahren wir dabei etwas über Irmchens Vergangenheit. Also, ich fahre mit!«

Heinz Weilandt, der schon viele erfolgreiche Filme produziert hatte, stürzte sich am nächsten Tag sofort in die Arbeit. Aus seinem Büro in der City telefonierte er mit Gott und der Welt, diktierte seinem Sekretär ein halbes Dutzend Briefe. Es folgten die Verhandlungen mit Geldgebern, Filmemachern, Verleihfirmen, Studios. Schließlich mußte aus Hollywood ein Tierausbilder eingeflogen werden, der Irmchen für seine Rolle trimmen sollte. Und das Wichtigste, das Drehbuch, bestand bisher nur aus weißen Blättern. Es dauerte Wochen, bis ein vernünftiges Rohkonzept entworfen war.

Der Film, so wollte es Weilandt, spielte am Ende des vorigen Jahrhunderts. Ein Seemann entdeckt Irmchen auf der Straße. Der Mann nimmt den Kater mit an Bord seines Segelschiffes. Und so reist er um die halbe Welt. Er ist als Rattenkiller auf den ersten Ozeanriesen zu Hause, lebt an Bord des Schiffes von Graf Luckner. Im Film lernt Irmchen die Piraten Malaysias kennen, die arabischen Kaufleute, die an der Ostküste Afrikas handeln. Der Kater umrundet in den wildesten Stürmen Kap Horn und landet wieder auf Mallorca, wo sich der Seemann zur Ruhe setzt. Ein Berliner Journalist, der bei einer großen Tageszeitung arbeitete, schrieb schließlich das Drehbuch.

Ach, hätte Heinz Weilandt nur geahnt, wie nahe er mit dieser Story der Wirklichkeit kam. Aber das wußte letztlich nur der Kater – und der konnte sein Geheimnis niemandem anvertrauen.

Derweil mußte sich Irmchen mit seinem Privatlehrer aus Hollywood rumquälen. Ron Halford hatte seine liebe Mühe mit dem Kater, denn der wollte nie so wie er. Vor allem mußte der Widerspenstige dazu erzogen werden, sich nicht von Kameras, Filmteam, Scheinwerfern und anderen Schauspielern irritieren zu lassen. Ein schweres

Stück Arbeit. Alles wurde in Berlin geprobt, bis ins Detail. Denn an den Drehorten kostete jeder Tag viel Geld. Und da mußte gespart werden. An die Umstände hatte sich Irmchen schnell gewöhnt. Der ganze Wirbel machte den Kater bald kaum noch nervös. Sauer wurde er nur, als eines Tages noch zwei andere Kater durch den Garten huschten, die genauso aussahen wie er. Irmchen verstand die Welt nicht mehr, suchte sich wieder das sichere Plätzchen auf der alten Eiche. Doch auch dieses Problem wurde gelöst.

Mister Hauptrolle freundete sich mit seinen beiden Doppelgängern an. Sie waren wichtig. Sollte Irmchen während der Dreharbeiten etwas zustoßen, würde man mit ihnen den Film zu Ende drehen. Damit die drei Kater auseinandergehalten werden konnten, bekamen sie unterschiedlich gefärbte Stofftupfer auf die Ohren geklebt. Keine sehr elegante Lösung. Aber eine, die funktionierte. Irmchen, Pauli und Mäxchen tobten oft lange durch den inzwischen verschneiten Garten. Und Maria, die alle Kater gleichermaßen liebte, brauchte nur »Happerli« zu rufen, und schon fegten sie ins Haus, schmiegten sich an ihre Beine und fraßen, was das Zeug hielt.

Wie sehr hatte sich Irmchens Leben wieder verändert. Nach den abenteuerlichen Monaten bei Baldini und dem kleinen Pedro, nach den Jahren mit Artur – nun das Leben in Reichtum bei den Weilandts. Doch für Irmchen war das alles nicht entscheidend. Was zählte, waren die Menschen, die Tiere liebten und die sie glücklich machen konnten. Eine Schüssel mit Milch, ein Stück Fleisch, vor allem aber eine Hand, die zärtlich das Fell kraulte, all das war viel wichtiger als satter Reichtum. Irmchen liebte die Freiheit, aber er brauchte auch Geborgenheit. Ihm ging es im Moment besser als vielen Katzen auf der Welt, die getreten, geschlagen und brutal gemordet wurden.

Millionenfach zählte das Leid, das Menschen den Tieren antaten. Sie züchteten sie zu Krüppeln, die kaum noch lebensfähig waren. Sie zerstörten den Lebensraum der Tiere, sie sperrten sie ein, machten mit ihnen Versuche. Sie zogen ihnen bei lebendigem Leib das Fell ab, warfen sie halbtot in Kochtöpfe oder schmissen sie aus Autos und Wohnungen, wenn sie als Spielzeug überflüssig geworden waren. Das Leid der Tiere: ein einziger stummer Aufschrei, der oftmals ungehört verhallte. Dabei wollten sie doch nur eines: friedlich mit den Menschen zusammen leben.

Nicht alle waren so intelligent wie Irmchen, dem im entscheidenden Augenblick immer wieder das Schicksal geholfen hatte. Es gab nur noch wenige Menschen, die diese verzweifelten, stummen Schreie hörten. Vereinzelt versuchten sie zunächst zu helfen und für die Tiere zu kämpfen. Doch unter der Jugend wuchs schließlich die Idee, die Welt und damit die Tiere zu retten. Erst nur vereinzelt, dann immer häufiger schlossen sich junge Männer und Frauen zusammen, demonstrierten gegen Tiermord und Quälerei und machten sich auf den Weg, aktiv zu helfen. Zunächst mit Protest, dann durch Aktionen. Sie kämpften gegen Robbenjäger und grausame Tierhaltung. Sie rebellierten gegen bestialische Tiermästereien, gegen die Ausrottung von seltenen Tierarten. Sie befreiten aber auch Tiere, die in engen Käfigen gehalten wurden, um bei Versuchen ihr Leben zu lassen.

Langsam, ganz langsam erreichte der stumme Schrei der Tiere die Ohren der Menschen. Jedoch – für einige Arten war es schon zu spät.

Anfang März war es soweit. Das Filmteam, fast 40 Männer und Frauen, flog nach Mallorca, um dort in Estellencs Außenaufnahmen zu machen. Heinz Weilandt, seine Frau Sophie und die Kinder freuten sich auf die Dreharbeiten, für die der Regisseur vier Tage angesetzt hatte. Irmchen, Mäxchen und Pauli saßen in geräumigen Boxen. Sie mußten während des Fluges nicht einmal in den Transportraum, sondern durften bei der Filmcrew bleiben.

Ron Halford paßte auf, daß es die drei Katzen gut hatten. Immer wieder steckte er die Hand durch die vergitterte Boxtür, kraulte seinen drei Freunden das Fell.

Auf Mallorca, am Flughafen, warteten schon drei Lastwagen, zwei Busse und mehrere Personenwagen auf das Filmteam.

Irmchen erkannte die Heimat nicht wieder. Zu viele Jahre waren seit damals vergangen. Zuviel war passiert. Doch der Kater fühlte sich wohl, genoß die Wärme, obwohl es im März, wenn häufig Regenschauer über die Insel fegen, noch recht kühl sein konnte. Das Wetter war schön. Der Himmel leuchtete blau, und die Temperatur lag in der Mittagszeit bei etwa 20 Grad.

Ein Voraus-Team hatte Wochen vorher die Drehorte besucht, Hotels gebucht und die nötigen Requisiten zusammengetragen, die nicht extra von Berlin mitgebracht wurden. So konnten alle sofort nach Estellencs fahren.

Nichts hatte sich dort in all den Jahren verändert. Das kleine Dorf mit seinen aus Naturstein gebauten Häusern sah noch genauso verträumt und malerisch aus wie vor sieben Jahren, als Irmchen hier in einer alten Scheune zur Welt gekommen war.

Estellencs, das etwa 200 Meter oberhalb des Meeres lag, klebte förmlich am Bergeshang. Überall duftete es nach Zitronen- und Apfelsinenbäumen, reckten knorrige, fast 1000 Jahre alte Olivenbäume ihre Äste in den Wind.

Maria, die Frau des Bürgermeisters, empfing die Filmleute vor dem kleinen Hotel, das noch immer am Ortseingang stand. »Was für eine Ehre! Wir sind glücklich, daß wir Sie bei uns begrüßen dürfen.«

Maria strich sich vor Nervosität mit den Händen über das Sonntagskleid: »Sehr geehrter Herr Weilandt, unser Ort wird alles tun, damit Sie sich hier wohlfühlen.«

Der Filmboß drückte Maria flüchtig die Hand: »Ja, ja, schon gut, alles sehr nett. Danke, danke! Machen Sie sich doch bitte keine Umstände.«

Ron Halford, der in Palma ein kleines schwarzes Kätzchen in einem Tierheim entdeckt hatte, las konzentriert das Drehbuch: »Wir fangen morgen früh mit den Probeaufnahmen an. Wir filmen die Geburt des Katers, einige Sequenzen aus seiner Jugend, und dann kann Irmchen in Aktion treten.«

Ein junges Mädchen, das etwas abseits stand, drängelte sich an Ron Halford und Heinz Weilandt heran: »Seien Sie bitte nicht böse! Ich heiße Carmen. Ich möchte gern dabei sein, wenn Sie filmen. Ich kenne mich hier gut aus. Und ich kenne die mallorquinischen Katzen sehr gut.«

Die beiden Männer hatten keine Lust, sich mit der Sechzehnjährigen zu unterhalten. Heinz Weilandt schob das Mädchen sanft beiseite. »Äh, wir haben nicht viel Zeit. Aber wenn Sie sich im Hintergrund halten, können Sie sich von mir aus die Dreharbeiten ansehen. Ach ja, ehe ich es vergesse! Unser Hauptdarsteller ist ein Kater, der hier wohl mal gelebt hat. Er trägt eine kleine Kapsel am Hals. Darin steckt ein Zettel, auf dem nur drei Worte stehen: Irmchen, Estellencs, Mallorca. Kann hier jemand was damit anfangen? Ich meine, kann sich jemand an einen Kater namens Irmchen erinnern? Ich weiß allerdings nicht, ob das alles stimmt und wie lange es her ist.«

Carmen erstarrte vor Schreck, wurde kreidebleich, ihre Augen wurden feucht: »Was haben Sie da gesagt?« Ein Kloß im Hals drückte ihr fast die Kehle zu: »Ich, ich – ja, ich, oh mein Gott, Irmchen! Ich dachte, du bist längst tot!«

Carmen, die Irmchen über alles geliebt hatte, kullerten Tränen über die Wangen: »Aber das kann doch nicht wahr sein! Ich verstehe das alles nicht. Irmchen, mein Irmchen! Bitte, was ist nur los?«

Heinz Weilandt war sprachlos und gerührt zugleich: »Nun beruhigen Sie sich mal wieder, mein kleines Fräulein! Wir machen doch hier nur einen Film. Da müssen Sie sich nicht gleich so aufregen. Oder kannten Sie einen Kater, der so hieß?«

Carmen wischte sich die Tränen ab: »Ja, ich hatte vor sieben Jahren ein Katzenbaby, das so hieß. Ich gab ihm damals den Namen meiner Puppe. Irmchen war kohlrabenschwarz und hatte einen weißen Fleck auf der Brust. Eines Tages war mein Liebling plötzlich verschwunden.«

Der Filmboß, den sonst nichts so leicht erschüttern konnte, staunte über sich selbst, als er Carmen spontan in den Arm nahm und an sich zog. »Aber, aber! Nun beruhige dich doch! Unser Irmchen könnte das Katzenbaby sein. Komm Mädel, komm mal mit. Wir klären das gleich. Ron, bring bitte mal Irmchen her!«

Ron Halford holte den Kater, nahm ihn auf den Arm.

Als Carmen Irmchen sah und die Kapsel entdeckte, konnte sie die Tränen schon gar nicht mehr zurückhalten: »Irmchen, Irmchen, mein Liebling! Ja, es ist mein Baby. Ja, ja, es ist mein Irmchen!«

Und während Carmen zitternd die Hand nach ihrem Kater ausstreckte, kehrten auch bei Irmchen die Erinnerungen an eine fast vergessene Zeit zurück. Tief in seinem Herzen hatte er die Liebe zu seiner ersten Freundin bewahrt. Und jetzt, wo das Schicksal beide erneut zusammenführte, brach alles wieder hervor, trat vor seine Augen und war wie damals.

Irmchen strampelte sich frei, drehte und wand sich aus Rons Griff und sprang Carmen in die Arme.

»Mein Liebling, ja, du bist es! Welche Fügung hat dich nur zu mir zurückgebracht?«

Ein Kreis hatte sich geschlossen. Irmchen liebkoste sein erstes Frauchen. Immer wieder stupselte der Kater Carmens Gesicht, leckte die Wangen des Mädchens und schnurrte. Hätte Irmchen weinen können, bestimmt wären auch über sein Gesicht in diesem Augenblick Tränen gekullert.

Heinz Weilandt wußte beim besten Willen nicht, wie er sich verhalten sollte. Verlegen beobachtete er Carmen, die Irmchen auf dem Arm hielt und ihm liebevoll die schwarze Nase küßte: »Wir machen hier mit Irmchen einen Film und bleiben nur vier bis fünf Tage, vielleicht eine Woche. Wenn Sie wollen, mein Fräulein, können Sie gern mit dabei sein.« Und schmunzelnd fügte der Filmboß hinzu: »Unser Star gehört ja auch Ihnen. Aber wir müssen ihn wieder mitnehmen. Irmchen ist der klügste Kater der Welt oder zumindest der klügste, den ich kenne. Es freut mich, daß Sie so Ihren Liebling wiedergefunden haben. Seien Sie sicher, es geht ihm bei uns gut.«

Carmen reichte Irmchen zurück an Ron Halford: »Wir werden wohl alle nie erfahren, wie Irmchen von Estellencs nach Berlin kam. Aber es ist letztlich auch unwichtig. Hauptsache, er lebt. Den Zettel habe ich damals geschrieben. Damit Irmchen den Weg zur mir zurückfindet.«

Und Carmen fand auch ihr fröhliches Lachen wieder: »Wer kann denn aber schon ahnen, daß mein Liebling gleich eine komplette Filmcrew mitbringt.«

Am Abend waren Heinz Weilandt, seine Kinder und Carmen noch lange zusammen. In einem Weinlokal, das an diesem Tag für Gäste geschossen hatte, saßen sie beisammen vor einem Kamin, blickten versonnen und träumend in die lodernden Flammen. Es wurde nicht viel gesprochen. Alle dachten darüber nach, was Irmchen wohl von Mallorca nach Berlin verschlagen hatte. Doch nur der Kater kannte das Geheimnis seines abenteuerlichen Lebens.

Irmchen lag auf Carmens Schoß, ließ sich das Fell kraulen. Und während spanische Gitarrenmusik aus dem Radio erklang, erträumte sich jeder seine eigene Irmchen-Legende.

Zehn Tage dauerten die Dreharbeiten in Estellencs. Schuld daran war Irmchen, der vor der Kamera partout nicht das tat, was er sollte. Wieder und wieder wurde geprobt. Viele Meter Film wurden abgedreht. Ron Halford war verzweifelt: »Wir müssen unbedingt die Szene in den Kasten kriegen, die unten am Meer spielt. Irmchen muß nur den Weg hinuntergerannt kommen, in das kleine Boot springen und von einem Matrosen zum Segelschiff hinübergerudert werden. Bitte, Irmchen, mach uns doch nicht solche Schwierigkeiten!«

Bei der achten Klappe passierte es!

Irmchen flitzte, von einer Stoffmaus am Bindfaden gelockt, zum Meer hinunter. Plötzlich bog der Kater nach links ab, sauste die Böschung hinauf und verschwand zwischen den Bäumen.

Seit Tagen schon war das Filmteam von einer jungen Katze begleitet worden, die eindeutig ein Katzenauge auf Irmchen geworfen hatte. Darin lag auch der Grund, warum der Kater bei der Arbeit so unkonzentriert war. Er fühlte sich verunsichert. Und er hatte sich verliebt.

Die Beleuchter schalteten die Scheinwerfer aus, Assistenten legten die Reflexfolien beiseite und Ron Halford fuhr sich durch die Haare: »Scheiße! Auch das noch! Irmchen, komm sofort zurück!«

Heinz Weilandt machte sich Sorgen: »Ron, Sie müssen das Problem lösen! Holen Sie Irmchen zurück! Es geht um viel Geld!«

Am Nachmittag machten sich Sven, Maeggi, Carmen und mehrere Assistenten auf die Suche. Stundenlang durchkämmten sie jeden Quadratmeter Wald, blickten hinter jedes Gebüsch. Ohne Erfolg! Irmchen und seine kleine Freundin waren buchstäblich über alle Berge.

Die Sonne ging eben im Meer unter, als sich die beiden Tiere oben am alten Ausflugslokal in einer winzigen Erdhöhle ein Liebesnest bauten. Und während der Mond schon hoch über der Insel stand, hörte man den zärtlichen Liebesschrei der jungen Katze. Hätte jemand in die Höhle geblickt, er hätte zwei Katzen beobachten können, die sich eng aneinanderkuschelten, gegenseitig Pfoten und Fell leckten und wenig später zufrieden und glücklich einschlummerten.

Am nächsten Morgen wartete Irmchen mit Unschuldsmiene vor dem Hotel, bat miauend um Einlaß.

Ron, der die Stimme sofort erkannte und hinuntereilte, wußte auch gleich, was los war: »Ach so! Du hast dich also verliebt.«

Der Mann nahm den Kater auf den Arm: »Dein Abenteuer hat uns 40000 Mark gekostet. Na gut, mein Süßer! Ich glaube, wir können jetzt weitermachen.«

Nach zwei Tagen waren alle wichtigen Szenen im Kasten. Das Team packte zusammen, bereitete sich auf die nächsten Aufnahmen in Singapur vor. Eine zweite Crew blieb noch einige Tage in Estellencs, um mit Pauli und Mäxchen noch ein paar Einstellungen, die nicht ganz so wichtig waren, abzudrehen.

Irmchen saß auf Carmens Schoß. Das Mädchen hatte sich mit seinem Liebling in die alte Scheune zurückgezogen, in der er geboren worden war: »Ach, mein Engel! Nun mußt du wieder gehen. Sieh mal, hier lagst du damals mit deinen Geschwistern. Ich hoffe, daß wir uns irgendwann noch einmal sehen werden. Paß auf dich auf, mein Freund! Ich wünsche dir alles Glück dieser Welt.«

Carmen brachte den Kater zurück zu Ron: »Hier! Er gehört ja doch Ihnen.« Wortlos drehte sie sich um, lief den Weg hinab zum Hotel. Tränen kullerten über ihre Wangen, als die Filmautos starteten und langsam zur Paßhöhe hinaufrollten.

Oben am alten Ausflugslokal saß eine kleine schwarze Katze am Wegesrand und schaute der Kolonne versonnen hinterher. Die Wagen waren kaum um die nächste Ecke verschwunden, als die Katze, die nicht mal einen Namen hatte, in ihre Höhle kroch und mit einer Metallkapsel spielte. Irmchen hatte sein Band mit der Kapsel genau da verloren, wo er es bekommen hatte: in Estellencs.

Neun Wochen später brachte die Katze fünf Babys zur Welt. Vier davon hatten ein graues Fell, obwohl beide Eltern kohlrabenschwarz waren. Ein Katzenbaby, ein Kater, sah aus wie sein Vater, hatte sogar den weißen Fleck am Hals.

Kurz bevor die Katzen ihre eigenen Wege gingen, entdeckte der Wirt des Lokals das Nest, fand auch die kleine Kapsel mit dem vergilbten Zettel: »Na, ihr seid mir ja eine Familie. Aber ihr könnt hier nicht bleiben. Sonst haben wir bald Dutzende von Katzen. Ich bringe euch in die Berge. Da könnt ihr leben und braucht vor den Menschen keine Angst zu haben.«

Und bevor der Mann die Katzenfamilie in sein Auto lud, nahm er das Band und legte es dem schwarzen Kater um den Hals. Er setzte die Tiere etwa zehn Kilometer entfernt wieder aus. Hier, an den Westhängen der Insel, die mehrere hundert Meter weit bis zum Meer hinabreichten, gingen die Kinder von Irmchen alle ihre eigenen Wege. Einige wurden bald weggefangen, andere überfahren und getötet.

Nur der kleine Kater, der bald genauso groß war wie sein Vater, streifte allein durch die Berge. Auch er lernte die ganze Insel kennen, wurde zum Abenteurer, Kämpfer, Vagabunden, hörte auf den Namen Moreno. Und viele Jahre später kam es oben in den Bergen zu einer ungewöhnlichen Begegnung: Ein alter, aber immer noch starker Kater traf seinen Sohn wieder, der ihm aufs Haar glich. Aber bis dahin sollten beide Tiere getrennt voneinander noch so manche aufregenden Erlebnisse durchstehen.

*

Die Filmcrew hatte den Flughafen von Palma erreicht, als Ron bemerkte, daß Irmchens Halsband weg war. Aus der Erinnerung ließ er sofort eine Originalkopie anfertigen, band sie dem Kater um den Hals: »Dein Anhänger ist ja schon fast so etwas wie ein Markenzeichen. Und ohne die Kapsel hätten wir auch nie erfahren, wo du herkommst.«

Ein halbes Jahr dauerten die Dreh- und Schneidearbeiten. Pauli und Mäxchen übernahmen die Aufnahmen in Singapur. Irmchen flog mit dem Hauptteam nach Kenia, um im Norden des Landes in den Ruinen einer alten Sklavenhändlerstadt zu drehen. Gedi war vor Jahrhunderten ein prächtiger Stützpunkt. Von hier aus zogen die Menschenschinder durch den Urwald, trieben die Eingeborenen zusammen, verschifften sie nach Nordafrika, um sie dort auf den Märkten zu verkaufen.

Irgendwann jedoch brach eine Seuche aus, deren Ursprung bis heute ungeklärt ist. Manche behaupten, Frischwasserbrunnen und Abwassergruben lagen zu dicht beieinander. Das Wasser vermischte sich. Die Bewohner der Stadt tranken es und starben. Doch das ist eine Legende.

Tatsächlich war die Stadt eines Nachts von Eingeborenen überfallen worden. Die wenigen hundert Bewohner, die noch übrig waren, konnten sich nicht mehr retten. Die schwarzen Krieger, die so das Joch der Sklavenhändler abschüttelten, brachten alle Einwohner um und kehrten nach Hause zurück. Langsam verfiel die Stadt, fraß sich der Urwald durch die Straßen.

Als das Filmteam rund vierhundert Jahre später hier seine Zelte aufschlug, gab es nur noch Ruinen, aus denen Blumen und Gras wucherten. Die Mauern der Badehäuser, Paläste und Schulen waren eingestürzt oder von Bäumen zur Seite gedrückt worden. Dort, wo einst der alte Marktplatz war, hatten sich Archäologen die Mühe gemacht, einen Teil der Stadt zu rekonstruieren. Nur ab und zu kamen Touristen in diese Gegend, die sich von Reiseleitern die dramatische Geschichte der Ruinen erzählen ließen. Und fast immer lief ihnen ein Schauder über den Rükken, wenn der Führer berichtete, daß die Eingeborenen damals ihre Opfer kurzerhand aufgefressen hatten.

Dieser Ort war die ideale Kulisse für ein weiteres Filmabenteuer. Drei Wochen lang wurde hier gedreht. Es ging in dieser Episode um den Kater, der mit seinem Herrn und dessen Schiffsbesatzung in einem Sturm gestrandet war und nun auf Rettung warten mußte.

Abends, wenn die Aufnahmen im Kasten waren, saßen alle um mehrere Lagerfeuer herum, lauschten den Stimmen der Urwaldtiere, blickten in die prasselnden Flammen.

Was für eine unwirkliche, fremde Welt, dachte Maeggi, die ganz dicht an ihren Bruder heranrückte: »Weißt du, ich habe mal gelesen, daß Afrika die Wiege der Menschheit gewesen sein soll. So gesehen sind wir genau da, wo alles begann.«

Irmchen hatte sich zwischen Svens Knien eingerollt, döste müde vor sich hin. Auch Sven träumte, stellte sich vor, wie das wohl vor vielen hunderttausend Jahren gewesen sein mußte, als sich die Urmenschen in der Steppe im hohen Buschgras aufrichteten, um so die Beutetiere besser erspähen zu können. Svens Gedanken wanderten im Dunkel der Nacht zurück in die Vorzeit. Und er sah im flakkernden Lagerfeuerlicht plötzlich die Gesichter der Ahnen. Wilde, behaarte Wesen schlichen geduckt durch den Dschungel, traten hinaus auf Lichtungen. Mit großen Augen schauten sie in die Ferne. Ihre Sinnesorgane waren weit besser ausgebildet als bei ihren Nachfahren. Sie hörten Geräusche, die wir heute kaum noch vernehmen. Sie rochen Düfte, die uns fremd sind.

Mensch und Tier existierten damals in Harmonie zwischen Leben und Todesgefahr. Was jedoch galt, war das erbarmungslose Gesetz der Stärke. Nur die konnten überleben und sich fortpflanzen, die schneller, ausdauernder und vor allem klüger waren. Dann krönte sich der Mensch zum König über die Tiere, machte sich die Erde untertan und unterwarf sie im gleichen Augenblick.

Vieles, auch die Harmonie, ging verloren. Die Menschen opferten ihre Instinkte zugunsten des Verstandes. Damals starb der Frieden zwischen Mensch und Tier. Die Harmonie war zerstört. So blieb es bis zum heutigen Tage.

Die Menschen jagten Tiere nun nicht mehr, um sich von ihrem Fleisch zu ernähren. Sie töteten plötzlich aus schierer Mordlust – und nannten es Sport. Sie raubten den Tieren die Felle nicht mehr, um sich zu wärmen, sondern um sich damit zu schmücken. So war es mit den Federn der Vögel und auch mit den Häuten der Reptilien.

Es war ein Krieg mit ungleichen Waffen. Und der Verlierer stand von vornherein fest. Es war der Mensch selbst.

Maeggi, die denselben Gedanken nachhing wie ihr Bruder, seufzte: »Du Sven, wenn die Menschen das letzte Tier getötet haben, dann werden auch sie zugrunde gehen.«

»Auf ins Bett! Wir haben morgen einen anstrengenden Tag.« Ron Halford löschte die Flammen, die den Kindern für eine kurze Ewigkeit das Tor zu einer geheimnisvollen Vergangenheit geöffnet hatten. Kaum zwanzig Minuten später wurden in den Zelten alle Lichter ausgemacht. Das Zirpen der Grillen und die vielen Geräusche der anderen Urwaldtiere, die ums Lager schlichen, begleiteten die Filmleute durch die Tropennacht. Sven, der sich mit Irmchen und seiner Schwester ein Zelt teilte, fiel sofort in einen tiefen Schlaf.

Zwei Stunden waren vergangen, als der Kater, der in Svens Armen schlummerte, plötzlich aufgeschreckt wurde und neugierig den Kopf in Richtung Zelteingang drehte. Kaum hörbar näherte sich etwas dem Lager. Sven erwachte: »Irmchen, komm, schlaf weiter«, flüsterte der Junge seinem Kater ins Ohr.

Alle Muskeln an Irmchens Körper waren gespannt. Er bemerkte, daß etwas Gefährliches auf das Zelt zukam.

Sven, der im Halbschlaf seinem Kater einen Kuß auf die schwarze Nase gab, erkannte die tödliche Gefahr zu spät. Eine Schlange, die ins Zelt gekrochen war, biß den Jungen in die Wade. Irmchen schnappte nach ihr, verjagte sie mit einem lauten Fauchen.

Von wahnsinnigen Schmerzen gepeinigt, schrie Sven laut auf. Die Schlange verschwand so schnell und heimlich, wie sie gekommen war, in der schwarzen Wand des Urwaldes.

Maeggi schlug sofort Alarm. »Hilfe, Hilfe! Papa, Ron! Schnell! Mit Sven ist irgendwas passiert!«

Der Schmerz in Svens Bein jagte wie glühende Lava durch den Körper. Der Junge erbrach sich, zitterte am ganzen Leib. Nach endlosen Minuten, als die ersten Filmmänner ins Zelt stürmten, fiel er schweißgebadet in Ohnmacht.

Heinz Weilandt, der die Wunde entdeckte, versuchte, seinen Sohn wachzurütteln: »Junge, komm, nicht einschlafen! Nicht in Ohnmacht fallen!«

Sven kam langsam wieder zu sich, verspürte erneut den rasenden Schmerz. »Papa, Papa, es tut so weh!«

Ron rannte zu seinem Zelt, schaltete das Funkgerät an, gab sofort Alarm. Im über 150 Kilometer entfernten Mombasa empfing ein Funker den Hilferuf, alarmierte einen Rettungsflieger: »In Gedi ist ein Junge in Lebensgefahr. Offensichtlich wurde er von einer giftigen Schlange gebissen.«

Das Morgengrauen zeichnete sich am Horizont ab, als ein Rettungsflugzeug startete, um nach Gedi zu fliegen. Ron, der sich mit Verletzungen dieser Art auskannte, versuchte, nachdem er das Bein des Jungen mit einem Messer geöffnet hatte, das Gift aus der Wunde zu saugen. Vermutlich war es diese erste Hilfe, die Sven das Leben rettete. Als das einmotorige Flugzeug am Strand von Gedi in einem waghalsigen Landemanöver auf dem weißen Sand aufsetzte, standen die Männer mit dem schwerverletzten Jungen schon bereit. Ron hatte ihm noch eine schmerzstillende Spritze gegeben.

Nach kaum fünf Minuten hob die Maschine wieder in Richtung Mombasa ab. An Bord außer dem Piloten: nur Heinz Weilandt und sein Sohn. Es war Rettung in letzter Minute. Die Ärzte analysierten das Gift, gaben sofort ein Gegenmittel, hängten den Jungen an den Tropf. Zwei Tage lang kämpften die Gifte im Körper, dann hatte Sven das Schlimmste überstanden.

Der Arzt nahm Heinz Weilandt beiseite: »Ihr Sohn hatte großes Glück. Die Schlange wurde genau im Augenblick des Bisses gestört. Dadurch floß nicht soviel Gift in den

Körper Ihres Kindes. Bei einer vollen Dosis hätte der Junge keine Chance gehabt.«

Als Heinz Weilandt dies seinem Sohn am Krankenbett erzählte, riß Sven die Augen weit auf: »Du Papa! Irmchen hat mir das Leben gerettet. Unser Kater hat die Gefahr gewittert, wollte mich warnen. Bloß ich habe darauf nicht reagiert. Irmchens Bewegung muß die Schlange erschreckt haben.«

Als der Filmboß Tage später mit seinem Sohn das Krankenhaus verließ, waren die Dreharbeiten bereits beendet. Das Filmteam war nach Mombasa zurückgekehrt, verlud die Ausrüstung in ein Flugzeug. Nach wenigen Wochen waren auch die Dreharbeiten an den anderen Schauplätzen abgeschlossen. Alle Teams kehrten nach Berlin zurück.

Was folgte, war die Arbeit in den Studios und am Schneidetisch. Es dauerte nochmal ein halbes Jahr, bis der Film fertig war.

Er trug den Titel: *Irmchen, der Abenteurer.*

Premiere war im Zoopalast in Berlin. Bundesweit startete der Film in mehreren Dutzend Kinos und wurde schon in den ersten Wochen ein Riesenerfolg.

Der Film lief gerade vierzehn Tage, als ein alter Mann an der Kinokasse eine Eintrittskarte kaufte und sich zur Kartenverkäuferin hinabbeugte. Mit wichtiger Miene flüsterte er der Frau ins Ohr: »Wissen Sie, der Kater da im Film, der gehört mir. Es ist mein Irmchen. Ich mußte ihn zurücklassen, als ich ins Altersheim ging.«

Die Frau an der Kasse schüttelte den Kopf, sah dem schrulligen Kauz verständnislos ins Gesicht: »Also entweder Sie gehen rein oder Sie lassen es bleiben!«

Artur, der Waldmensch, zuckte nur mit den Schultern, ließ sich von der Platzanweiserin seinen Platz zeigen und sah nach über einem Jahr seinen besten Freund wieder.

Überlebensgroß purzelte Irmchen im Film von einem Abenteuer ins nächste. Lange nachdem die Vorstellung zu

Ende war und alle Zuschauer das Kino verlassen hatten, saß Artur noch immer auf seinem Platz, starrte auf die leere Leinwand: »Ach ja, mein Freund! Nun lebst du in einer anderen Welt.«

»He, Sie da, Sie können hier nicht sitzenbleiben. Das hier ist doch keine Wartehalle. Sie müssen das Kino verlassen.«

Artur wurde aus seinen Erinnerungen gerissen, stand auf, knöpfte sich den Mantel zu. Langsam und ein wenig mühselig stieg er die Treppen hinab, trat in die Kälte, wurde von den bunten tanzenden Lichtern der City und der Dunkelheit der Nacht gleichermaßen verschluckt. Und während er so den verschneiten Ku'damm hinauflief und über seine Einsamkeit nachdachte, wanderten seine Gedanken zurück in den Wald am Wannsee, wo er mit Irmchen eine Zeit seines Lebens verbracht hatte.

*

Irmchens Abenteuerfilm wurde die erfolgreichste Tierproduktion der letzten Jahre. Produzent, Team und Verleih verdienten daran 24 Millionen Mark. Dazu kamen noch die Einnahmen aus dem Video-Verleih und mehrere Millionen Mark, die Fans für Aufkleber, T-Shirts und kleine Irmchen-Stoffkatzen ausgaben.

Und noch eine Folge hatte der Irmchen-Boom: Viele Menschen gingen in die Tierheime, holten sich dort Katzen, suchten natürlich nach Schmusekatern, die ein schwarzes Fell hatten und nach Möglichkeit auf der Brust einen weißen Fleck.

Irmchen lebte derweil in der Villa von Heinz Weilandt, wurde behandelt wie ein kleiner Pascha. Die beiden Hunde, die sich nicht an ihn hatten gewöhnen können, waren in gute Hände gegeben worden. Die Gefahr für Irmchen wäre zu groß gewesen. Dafür wurde der schmiedeeiserne Gartenzaun, der das Grundstück umgab, zusätzlich mit einem Maschendraht gesichert.

Heinz Weilandt, der davon ausging, daß Irmchen ein unruhiger Wandervogel war, wollte nicht, daß der Kater eines Tages das Weite suchte. Und er hatte recht.

Trotz der spannenden Filmarbeiten, die ganz nach Irmchens Geschmack waren, bekam der Kater bald Fernweh. Oft saß der Stromer, der das Haus nicht mehr verlassen durfte, am Fenster, blickte sehnsüchtig in den Garten hinaus. Es ging ihm gut. Es ging ihm sogar ausgezeichnet. Alles war okay. Aber er war eingesperrt. Manchmal schlüpfte er durch einen offenen Türspalt oder stahl sich aus einem angelehnten Fenster. Doch am Zaun war der Ausflug jedesmal zu Ende. Dann kletterte der Kater auf die alte Eiche, krabbelte bis fast in die Krone, schaute wehmütig in die Ferne. Er wollte Freiheit, wollte raus.

Traurig kehrte Irmchen jedesmal in das Zimmer zurück, das man für ihn eingerichtet hatte: Nein, das war kein Leben. Viele Tiere hausten eingesperrt in Wohnungen, waren nur dafür da, um einsame Frauchen und Herrchen zu trösten. Einige hatten sich vielleicht damit abgefunden und in ihr Schicksal gefügt. Bestimmt war es für viele besser, in der Obhut eines Menschen zu leben, als draußen herumzustreunen. Doch etliche litten unter der Gefangenschaft. Nur zu gern wären sie über Wiesen und durch Wälder gestreift, hätten sie in der Sonne gedöst oder nach anderen Tieren gejagt. Aber die Menschen hatten die Haustiere nun mal zu ihrem persönlichen Besitz erklärt. Und vielleicht war es auch gut so. Zu viele von ihnen waren schon ausgerückt, hatten auf irgendeiner Landstraße den Tod gefunden. Zu wenig wußten sie vom Leben in einer feindlichen Umwelt, die der Mensch ganz nach seinen Wünschen gestaltet hatte. Tödliche Gefahren lauerten überall und nicht nur für Katzen.

Aber daran dachte Irmchen nicht. Dem Kater waren diese Gefahren früh begegnet, und er hatte gelernt, damit umzugehen. Er litt sehr unter dem Leben in Gefangenschaft.

Sven war der erste, der die Veränderung bemerkte: »Mama, ich glaube, Irmchen ist krank. Er frißt kaum noch und macht einen völlig verstörten Eindruck.«

Sophie Weilandt winkte ab: »Ach wo. Er langweilt sich nur. Ihr solltet mehr mit ihm spielen. Das lenkt ihn ab. Du wirst sehen, das hilft.« Es half nicht!

Irmchen mochte weder spielen noch futtern oder im Garten rumtoben.

Sven kraulte seinem Retter den Hals: »Ich kann dich nicht einfach laufen lassen! Das geht nicht! Wir haben dich doch alle sehr lieb. Außerdem würde uns Papa den Hals umdrehen. Schließlich bist du sein billigster Filmstar. Du bist für ihn bares Geld. Also, du siehst, es geht nicht. Ich kann dich nicht rauslassen! Aber warte! Ich werde dich mit zur Schule nehmen. So hast du wenigstens etwas Abwechslung.«

Am nächsten Morgen setzte Sven sein erstauntes Irmchen in einen großen Korb, schlich sich hinaus zum Wagen, in dem schon der Chauffeur wartete, um die Kinder zur Schule zu bringen.

Maeggi schnappte nach Luft: »Mann, spinnst du? Wenn das Papa mitkriegt, ist die Hölle los. Bitte, Sven! Mach keinen Quatsch! Bring Irmchen sofort zurück. Das gibt nur Ärger. Du kannst den Kater nicht mit zur Schule nehmen. Was ist, wenn er mal aufs Klo muß oder Hunger hat?«

Irmchen, der Abenteuer und Abwechslung witterte, steckte das schwarze Schnäuzchen aus dem Korb, schnupperte erwartungsvoll im Wagen herum: Das sah schon mal alles gut aus, sehr gut sogar.

Sven rutschte im Lederpolster des Autos hin und her: »Ach, stell dich nicht so an. Immer mußt du rummeckern, alte Angstliese. Mach dir bloß nicht ins Hemd. Da kann überhaupt nichts schiefgehen. Irmchen ist ganz ruhig. Und außerdem gönn' ihm mal einen kleinen Spaß. Oder möchtest du Tag für Tag nur zu Hause rumsitzen? Also, halte die Gusche! Und laß uns zur Schule fahren.«

Der Fahrer setzte die Kinder fünf Minuten später an der Wannseer Schule ab. Doch kaum hatten sie das Gebäude betreten, sprang Irmchen mit einem Satz aus dem Korb und flitzte um die nächste Ecke.

Sven war wie gelähmt: »Herrgott! Das durfte nicht passieren. Irmchen, komm zurück!«

Die Geschwister jagten dem Kater hinterher. Und immer wieder setzte Maeggi ihrem Bruder zu: »Ich hab's ja gleich gesagt! Das hast du nun davon! Papa macht uns zur Schnecke.«

Sven hatte kaum den Nerv, seiner Schwester zuzuhören. Völlig außer Atem hastete er durch die Gänge, jagte treppauf und treppab, ohne eine Chance, seinen Kater zu finden.

Irmchen, der viel schneller war als die Kinder, hatte sich in den Kunstsaal geflüchtet. Der Lehrer ließ fassungslos einen Bilderrahmen fallen.

Durch den Krach und das Gejohle der Schüler bekam Irmchen so einen Schreck, daß er mit einem Satz auf den Tisch des Lehrers sprang und zwei Dutzend Flaschen mit unterschiedlichen Farblösungen umriß. Klirrend fielen die Flaschen zu Boden. Farbspritzer verwandelten den Raum in Sekunden in ein modernes Kunstwerk.

»Halt, halt, nicht erschrecken, das ist unser Kater!«

Sven und Maeggi stürmten eben in den Raum, als Irmchen zwischen ihren Beinen hindurch geradewegs zum Chemiesaal fegte.

Die rund zwanzig Schüler überließen die Kunst ihrem Lehrer und jagten dem Kater hinterher. Die Chemielehrerin, die ihren Kopf aus der Tür steckte, um nach dem Rechten zu sehen, wäre um ein Haar umgerissen worden. So schnell war ein schwarzer Schatten unter ihrem Rock hindurch in den vollbesetzten Raum gestürmt. Im Nu waren über fünfzig johlende Schüler beisammen, die über Tische und Bänke turnten, um den Kater dadurch noch verrückter zu machen.

Im Chemiesaal wechselte Irmchen vom Täter zum Opfer: Hatte er im Kunstsaal noch die Farben gemischt, wurde ihm im Laborraum ein Angriff auf ein Glas Buttersäure in die Schuhe geschoben, obwohl er damit überhaupt nichts zu tun hatte. Ein Schüler, der den Unterricht abkürzen wollte, hatte das Glas heimlich umgekippt.

In wenigen Minuten zog durch die Schule ein herber Hauch von faulen Eiern. Der Kater war an diesem Tag der große Glücksbringer für die fast 300 Schüler. Wegen des abscheulichen Gestanks bekamen sie unterrichtsfrei, durften schon kurz nach Schulbeginn wieder nach Hause. Und Irmchen?

Er wurde von Sven erwischt, als er gerade auf das Mädchenklo flitzen wollte.

Was für ein Spaß, welch ein Chaos! Irmchen fuhr sämtliche Krallen aus, wehrte sich mit allen Pfoten. Vergeblich! Sven wickelte den tollen Tober in seine Jacke und rannte, ohne auf die Schwester zu achten, heimwärts. Das Donnerwetter des Vaters stand schon am Horizont.

Heinz Weilandt war stocksauer. Aus seinem großen Ledersessel im Kaminzimmer hielt er den Kindern eine gepfefferte Gardinenpredigt: »Hat euch der Teufel geritten? Ich hätte nicht gedacht, daß meine Kinder solche Schwachköpfe sind. Ihr wißt genau, wie wertvoll Irmchen für uns ist. Stellt euch vor, dem Tier wäre was passiert. Allein der finanzielle Verlust.« Und mit einem Seitenblick zu seiner Frau setzte er das Tribunal fort: »Du hast die Kinder so erzogen. Es ist kein Wunder, wenn sie nicht gehorchen. Du läßt zuviel durchgehen. Außerdem, schau dir ihre Leistungen in der Schule an. Sie kommen ganz nach dir oder vielleicht besser nach deiner Familie. Dein Bruder war auch so ein schlimmer Typ. In der Schule ein Versager und schlechte Noten auf den Zeugnissen. Und ansonsten nur dummes Zeug im Kopf. Siehst ja, aus ihm ist auch nichts geworden. Da kann ich mir mit der Erziehung noch soviel Mühe geben. Wenn deine Erbmasse durchkommt und du zu lasch in der Erziehung bist, bringt mein Einfluß gar nichts. Also – ab heute laßt ihr die Finger von Irmchen. Ich will nicht, daß dem Kater etwas zustößt. Ich verdiene hier die Brötchen und nicht ihr. Wenn ihr die Füße unter meinen Tisch steckt, müßt ihr auch gehorchen! So, nun könnt ihr gehen!«

Sophie und die Kinder kannten diese Monologe. Es war immer dasselbe. Hinhören lohnte sich nicht. Aber andererseits hatte er recht. Das mit dem Schulausflug war wirklich eine dumme Idee gewesen.

Die Familie wollte eben das Kaminzimmer verlassen, als Heinz Weilandt seine Frau und die Kinder nochmal zurückrief: »Was ich euch sagen wollte: Ich gebe in etwa sechs Wochen eine große Katzenparty. Der Film war so erfolgreich, daß ich eine Fortsetzung plane. Und deshalb starte ich ein Fest. Ich habe so um die 400 Gäste einladen lassen. Übrigens, mein Freund John Roderick aus Hollywood kommt auch. Wir wollen bei dieser Gelegenheit über ein gemeinsames Projekt reden. Ich denke da an einen Film über Tierversuche und Gentechnologie. Ich habe schon ein gutes Drehbuch. Meine Firma finanziert das Projekt, und er macht den Film.«

Sven flüsterte seiner Schwester ins Ohr: »Sieh mal, wie schnell der Alte das Thema wechselt. Erst der große Anschiß und nun diese Neuigkeiten. Egal! Wenn die Party lustig wird, ist alles okay. Und John ist ein dufter Typ, ganz locker, nicht so verkrampft wie der Senior.«

Irmchen hatte sich in sein Schicksal gefügt. Das war es also! Aus und vorbei mit Abenteuern, Freiheit und spannenden Erlebnissen. Wie die Kinder gammelte er nun wieder den ganzen Tag im Haus herum. Zu nichts mehr hatte er Lust. Irmchen wurde träge und faul, setzte Fett an.

Sophie ermahnte den Koch, der auch für den Kater zu sorgen hatte: »Geben Sie ihm nicht soviel zu futtern! Sie sehen ja, daß er zu dick wird.« Und zu Maria und den Kindern sagte sie: »Spielt ab und zu mit Irmchen. Sonst ist er für Vatis Filme nicht einsetzbar. Und dann haben wir wieder schuld.«

Sven und Maeggi, die unter ihrem Vater, dem Reichtum und der Langeweile litten, wußten keinen Rat. Der Junge, der mehr Abenteuerlust als seine Schwester verspürte, hatte die Nase schon lange voll: »Man müßte einfach abhauen! Aber wohin? Und mit Irmchen sehe ich auch schwarz. Der Kater geht hier kaputt. Er ist viel zu munter, intelligent und vital, um dieses Leben zu ertragen. Er muß raus, und wir müssen es auch! Aber woher das Geld dafür nehmen? Und dann in unserem Alter. Eine ausweglose Situation.«

Drei Tage, bevor die große Party stattfand, holte Sophie Weilandt John Roderick vom Flughafen Tegel ab. Es wurde eine stürmische Begrüßung. Seit über zwanzig Jahren waren die Weilandts mit John befreundet. Er war damals Austauschschüler in Berlin, träumte davon, später große Filme zu machen.

John hatte sein Ziel erreicht, genau wie Heinz Weilandt. Beide waren erfolgreich und doch völlig unterschiedliche Typen, was sich auch in ihren Filmen widerspiegelte. Heinz Weilandt produzierte vorwiegend Abenteuerfilme. John Roderick hatte sich auf Komödien spezialisiert. Heinz war der knallharte Macher, John der Spitzbube, der ein Königreich für eine witzige Idee gab.

Sven und Maeggi liebten John, gerade weil er so anders als ihr Vater war. Und noch bevor sich die Filmmänner ins Kaminzimmer zu ihren Geschäftsgesprächen zurückzogen, besuchte John die Kinder in ihrer Wohnung: »Hey boys and girls, everything okay?«

John setzte sich auf die Couch, betrachtete die Poster der Popstars an den Wänden.

»Na ja, so so«, antwortete Sven und machte ein betrübtes Gesicht. »Es muß bei uns immer nach dem Alten gehen. Er bevormundet die ganze Familie und betont jeden Tag, daß er das Geld verdient. Aber sonst ist hier alles im grünen Bereich. Durch die Schule schleppen wir uns so durch. Aber es ist auch keine anspruchsvolle Schule. Woanders würden wir es bestimmt nicht schaffen.

Ach ja, wir waren bei den Dreharbeiten zu Papas letztem Film dabei. Ein starker Streifen, ganz anders und trotzdem ein Riesenerfolg. Er handelt von Irmchen, einem Super-Kater, der im vorigen Jahrhundert lebt und alle möglichen Abenteuer besteht. Vater hat viel Geld damit verdient. Aber der Kater ist hin. Er ist so ein Typ, der seine Freiheit braucht. Er kam eines Tages geradewegs in unseren Garten spaziert. So ein richtiger Rowdy. Und so ein Tier kannst du nun mal nicht einsperren. Dad paßt auf wie ein Luchs, daß seinem Kater nichts passiert. Schließlich soll er noch mehr Geld bringen. Ach, es ist schön, daß du da bist, John! Wir würden so gern mal bei dir in Malibu leben. Vater läßt uns nicht, wegen der Schule. – Warte mal, ich hole Irmchen. Er liegt irgendwo in Maeggis Zimmer und döst vor sich hin. Echt, John, der Kater ist völlig fertig. Es geht ihm so wie uns. John, es kotzt uns einfach an. Wir haben hier alles – und zwar unheimlich satt. Und wenn Mutti könnte . . . na, ich weiß nicht! Ich glaube, sie wäre bestimmt schon weg.«

John Roderick versuchte, seine jungen Freunde zu trösten: »Na, na! So schlimm wird es doch bestimmt nicht sein. Du übertreibst und bist undankbar. Seht mal, wie gut es euch geht! Ihr habt alles, was ihr euch wünscht. Es fehlt an nichts! Andere wären froh, wenn sie so leben könnten!«

Sven starrte zur Zimmerdecke: »Echt ätzend! Du sprichst schon genauso wie Papa. Du hast kein Wort kapiert. Na, wäre ja auch zuviel verlangt. Ich hole jetzt Irmchen, damit du unseren dukatenspuckenden Lieblingskater kennenlernst.«

Der Junge stand auf, lief nach nebenan, zog Irmchen unter dem Bett hervor. Früher wäre er bei so einer Behandlung unwirsch geworden, hätte gefaucht und die Krallen ausgefahren. Doch jetzt war ihm alles egal. Er ließ sich von Sven auf den Arm nehmen und zu John tragen: »Das ist er! Kannst du dir vorstellen, daß das mal ein verwegener Prachtkerl war?«

Sven schaute seinem Freund fragend und hilfesuchend in die Augen.

John ahnte, was Sven wollte: »Komm, Kleiner, heraus mit der Sprache! Du möchtest doch was von mir. Sonst würdest du nicht so herumreden.« Der Mann nahm den Jungen bei der Hand: »Los, alter Kumpel! Ich weiß, daß du was loswerden willst! Also spuck's aus!«

Sven streichelte seinen schwarzen Kater: »Weißt du, Maeggi und ich lieben Irmchen. Aber hier geht er ein. Und weil wir ihn lieben, möchten wir, daß du ihn mitnimmst. Du bist ein viel lockererer Typ als Vater. Bei dir könnte Irmchen am Strand toben, hätte seine Freiheit und wäre glücklich. Lieber trennen wir uns von ihm, als ihn hier sterben zu sehen.«

John war sprachlos: »Was soll ich? Das meinst du doch nicht im Ernst. Ich kann den Kater nicht einfach mit in die Staaten nehmen. Nein, das schminkt euch ab! Und außerdem! Euer Vater würde ihn nie herausrücken, für keine Summe der Welt.«

Sven kannte seinen Vater besser: »Ich glaube, du siehst das falsch. Wenn du Vater ein vernünftiges Angebot machst, willigt er bestimmt ein. Es muß nur ein Preis sein, den er akzeptieren kann. Vielleicht kannst du ihm einen gemeinsamen Film vorschlagen, den du in Amerika drehen würdest. Bitte, John, sprich mit ihm! Es geht um Irmchen! Du siehst selbst, was los ist.«

John nahm Irmchen auf den Arm: »Na, kleiner Superstar! Schaust wirklich sehr unglücklich aus! Okay, Sven, ich rede mit deinem Vater. Aber erhoffe dir nicht zuviel.«

Am nächsten Morgen, beim Frühstück, sprach John Heinz Weilandt auf den Kater an: »Sag mal, was hältst du davon, wenn wir mit Irmchen was Gemeinsames machen.

Ich dachte da an eine Kinderserie fürs Fernsehen. Ich habe einen Privatsender an der Hand, der sowas sofort einkaufen würde.«

Heinz Weilandt legte sein Brötchen auf den Teller zurück, blickte zu seiner Frau und den Kindern: »Was willst du?«

John fing die Frage auf, wiederholte den Vorschlag: »Eine Kinderserie! Wir würden die ersten fünfzehn Folgen in einem halben Jahr abdrehen. Die Produktionskosten wären nicht sehr hoch, weil wir keine teuren Schauspieler engagieren müßten. Und nach sechs Monaten hättest du deinen Kater wieder. Eine lohnende Sache für uns alle!«

Heinz Weilandt sah wieder zu seiner Frau: »Was meinst du?«

Sophie, die die Sorgen ihrer Kinder kannte, spielte die Begeisterte: »Nicht schlecht! Ich glaube, das könnte sich lohnen. Aber denk noch mal in Ruhe darüber nach. Du mußt dich ja nicht sofort festlegen!«

Er verschob die Entscheidung um einige Tage. Schließlich hatte er ja noch die Party auszurichten.

Das Fest wurde ein riesiger Erfolg. Außer dem Regierenden Bürgermeister und anderen Politikern kamen vor allem viele Schauspieler, Showstars und Paradiesvögel der Stadt. Gefeiert wurde fast im ganzen Haus. Drei Musikgruppen heizten den Gästen abwechselnd ein, und besonders die geladenen Journalisten tobten sich nach Herzenslust aus. Wer nicht mit gekonntem Rollgriff ein paar Zigarren im Jackett verschwinden ließ, trank ein Champagnerglas nach dem anderen leer.

Ausgehungerte Schreiber saßen in den Ecken und kämpften sich durch ihre mit Lachs, Kaviar und zartem Fleisch vollgepackten Teller. Wieder andere sammelten Trauben von Menschen um sich und erzählten, was sie alles im Leben – mehr oder weniger umgeschrieben – »im Blatt« hatten.

Heinz Weilandt legte die Stirn in Falten: »Na, hoffentlich lese ich morgen nicht aufgebauschte Schauergeschichten in den Zeitungen. Wir kennen die Brüder ja! Erst futtern sie sich voll, dann füllen sie sich ab und in ihren Redaktionen ziehen sie dann über meine Gäste her.«

Hans Koll, der für eine große Boulevardzeitung arbeitete, nahm den Gastgeber beiseite: »Warten Sie mal, bis Maren Müller kommt. Die goldbehangene Klimper-Fee arbeitet für einen Radiosender und ist ganz verrückt nach Katzen. Wenn sie Irmchen sieht, fängt sie sofort an zu singen und zu tanzen und hat den ganzen Abend nur noch Augen für den Hauptdarsteller.«

Heinz Weilandt prostete seinem Gast zu: »Ich kenne sie! Ein ganz verrückter Vogel. Ist überall Mittelpunkt und sofort beleidigt, wenn keiner mit ihr spielt. Na, soll sie! Hauptsache, sie fällt nicht zu sehr aus der Rolle.«

Der Filmkönig hatte seinen Satz kaum zu Ende gesprochen, als Maren, herausgeputzt wie ein Pfau, unübersehbar in den Saal flatterte. »Wo ist der Kater? Ich will sofort den Kater haben!«

Die Gäste, die ihre Auftritte kannten, machten kichernd Platz. Maren griff sich ein Glas Schampus, löschte den schlimmsten Durst. An ihren Ohren baumelten überdimensionale, unechte Ohrringe. Um den Hals trug sie dazu die unpassende Kette. Ihr knielanges, türkisfarbenes Abendkleid hatte sie sich extra für diesen einen Abend schneidern lassen. Alle wußten: Sie trug ein Abendkleid kein zweites Mal.

Heinz Weiland begrüßte Berlins verrückteste Klatschtante übertrieben mit einem Handkuß: »Welch eine Freude, Sie hier zu sehen! Meine Frau holt Irmchen sofort! Dann können Sie sich mit unserem Liebling anfreunden.«

Maren, die mit ihrem Sektglas unruhig hin- und herhüpfte, umarmte ein wenig zu theatralisch die Gäste, die sie kannte.

Und stets zog sie dasselbe aufgesetzte Zeremoniell ab: Woher kommst du, was machst du gerade. Ich mache zur Zeit das und das. Man sieht sich später.

Maren hatte sich für den Abend etwas Besonderes einfallen lassen. In ihr kurzes blondes Haar hatte sie sich eine Langhaarperücke gesteckt. Die Haare waren mit Spangen verknüpft. Das hält, dachte sie! Doch die Rundfunkreporterin hatte die Rechnung ohne Irmchen gemacht.

»Ach, da ist ja der süße kleine Kerl!« Maren stürzte der Frau des Gastgebers entgegen, die Irmchen auf dem Arm hereintrug. Und so unglücklich der Kater auch war, für kurze Zeit erwachten seine Lebensgeister. Die Augen funkelten. Wenn er etwas nicht mochte, dann waren das hektische Menschen.

Und Maren Müller war so ein Typ.

Sie schmiß die Arme hoch, rannte auf Sophie Weilandt zu und riß ihr den Kater regelrecht aus den Armen: »Ach, du bist ja so süß, so süß! Und du kommst von Mallorca, meiner Lieblingsinsel.«

Irmchen behagten solche Auftritte nicht. Mit seinen Pfoten stemmte er sich gegen das Dekolleté der Reporterin.

»Wirst du dich wohl nicht sträuben, du süßer Lümmel! Komm, wir tanzen! Macht doch mal einer Musik! Ich will mit dem Kater tanzen.«

Das war zuviel!

Als auch noch das Schlagzeug einsetzte, verkrallte sich Irmchen in Marens Kunstfrisur, zog und zerrte an dem Haarteil.

»Au, du Aas, hör auf!« Maren versuchte, die Krallen des Katers aus den Haaren zu ziehen.

Die Gäste, die sich so eine Einlage insgeheim immer schon mal gewünscht hatten, lachten und applaudierten.

Irmchen drehte durch. Mit aller Kraft riß er der Reporterin das Haarteil vom Kopf, so heftig, daß noch ein paar echte Haare mit auf der Strecke blieben. »Aua, du Scheißkerl.«

Irmchen verkrallte sich in Marens Rücken.

»Hilfe, der Kater ist verrückt geworden. Nehmt mir sofort den Kater ab!«

Doch keiner kam, um zu helfen. Zu groß war die Schadenfreude, zu schön war das Schauspiel. Maren machte zwei Schritte rückwärts, verlor den Halt. In hohem Bogen schleuderte sie die schwarze Klette von sich, kämpfte mit dem Gleichgewicht. Ein Absatz ihres Schuhs brach weg, und Maren knallte der Länge nach ins Kalte Buffet. Lachs, Kaviar, Fleisch, Aalstücke und die verschiedenen Soßen klebten an ihrem Kleid und dem tiefen Rückenausschnitt. Maren rutschte, riß die Schale mit Remouladensoße um, daß der Inhalt nur so über ihr Kleid schwappte. Weinend und fluchend rappelte sich die Reporterin auf und verlor vollends die Beherrschung. Sie griff sich die Perücke, schob die Gäste beiseite, rannte zum Ausgang, sprang in ihren Wagen und gab Gas.

Der Zwischenfall war noch Tage danach Gesprächsthema Nummer eins in Berlins Schickimicki-Szene.

Ein halbes Jahr lang sollte die sonst so partysichere Klatschreporterin jedes Fest meiden. Danach war Gras über die Sache gewachsen. Kater Irmchen jedoch sah sie nie wieder.

Zwei Tage nach dem Fest willigte Heinz Weilandt in den Vorschlag von John Roderick ein. Eine Woche später saßen Irmchen und sein neues Herrchen schon im Flugzeug nach Amerika.

Und während Sven ein großes Poster seines Lieblings über dem Bett an die Wand pinnte, kam seine Mutter in den Raum, legte ihren Arm um die Schulter des Sohnes: »Ich weiß, auch mir tut der Abschied weh. Aber ich glaube, es ist besser so für Irmchen. John will ›seinen‹ Kater am Strand spielen lassen und ihn erstmal auf Diät setzen. Vielleicht sehen wir ihn ja bald wieder.«

*

Irmchen fühlte sich sofort wohl in seinem neuen Zuhause. Der Bungalow, in dem John wohnte, stand im Villenvorort Malibu, direkt am Strand. Ein Holzsteg führte vom Wohnzimmer zum Wasser. John, der hier vor drei Jahren mit seiner Freundin eingezogen war, hatte die meisten Wände herausreißen lassen. So genoß er eine einzigartige Aussicht aufs Meer, die breite Straße mit den Palmen und die Klippen am Ende der Bucht.

John war ein verrücktes Huhn, ganz anders als Heinz Weilandt in Berlin. Bei der Arbeit in den Studios war er zwar ebenso diszipliniert. Aber privat spielte er oft den Spaßvogel. Keine Idee war ihm irre genug. Als Sohn italienischer Einwanderer sang und redete er fast den ganzen Tag. Wenn es ihn packte, rief er kurzerhand alle Freunde an, lud sie zur Hulaparty ein. Und jeder mußte, egal, wie er es anstellte, einen Bastrock auftreiben und damit zur Party kommen.

John liebte es auch, sich zu kostümieren und in den unmöglichsten Sachen im Studio aufzutauchen. Beim letztenmal wäre er um ein Haar hinausgeworfen worden. Er hatte sich als Bettler verkleidet in die Studios geschlichen, war mitten in die Aufnahmen geplatzt.

Der Co-Regisseur wollte eben durchdrehen, als John im letzten Augenblick den Bart abnahm und sich zu erkennen gab. Er schmiß eine Lage Champagner, und die Dreharbeiten gingen weiter.

John liebte die schönen Seiten des Lebens, besaß viel Geld, eine Motoryacht, mehrere Autos. Am meisten mochte er jedoch das Spiel. Oft saß er abends mit Freunden am Strand, direkt vor dem Haus, und spielte Karten. Und nicht selten ging es um Geld, viel Geld.

Irmchen war stets dabei. Er fühlte sich hier pudelwohl, hatte mit den Katzen der Nachbarschaft schnell Freundschaft geschlossen. Den ganzen Tag tobten die Tiere am Strand, spielten mit angeschwemmten Fischen, liefen zu den Klippen, um in den Felsen herumzuturnen. Das Klima behagte dem mallorquinischen Kater mehr als das Wetter in Berlin. Fast ununterbrochen schien die Sonne.

Nach wenigen Wochen war Irmchen wieder ganz der Alte. Das schwarze, seidige Fell spannte sich über den Muskeln. Die Sinne waren scharf und hellwach. Jede Reaktion kam wie aus der Pistole geschossen. Er war bald der König der Strandkatzen. Keiner konnte so gut toben, so blitzschnell am Strand entlanglaufen und auf Palmen klettern. So mancher Rivale, der Irmchen den Rang streitig machen wollte, bekam eine Tracht Prügel.

Es war ein besonders schöner Tag, als John seinen Kater von der Couch jagte und ihm ins Ohr flüsterte: »Wir bekommen Besuch! Also räume den Platz! Sonst denken die Leute noch, du bist überhaupt nicht erzogen.«

Der Gast, den John angekündigt hatte, war ein alter Bekannter von Irmchen. Ron Halford, der nur wenige Straßen entfernt wohnte und mit John befreundet war, riß die Augen auf, als er den Kater sah: »Hey, John! Wie kommst du an diesen Kater? Das ist Irmchen aus Berlin! Alter Zausel, du müßtest doch bei Heinz Weilandt leben. Ich kann es nicht fassen!«

Irmchen, der Ron sehr mochte, sprang sofort auf den Schoß des Mannes. Er stupselte mit der Nase, kniff vor Freude die Augen zu und fing an zu schnurren.

Ron war immer noch sprachlos, sah sich den Kater von vorn bis hinten an: »Eindeutig Irmchen! Er trägt ja auch die Messingkapsel, die wir ihm in Palma de Mallorca gekauft haben. Sag mal, John! Wie bist du denn an Irmchen gekommen?«

John zündete sich eine Pfeife an, trank einen Schluck Gin und erklärte alles. Am Ende berichtete er von seinen Plänen: »Ich werde mit Irmchen eine Serie machen, und Heinz Weilandt gibt Geld dazu. In einigen Monaten bringe ich den Kater wieder zurück.«

Ron setzte den unentwegten Schnurrer auf den Boden:

»Na, das wird dir bestimmt nicht gefallen, schwarzer Teufel. So gut kenne ich dich schon. Du fühlst dich doch hier viel wohler.«

Irmchen ließ sich auf den Rücken fallen, spielte mit den Schnürsenkeln an Rons Schuhen: »John, das ist der cleverste Kater, den du je gesehen hast. Er beherrscht Kunststücke, die man normalerweise einem Kater nie beibringen kann. Aber mit der Serie liegst du schief. Die letzten drei Tierfilme, die hier gedreht wurden, waren Flops. Sie spielten nicht annähernd die Herstellungskosten ein. Also, wie willst du da was machen?«

John kannte die Problematik: »Man wird sehen! Ich frage überall rum, mache Vorschläge. Und wenn keiner anbeißt, hat Irmchen wenigstens einige schöne Monate hier verbringen können. Ist der Kater wirklich so talentiert, gibt es keinen Grund, warum wir nicht einen Film mit ihm machen sollten. Was scheren mich die Flops vorher!«

John sollte sich irren!

Wochenlang rannte er den Studiobossen die Türen ein, unterbreitete sein Angebot und erntete überall nur Kopfschütteln. William Gold, der größte in der Branche, sagte es John am deutlichsten: »Die Leute wollen was anderes sehen. Action, Science Fiction, Abenteuer, Spaß, Ungewöhnliches, Special-Effects und vor allem richtige Stars. Nur das bringt Geld. Und wir wollen doch alle Geld verdienen. Okay, auch wenn Irmchen in Europa ein Erfolg war, hier haben wir Hollywood. Hier machen wir nur das Beste. Und einen Kater will niemand sehen. Schau dich um. Die Viecher findest du an allen Ecken. Fast jeder hat einen Kater zu Hause. Gut, Katzen sind was gegen Ratten. Aber mehr ist nicht drin!

Bring mir eine gute Story, den richtigen Drehbuchautor und Regisseur und vor allem einen Star, bei dessen Anblick das Publikum nicht gähnt. Dann machen wir einen Film. So, ich habe gleich den nächsten Termin. Man sieht sich! Mach's gut, alter Freund!«

Das war's! Aus! Mit Irmchen war hier nichts zu machen. Und den Film auf eigenes Risiko drehen, davor hatte John Angst. An einem finanziellen Reinfall hätte er viele Jahre zu knabbern gehabt. Entmutigt und traurig fuhr John wieder nach Malibu, goß sich einen Gin ein und kraulte seinem Kater den Nacken: »Irmchen, keiner will hier was von dir wissen. Was machen wir nun? Wenn die Jungs nur ahnen würden, welche Chance ihnen entgeht. Aber sie tun's nicht. Nun, dann werde ich wohl Heinz ein Fax schicken und ihm mitteilen, daß aus unserem Projekt nichts wird. Schade! Na, hoffentlich hast du dich hier wohl gefühlt. Ich glaube, ich muß dich zurück nach Berlin bringen.«

John trank an diesem Abend sehr viel, zu viel. Er trank die ganze kommende Woche, lud schließlich seine Freunde zum Kartenspiel am Strand ein. Peter Owen, der im Nachbarhaus wohnte, brachte einen Fremden mit. Der Hamburger lebte seit elf Jahren in Hollywood, veranstaltete regelmäßig Abenteuer-Safaris durch den südamerikanischen Urwald. Peter Kröger führte fünf bis sechs Mal im Jahr Touristen in den Dschungel, verdiente damit seinen Lebensunterhalt. Wenn er nicht unterwegs war, zeigte er den Hollywood-Besuchern die Studios oder arbeitete auch schon mal in einer Imbißstube, verkaufte Hamburger und Pommes.

Peter Kröger war vor allem ein ausgeschlafener Kartenspieler. Hätte John gewußt, welche Tricks der Hamburger auf Lager hatte, nie hätte er sich mit ihm auf ein Spiel eingelassen.

Aber John war durch den Alkohol nicht mehr Herr der Lage, fühlte sich unschlagbar und verlor. Erst nur ab und zu, dann pausenlos. Die Sonne war schon über dem Meer untergegangen, als John fast 100000 Dollar an den Hamburger verloren hatte.

Peter Owen rüttelte an Johns Arm: »Komm, Junge, laß uns aufhören! Es reicht! Du weißt nicht mehr, was du tust!«

Doch John wollte nicht hören, war sturzbetrunken: »Laß

mich! Man will meine Filme nicht. Man will Irmchen nicht. Vielleicht will man ja wenigens mein Geld.«

»Na gut, hören wir auf!« Peter Kröger, der auf diese Weise nicht noch mehr gewinnen wollte, legte seine Karten beiseite.

John wollte nicht hören: »Los, laßt uns weitermachen! Ich bin kein schlechter Verlierer. Ihr könnt mich jetzt nicht hängenlassen.«

Peter Kröger und Peter Owen sahen sich an. John wußte kaum noch, was er tat. Sie waren sich einig, wollten das Spiel auf keinen Fall fortsetzen.

John trieb es auf die Spitze: »Ich sage euch was! Mein Blatt ist so gut. Ich gewinne auf jeden Fall.«

Er konnte die Karten kaum noch halten. Seine Hände zitterten. Obwohl es sich schon merklich abgekühlt hatte, standen ihm Schweißperlen auf der Stirn. Er nippte an seinem halbvollen Glas: »Ich werde euch zeigen, wie gut mein Blatt ist. Ich setze Irmchen!«

Die Freunde waren entsetzt.

Peter Kröger winkte ab: »Nein, das kommt nicht in Frage! Du kannst doch nicht deinen Liebling aufs Spiel setzen!«

John hörte die Worte nicht mehr: »Ich muß wissen, was ich kann. Hier sind meine Karten.«

Er drehte die Spielkarten um, legte sie nacheinander auf die Decke, auf der die Männer saßen. Die Freunde zeigten ebenfalls ihre Blätter und nach Sekunden stand fest, wer gewonnen hatte. Peter Kröger war fassungslos. John hatte das schlechteste Blatt und damit Irmchen verloren.

Ratlos fragte der Safari-Führer Peter Owen: »Und nun? Was soll ich jetzt machen?«

Owen sah keinen Ausweg: »Du weißt ja, wie das ist. Spielschulden sind Ehrenschulden. Irmchen gehört dir.«

So verließ Irmchen noch in dieser Nacht John Roderick und kam zu seinem neuen Besitzer.

Als John am nächsten Morgen merkte, was er angestellt

hatte, gab es kein Zurück mehr. Immer wieder versuchte er, Peter Kröger telefonisch zu erreichen. Doch der war mit der ersten Frühmaschine nach San Francisco abgeflogen.

John war in einer schlimmen Situation. Nicht nur, daß er Irmchen über alles liebte. Wie sollte er darüber hinaus Heinz Weilandt erklären, was passiert war? Er rief in Berlin an, holte den Filmboß, der gerade schlafen gegangen war, aus dem Bett.

Der war fassungslos: »Weißt du, Geld hin, Film her. Aber es geht ja auch um Irmchen. Ich finde das sehr verantwortungslos von dir. Auch, daß du sturzbetrunken warst, ist keine Entschuldigung. Also sieh zu, wie du den Kater wiederbekommst. Ich kann ja wohl den Kindern schlecht mitteilen, daß Irmchen jetzt am Amazonas lebt.«

John legte den Hörer auf, ahnte nicht, daß Irmchen die nächsten Jahre genau dort verbringen sollte. Er telefonierte den ganzen Tag kreuz und quer durch Amerika, versuchte überall, Peter Kröger zu erreichen. Aber der Abenteurer war schon auf dem Weg nach Venezuela.

*

Der schwarze Kater mit dem weißen Fleck auf der Brust hatte sich in Malibu bestens erholt. Die silbernen Haare in seinem Fell schimmerten in der Sonne. Der buschige Schwanz wippte auf und ab, als Peter seinen neuen Gefährten über die Rollbahn des Flughafens von Caracas trug. »So, kleiner Stromer. Das hier ist dein neues Zuhause. Und wenn du wirklich von Mallorca stammst, wird dir die Wärme sicher nichts ausmachen. Es ist nur ein wenig feuchter. Aber egal! Du wirst dich schon daran gewöhnen.«

Peter, der eine neue Safari in den Urwald vorbereitete, besuchte in Caracas einen Bekannten, kaufte Proviant und Ausrüstungsgegenstände und ließ Irmchen derweil bei einer alten Freundin.

Felicitas, die im Armenviertel zu Hause war, lebte seit vielen Jahren allein. Ihr kleines Häuschen klebte am Berghang wie viele tausend andere Hütten rund um Caracas. Es gab weder Strom noch fließendes Wasser – mit vereinzelten Ausnahmen: Wenn Wolkenbrüche über der quirligen Millionenstadt niedergingen, rissen die Sturzbäche Hunderte von Hütten mit in die Tiefe.

Jedesmal gab es Verletzte und Tote. Doch niemand kümmerte sich darum. Die Verletzten kamen ins Krankenhaus, die Toten auf den Friedhof, und die Hütten wurden wieder aufgebaut. Zweimal schon war die Wellblechbehausung von Felicitas nachts fortgespült worden. Und beide Male hatte das Mädchen Glück gehabt. Die junge Prostituierte war jedesmal unterwegs gewesen, als es passierte.

Nun freute sie sich über den Kater. »Komm, kleiner Don Juan, leiste mir tagsüber Gesellschaft. Nachts laß ich dich allein. Da muß ich Geld verdienen. Du kannst dich in diesen Stunden um die vielen Katzenladys kümmern, die es bei uns am Berg gibt.«

Sie hätte Irmchen nicht extra auffordern müssen. Nachdem seine Kinder schon in Nordfrankreich und auf Mallorca herumstreunten, verdrehte er nun Nacht für Nacht den Katzen von Caracas die Köpfe. Und Irmchen machte zum erstenmal in seinem Leben Bekanntschaft mit Alkohol. Felicitas, die ständig eine Flasche billigen Champagner mit sich rumtrug, goß ihm einen Schluck davon in die Milch. Der Kater verdrehte die Augen, versuchte die Tropfen mit rollender Zunge wieder herauszuwürgen. »Du wärst mir vielleicht der richtige Liebhaber. Trinkst nicht mal das alte Sprudelgesöff. Aber bestimmt bist du ein viel besserer Kerl als all die Männer, die jede Nacht zu mir kommen. Doch sie bringen das Geld. Und du lehnst meinen Champagner ab. Ist schon gut, kleiner Don Juan. Du magst keinen Schampus und ich keine Milch. So kommen wir uns nie in die Quere.«

Als Peter Kröger den Kater Tage später abholte, verspürte Felicitas so etwas wie Abschiedsschmerz: »Schade, daß du ihn mitnimmst! Ich habe mich an ihn gewöhnt. Wenn du wieder mal in der Stadt bist, schau vorbei und bring Irmchen mit. Adios, ihr Weltenbummler. Paßt auf euch auf!«

Peter nahm Irmchen an die Leine, fuhr mit ihm zum alten Flughafen, wo schon Gepäck und Ausrüstung warteten.

Und während er hinter dem Steuer seines Jeeps saß, beugte er sich vor und sprach zu Irmchen, der auf dem Beifahrersitz Platz genommen hatte: »Gib acht, Kater! Das sind alles Irre, die du jetzt kennenlernst. Durchweg Menschen, die sich zu Hause langweilen und die einen Blöden suchen, der ihre Nerven kitzelt. Und dafür werde ich bezahlt. Sie empfinden in ihrer Welt kein Prickeln, keine Spannung. Sie suchen das Außergewöhnliche. Aber sie machen alles falsch. Sie sollten viel lieber in sich hineinschauen. Sie hetzen und jagen Abenteuern hinterher und finden dabei nie den Frieden in sich selbst. Was sie mit nach Hause nehmen, sind Erlebnisse und Fotos, mit denen sie vor Freunden angeben können. Und dann sparen sie das ganze Jahr und kaufen sich erneut ein Stück unerfüllbare Sehnsucht. Am Ende sind einige vielleicht klug. Die anderen lernen nicht dazu. Sie würden ihre Autos, Schmuck und all die anderen Reichtümer liebend gern auf den Müll werfen, könnten sie sich dafür nur Glück und Zufriedenheit kaufen. Aber so geht's nun mal nicht.

Viele Indianer, das sag ich dir, sind noch glücklich. Ich kenne einige Stämme, die kaum Kontakt zur Zivilisation haben. Sie leben in ihren Familien, haben sich seit Jahrtausenden kaum verändert und sind happy. Auch sie wirst du kennenlernen. Und wärst du nicht nur ein dummer Kater, sondern ein Mensch, dann hättest du jetzt alles verstanden. Aber leider ist dem nicht so!«

Peter Kröger trat auf die Bremse, parkte den Wagen vor

dem Flughafengebäude: »So, da wären wir! Nun wirst du dein blaues Wunder erleben. Die Abenteurer sehen bestimmt wieder so aus, als wären sie einem Panoptikum entsprungen.« Er sollte recht behalten.

Die Gruppe, die dem Charterruf der Wildnis folgte, bestand aus sieben Unbeirrbaren: David, der Maler, kam aus Israel. Smuel, sein Freund, war Schriftsteller. Betty, die fast 90 Kilo auf die Waage brachte, stammte aus Washington. Mario aus Rom war Weltmeister im Rollschuhlaufen. Seine Freundin Claudia arbeitete als Reporterin bei einer italienischen Zeitung. Zwei Hausfrauen aus Wuppertal standen weiter hinten. Sie hielten sich während der ganzen Reise so dezent im Hintergrund, daß sich Peter nicht einmal ihre Namen merken konnte.

Der Safari-Leiter setzte sein freundlichstes Lächeln auf: »Hallo, nennt mich Peter! Und das hier ist Irmchen, meine rechte Hand.«

Claudia klatschte in die Hände, riß den Fotoapparat hoch und machte sofort die ersten Bilder: »Ich werde einen Bericht über euch schreiben, aber nur, wenn der Abenteuerausflug spannend wird.«

Peter Kröger schüttelte allen die Hände: »Wir bleiben eine Woche zusammen. Ich bin sicher, daß es ein Riesenspaß für euch wird. Ihr müßt allerdings genau das tun, was ich sage. Keine Extratouren, sonst wird es gefährlich. Der Urwald sieht manchmal so harmlos aus. Aber wer die Gruppe verliert und sich verirrt, hat keine Chance.«

Die Wuppertaler Hausfrauen zuckten ängstlich zusammen: »Vielleicht hätten wir doch lieber in den Harz fahren sollen. Aber wir wollten ja unbedingt mal was erleben. Hoffentlich haben wir keinen Fehler gemacht!«

Peter Kröger führte die Passagiere zum Flugzeug, einer alten zweimotorigen Maschine, die schon mindestens 30 Jahre auf dem Buckel hatte. Rund 40 Personen hatten darin Platz.

Die Safari-Crew teilte sich die Plätze mit mehreren Indianern, einigen Schwarzen, die irgendwo im Busch arbeiteten, und Goldsuchern, die besonders finster aussahen.

Der Reiseleiter machte den Frauen aus Wuppertal Angst, flunkerte: »Die haben bestimmt jemanden umgelegt und verstecken sich jetzt im Dschungel. Denen sollten Sie nicht zu nahe kommen! Könnte gefährlich werden!«

Die Frauen hätten am liebsten auf dem Absatz kehrt gemacht. Aber dazu war es zu spät. Das Flugzeug rollte bereits zum Start, erhob sich, zog eine weite Schleife über Caracas. Zwei Stunden dauerte der Flug über die Berge an der Küste und den angrenzenden Urwald.

Peter, der dies alles kannte, schaute gar nicht mehr aus dem zerkratzten Fenster. Und während die Maschine brummend in Richtung Amazonas schwebte, breitete sich tief unten der unendlich grüne Teppich aus.

Es gab nur diese beiden Farben: Das Blau des Himmels und das Grün des Urwaldes. Ab und zu schlängelte sich ein Fluß in großen, weiten Bögen durch das Dickicht, um nach Sekunden am Horizont zu verschwinden.

Irmchen, der fast durch nichts mehr aus der Ruhe zu bringen war, hatte sich auf Peters Schoß eingerollt und schlummerte. Nicht einen einzigen Blick aus dem Fenster riskierte er. Wozu auch? In seinen Augen war die Welt überall gleich. Hauptsache, er hatte einen netten Menschen erobert und bekam was zu fressen. Peter Kröger erhob sich von seinem Platz, wandte sich an die Gruppe: »In fünfzehn Minuten landen wir in Canaima. Das ist unsere Basisstation. Sie liegt auf halber Höhe zwischen Amazonas und Orinoco. Eine Straße dorthin gibt es nicht. Wir sind also von der Außenwelt abgeschnitten. Unsere einzige Verbindung sind ein Funkgerät und das Flugzeug, das einmal wöchentlich landet. Also! Macht keinen Unsinn! Eine halbe Tagesreise von Canaima entfernt leben Indianer, die man für Menschenfresser hält. Ich rate aber keinem, es auszuprobieren.

Außerdem, paßt auf, wo Ihr hintretet! Es gibt hier Schlangen, deren Biß tötet. Und schließlich, steigt nicht in jeden Fluß. Ihr dürft nur da baden, wo ich es erlaube. Die Piranhas sind zwar nicht so schlimm wie in Horrorfilmen, aber sie haben eine Vorliebe für Weiße.«

Peter mußte schmunzeln, als er in die Gesichter der beiden Hausfrauen blickte: »Na, nun macht euch mal keine Gedanken! Die anderen haben es auch gut überstanden und hatten hier viel Spaß.«

Dröhnend und mit gedrosselten Triebwerken schwebte das alte Flugzeug mit der zerbeulten Außenhaut über Canaima ein. Der Pilot hätte die Strecke auch blind fliegen können, so gut kannte er sie.

Für jeden Fremden wäre Baum gleich Baum gewesen, nicht so für Miguel, der die Maschine behutsam nach unten drückte. Er kannte viele der über 40 Meter hohen Urwaldriesen, konnte sich an den Giganten hervorragend orientieren.

Peter Kröger kraulte Irmchen hinter den Ohren: »He, kleiner Herumtreiber! Aufwachen, wir landen!«

Er gab Irmchen einen sanften Stups. »Das scheint dich wohl überhaupt nicht zu berühren. Ich entführe dich ans andere Ende der Welt, und du pennst weiter.« Irmchen, noch immer nicht ganz wach, streckte die Pfoten von sich und gähnte. Dann drehte er den Kopf zur Seite und rollte sich erneut ein.

»Nein, nein! Kommt nicht in Frage!«

Peter versuchte, den Kater auf die Pfoten zu heben. Doch der wollte sich gerade wieder fallen lassen, als das Flugzeug rumpelnd auf der roten Sandpiste aufsetzte und wie ein Gummiball über den Boden hüpfte. Erst nach endlosen Sekunden rollte die Maschine von der Landebahn, verschwand zwischen Blechhütten und Bäumen.

Miguel, der Pilot und Stewardess in einer Person war, kam grinsend in die Passagierkabine: »Ladies and Gentlemen! Wir sind am Ziel! Bitte verlassen Sie das Flugzeug!«

Und mehr zu sich selbst murmelte er: »Verpißt euch

bloß, ihr blöden Touristen, bevor die alte Mühle auseinanderfällt.«

Peter nahm Irmchen, griff sich mit der anderen Hand den Seesack, in dem er sein Gepäck verstaut hatte. Dann drehte er sich zu seinen Begleitern um: »Na, denn wollen wir mal! Ich zeige euch die Unterkünfte, und gegen Sonnenuntergang treffen wir uns zum Abendessen. Da erkläre ich, wie es in den nächsten Tagen weitergeht.«

David und Smuel verschwanden ohne viele Worte in ihren Bungalows. Betty, die während des Fluges pausenlos Schokolade genascht hatte, entdeckte in den Bäumen Dutzende von Papageien und fing laut an zu jubeln: »Das ist ja wie im Film. Und es wirkt genauso echt.«

Fragend blickten die Hausfrauen aus Wuppertal in die Runde: »Können wir wohl mal zu Hause anrufen und sagen, daß alles in Ordnung ist?«

Peter mußte lachen: »Na klar, könnt ihr das! Aber bedenkt, daß ihr in Deutschland möglicherweise jemanden aus dem Bett holt. Da geht jetzt gerade die Sonne auf.«

Den Frauen war das egal. Sie wollten nicht, daß man sich daheim Sorgen machte, wo sie doch zu einem so großen Abenteuer aufgebrochen waren. Also warteten sie geduldig, bis sie über Caracas eine freie Funkleitung bekamen.

Peter brachte Irmchen aufs Zimmer, packte die Sachen aus, legte Pistole und Buschmesser aufs Bett. Dann trat er vor die Tür, schaute auf das kristallklare Wasser der Lagune und den weißen Sand, der vom Wind angeweht worden war. Einen Kilometer entfernt stürzte ein Wasserfall über eine Felswand 50 Meter in die Tiefe, verschwand brodelnd im See. Es war für Peter stets ein faszinierender Anblick. Das Wasser, das Grün der dichten Urwaldwand und dahinter die gewaltigen Tafelberge. Dort begann das Wagnis. Nur wenige Menschen hatten sich so weit gewagt Kaum einer war je zurückgekehrt.

Peter wußte von den Indianern, die beim Dorf lebten, daß die Eingeborenen dieser Region noch Menschen fleisch aßen. Mehrere Forscher hatten in den vergangenen Jahrzehnten Expeditionen ausgerüstet. Das einzige, was man von ihnen fand, waren verzierte Knochen, die auf Indianermärkten gehandelt wurden. Später entdeckten Archäologen ein Tagebuch, in dem von Gold und versunkenen Städten die Rede war.

Handelte es sich um echte Aufzeichnungen oder Fälschungen? Waren es gar Hirngespinste von Sterbenden, im Delirium zu Papier gebracht?

Einer der wenigen, die zurückkehrten, war der alte Angel, nach dem der berühmte Wasserfall benannt wurde. Er berichtete von undurchdringlichen, zerklüfteten Urwaldregionen, in denen man sich zwangsläufig verirren mußte. Und auch er erzählte von Gold. Und der Weg dorthin? Niemand konnte ihn beschreiben. Niemand hatte ihn je gefunden. Auch Angel, der als Flieger hier jede Ecke kannte, war immer wieder Opfer des Irrgartens Dschungel geworden.

An all das dachte Peter, während er über die Lagune und den Wasserfall hin zu den Bergen schaute. Welche Geheimnisse mochten sie noch hüten? Ein zärtliches Stupseln riß Peter aus seinen Träumen. Irmchen war ihm gefolgt und bestand auf ein ausgiebiges Abendbrot.

»Komm her, schwarzer Prinz! Wir kaufen dir bei den Indianern einen großen saftigen Fisch. Den kannst du zum Abendbrot vernaschen.«

Irmchen erriet, was Peter meinte. Der Kater von Mallorca verstand aber vor allem die Sprache seines Magens. Und der signalisierte Bärenhunger.

Wie überall in den Tropen war die Sonne ohne lange Dämmerung am Horizont verschwunden. Peter saß noch mit seinem Kater auf der Terrasse, dachte über das Leben nach, das er führte. Schlecht war es nicht. Er verdiente gut, hatte seine Freiheit, kannte viele interessante Leute. Er hatte es immer warm, genoß ständig die Sonne, wußte nichts von Hektik, Streß, Terminplänen und ewigem Zeitmangel. Und trotzdem, irgend etwas fehlte. War es ein Zuhause? War es die Familie, die es nicht gab? Oder waren es die Freunde, die er nur alle Monate mal sehen und besuchen konnte?

Vielleicht mochte Peter Irmchen deswegen so sehr, vielleicht als Ersatz für all die Dinge, die er so vermißte.

Er traf eine folgenschwere Entscheidung: »Okay, Irmchen, wenn wir morgen zur Safari aufbrechen, nehme ich dich mit. Du begleitest mich in den Urwald. Ist nicht gefährlich. Ist ja nur eine harmlose Touristentour.«

Irmchen wußte nicht, was ihm bevorstand. Hätte er es geahnt, er wäre schnurstracks in die nächste Maschine gesprungen und nach Amerika zu John oder zurück nach Berlin geflogen. Statt dessen rollte er sich wieder mal auf Peters Schoß ein und döste vor sich hin.

Und nicht zum letztenmal wanderten seine Gedanken nach Mallorca zurück, in die Kindheit, zu den Freunden Juan und Valentino. So sehr Irmchen dieses Leben mochte, so groß war die Sehnsucht nach zu Hause. Und das war Mallorca.

Kurz vor Mitternacht schob Peter seinen Kater ans Fußende des Bettes und ging schlafen. Vier Nächte lang würden sie nicht mehr in einem richtigen Bett träumen können. So lange dauerte die Safari. Dann mußte er wieder am Lagerfeuer alle möglichen Geschichten erzählen, egal ob wahr oder erfunden. Das gehörte zum Programm. Dafür wurde er bezahlt, ja, auch dafür!

Vor allem mußte er aber aufpassen, daß nicht einer seiner Schützlinge vom Wege abkam und Bekanntschaft mit einem wilden Tier machte. Vor drei Jahren war eine Touristin aus Frankreich durch einen Schlangenbiß ums Leben gekommen. Sie hatte sich nur für wenige Minuten entfernt, als plötzlich ihr Todesschrei durch das Dickicht hallte.

Gegen sieben Uhr früh trafen sich die »Expeditionsteilnehmer« im Frühstücksraum. Die Frauen aus Wuppertal saßen zuerst am Tisch. Peter pfiff durch die Zähne – und konnte sich ein Lachen kaum verkneifen: »Holla, seht ihr fesch aus!«

Sie hatten sich daheim extra für den Dschungel-Ausflug neu eingekleidet. In einem Safari-Shop hatten sie spezielle Leinenhosen und -jacken gekauft. Auf den Köpfen trugen sie Hüte, wie man sie von der Camel-Reklame her kannte. Und an den Hüften baumelten – mehr lächerlich als gefährlich – riesige Fahrtenmesser. Obendrein hatten sie sich am Vorabend noch Lockenwickler in die Haare gedreht. Es sollte eben alles stilecht sein und darüber hinaus auch noch gut aussehen.

Peter schmunzelte: »Da werden die Menschenfresser einen riesigen Schreck bekommen. Laßt euch von David oder Smuel fotografieren. Einen schöneren Erinnerungsschnappschuß bekommt ihr so schnell nicht wieder.«

Nacheinander trudelten die anderen ein, David und Smuel noch etwas verschlafen. Betty, die sich aus der Heimat ein Glas Erdnußbutter und eine Tube Schokoaufstrich mitgebracht hatte, fragte sofort nach frischen Brötchen.

Und Mario schließlich hatte Freundin Claudia an der Hand und Irmchen im Gefolge: »Der kleine Ganove ist mir über den Weg gelaufen. Wenn er mitkommen soll, braucht er jetzt ein vernünftiges Frühstück.«

Peter übernahm den Kater, setzte ihn vor eine Schale mit frischem Hühnerfleisch.

Eine Stunde später ging es los.

In einem Kanu mit Außenbordmotor ließen sich die Hobby-Abenteurer den Fluß hinaufbringen. Die Vielfalt von Pflanzen und Tieren, Düften und Gerüchen, von Farben, Licht und Schatten verzauberte alle gleichermaßen. Sie blickten überwältigt auf die grünen, im Wind wogenden Urwaldwände, nicht in der Lage, auch nur mit einem einzigen Satz ihrer Bewunderung Ausdruck zu verleihen. Einen Tag sollte die Fahrt dauern. Ziel: die Orchideeninsel, wo sich der Fluß teilte und seine beiden Arme im Land der Indianer verschwanden.

Auf dem Weg dorthin konnte Peter seinen Begleitern viel zeigen und erklären: Wie Tupfer hingen überall feuerrote Bromelien in den Bäumen, Pflanzen, die den Stämmen und Ästen keine Nährstoffe entziehen, sondern die einen eigenen kleinen Wasserbehälter anlegen, aus dem sie sich ernähren. Metergroß die Nester, die Termiten aus Holzteilchen und Speichel bauten und in die Bäume klebten. Der Königsgeier, der einzige bekannte Aasfresser im Dschungel, entdeckte von einem Baumwipfel aus die Eindringlinge, und neugierig folgte sein rotgefiederter Kopf dem Einbaum.

Am Nachmittag hatten Peter und seine Schützlinge sogar das Glück, den größten Adler der Welt zu beobachten. Der Harqyjia schoß mit einer Geschwindigkeit von 80 Stundenkilometern aus den Wolken, verschwand hinter den Baumwipfeln, um Sekunden später mit einem Beutetier in den Klauen wieder in den Himmel zu steigen. Und zu allem, was das Freilufttheater Urwald seinen Besuchern darbot, konnte Peter Kröger etwas erzählen: »Es gibt hier 3000 verschiedene Baumarten. Es ist leichter, 50 Schmetterlinge unterschiedlichster Art zu finden als Schmetterlinge einer Gattung. Es leben rund 1,5 Millionen Tierarten im Urwald, von denen wir etwa ein Drittel kennen. Das heißt, von einer Million haben wir nicht den geringsten Schimmer.«

Eine der Frauen aus Wuppertal zuckte zusammen: »Was ist, wenn im Busch Riesenschlangen und Saurier überlebt haben?«

Ein hilfesuchender Blick traf die Freundin, deren frischgelockte Haare langsam die Façon verloren: »Was meinst du? Ist das nicht zu gefährlich für uns?«

Doch die Freundin, die ein wenig mehr Mut besaß, wies jeden Zweifel und den Anflug von Furcht von sich: »Schau nach vorn! Nun sind wir hier! Jetzt machen wir auch weiter! Unser Peter wird uns schon nicht zu großen Gefahren aussetzen. Schließlich kennt er sich hier aus.«

Irmchen, der sich unter einer Bank eingerollt hatte, machte sich vor Sonnenuntergang einen Spaß daraus, mit den Pfoten nach kleinen Flußfischen zu angeln. Das hatte er als Teenager von seinem Freund Juan gelernt. Außerdem hielt Irmchen ab und an seinen Schwanz ins Wasser, um Fische anzulocken. Da wird bestimmt einer anbeißen, hoffte der Kater, der fortwährend einen Riesenappetit verspürte.

Peter, der nicht ständig auf seinen Freund geachtet hatte, bekam einen Riesenschreck, als er sah, wie der Kater seinen Schwanz ins Wasser baumeln ließ: »Irmchen, komm sofort hierher! Oder willst du den Rest deines Lebens ohne Schwanz herumlaufen?«

Irmchen verstand kein Wort! Im letzten Moment riß Peter ihn vom Bootsrand. Ein Schwarm Piranhas hatte sich bis auf wenige Meter genähert, hätte den Kater Sekunden später am Schwanz über Bord gezogen und aufgefressen. Peter nahm seinen Liebling auf den Schoß, wo er während der nächsten Stunden blieb.

Die Sonne war schon hinter den wolkenverhangenen Bergen untergegangen, als das Boot mit den müden Abenteurern die Orchideeninsel erreichte.

Drei Indianer, die auf die Ankunft gewartet hatten, zogen das Boot an Land. Auch hier hatte der Wind seine Spuren hinterlassen und Sand angeweht. Das kristallklare Wasser schimmerte in einem zarten Rot, was von den Mineralien und Erzen im Boden kam.

Die Indianer, die in der Nähe lebten, hatten zuvor Fleisch über einem Lagerfeuer knusprig braun gebraten. Dazu servierten sie im Erdofen gebackenes Brot und Ananas aus der Büchse. Peter Kröger holte einen Kasten mit tiefgekühltem Champagner aus dem Boot, stellte ein paar alte Holztische und Stühle auf, und es gab das originellste Abendessen, das alle je erlebt hatten.

Gegen Mitternacht, im Lager herrschte Ruhe, riß ein fremdartiges Geräusch Irmchen aus dem Schlaf. Peter, sonst sofort hellwach, schlummerte friedlich weiter, eine Folge des Alkohols, den er nicht vertrug.

Irmchen, wieder mal von Neugierde und Abenteuerlust gepackt, schlich sich aus dem Lager und nahm damit Abschied von seinem Freund, ohne es zu ahnen. Jahre sollten vergehen, bis sie sich wiedertrafen.

*

Das geheimnisvolle Geräusch lockte den Kater in die Nacht hinaus. Ein schmaler Weg, der am Ufer entlangführte, schlängelte sich durch das Dickicht bis zum Ende der zwei Kilometer langen Insel.

Die Indianer, die hier lebten, hatten den Weg mit ihren Buschmessern freigehauen. Alle sechs Wochen mußten sie neue Lianen, die dick wie Taue waren, kappen, damit der Pfad nicht zuwuchs. Die Eingeborenen hatten durch Peter Kröger regelmäßigen Kontakt zur Zivilisation. Sie verdienten sich ein paar Dollar nebenbei, die sie in Canaima für Zigaretten, Nadeln, Messer oder Batterien für ihre Transistorradios ausgaben.

Aber davon wußte Irmchen nichts, als er im fahlen Mondlicht, das sich im Wasser des Flusses spiegelte, den Weg entlangschlich.

Das Geräusch, das ihn aus dem Lager gelockt hatte, war mal nah und mal fern.

Irmchen fühlte eine seltsame Unsicherheit in sich aufsteigen. Zurück zu Peter oder dem Geräusch nach – es gab nur die beiden Möglichkeiten. Der Kater wollte sich eben entscheiden, als ein Schatten auf ihn zuschoß und sofort im Steilflug in den Wipfeln der Bäume verschwand. Schallendes Gelächter kräuselte ihm die Nackenhaare. Dann plötzlich wieder Stille.

Die Pause war nur kurz. Ein tiefes Grunzen, ein schriller

Pfeifton und das Klicken eines durchgeladenen Gewehres ließen Irmchen zusammenzucken. Der Kater preßte sich flach auf den Boden, als er den Verursacher dieser Geräusche vor sich sah. Ohne zu zögern machte er einen großen Satz vorwärts. Und steckte im selben Augenblick in einer wilden Prügelei!

Scharfe Krallen bohrten sich in seinen Rücken. Ein spitzer Schnabel hieb auf den Kopf ein, so daß Irmchen das Gefühl hatte, jemand wolle ihm den Schädel durchlöchern. Doch der Mallorquiner wußte sich zu wehren. Mit seinen Vorderpfoten packte er das nächtliche Phantom, rammte ihm die Krallen seiner Hinterläufe in den Leib.

Blut spritzte, Federn wirbelten durch die Luft, als ein langgezogener Pfiff aus der Ferne den beinahe tödlichen Zweikampf beendete. Das fremde Tier verpaßte dem Kater noch einen schmerzhaften Hieb mit dem Schnabel, löste sich mit aller Kraft aus den Katzenkrallen und flatterte davon.

Irmchen war so außer Rand und Band, daß er alle Vorsicht vergaß und trotz der schmerzenden Verletzungen den Pfad entlanghetzte, immer auf der Suche nach dem unheimlichen Gegner. Über Wurzeln und Termitenhügel, durch Ameisenstraßen und modrige Pfützen fegte der Kater, als er plötzlich die Stimme eines Menschen hörte: »Chiko, komm her! Komm auf meinen Arm! Na, nun mach schon, alter Galgenvogel!«

Irmchen hatte das Ende des Weges erreicht. Wie festgenagelt blieb er stehen und preßte sich sofort flach auf den Boden.

Ein Mann mit schütterem blonden Haar hockte in einem Einbaum, hielt den linken Arm von sich gestreckt und pfiff eine Lockmelodie in die Nacht. Nach wenigen Sekunden flatterte ein dunkler Schatten auf seinen Unterarm, beschwerte sich laut gackernd bei seinem Herrchen. Anschließend spreizte er die Flügel, sortierte die zerzausten Federn.

Das Boot, das am Ufer des Flusses im seichten Wasser dümpelte, war mit einer kurzen Leine an einer Wurzel befestigt. Neben einem Paddel lagen eine Machete und ein Gewehr.

Der Mann streichelte seinem Vogel über das gerupfte Gefieder. »Hey Chiko, wer hat dich so zugerichtet?«

Vorsichtig spähte der Besitzer des Papageis in das dichte Buschwerk am Ufer. Langsam wanderten seine Blicke von einem Strauch zum anderen. Seine Augen waren so gut wie die eines Habichts. Trotz der Dunkelheit erkannte er jedes Detail: »Na, was haben wir denn da?«

Irmchen machte sich noch kleiner, versuchte, sich hinter dem kniehohen Gras zu verbergen. Vergeblich. Der Mann erhob sich, setzte einen Fuß ans Ufer, streckte seine Hand aus.

Chiko, der Papagei, krallte sich an seiner Schulter fest. Der Vogel ließ ein gefährliches Grunzen hören: »Schscht, sei still! Das ist nur eine Katze, die du hierher gelockt hast. Komm, wir sind jetzt beide ganz brav und sagen dem Stromer guten Tag.« Chiko fing an zu gackern und zu lachen, als der Mann Irmchen behutsam hochhob.

Jeglicher Mut hatte den kleinen Mallorquiner verlassen. Zu dramatisch waren die letzten zwanzig Minuten verlaufen. Doch als der Kater die Nähe des Mannes spürte, beruhigte er sich sofort. Er merkte, daß er es mit einem Freund zu tun hatte.

Wolf von Bergen streichelte Irmchen das ramponierte Fell: »So also sieht ein Kater aus, der sich mit Chiko einen Ringkampf liefert. Nicht uninteressant. Na, nun setz' dich erst mal ins Boot und komm zur Ruhe. Du bist bestimmt jemandem davongelaufen.«

Wäre Irmchen ein Mensch gewesen, er hätte sich vermutlich aus Angst irgendwo versteckt. Aber er war ein Kater, ein schlauer und furchtloser obendrein. Und da er feststellte, daß im Moment keine Gefahr drohte, schlich er sich an das rechte Bein des Mannes heran, machte Stupselchen und fing lauthals an zu schnurren. Wolf gab seinem gakkernden Papagei einen leichten Klaps auf den Schnabel und hob Irmchen auf den Schoß.

Die Welt war wieder in Ordnung. Jedenfalls fürs erste. Am liebsten jedoch hätte es der Kater gesehen, wenn der freundliche Fremde ihn zurück zum Camp gebracht hätte.

Wolf von Bergen dachte nicht daran. Er machte die Leine los, schob das Boot vom Ufer weg und paddelte hinaus auf den Fluß.

Irmchen ahnte, daß nun ein neues Abenteuer begann. Doch was sollte man machen, als armer Kater in einer fremden Welt? Über Bord springen? Nein, das war zu gefährlich! Schließlich lauerten da die gefährlichen Fische, die mit Vorliebe Schwanzspitzen anknabbern und zum Nachtisch ganze Katzen vernaschen. Also blieb ihm nichts anderes übrig, als sich in sein Schicksal zu fügen und abzuwarten.

Wolf von Bergen paddelte die ganze Nacht hindurch immer flußaufwärts. Und während sich Kater und Papagei mißtrauisch beäugten, dachte der Mann an längst vergangene Zeiten. Er war auf dem Gutshof seiner Eltern in Nordbayern aufgewachsen. Als Neunzehnjähriger mußte er 1943 in den Krieg. Nach zwei Jahren geriet er in russische Gefangenschaft, kam nach Sibirien. Viele seiner Kameraden starben damals den Kälte- und Hungertod. Es war 1947, als Wolf mit drei Freunden aus dem Lager ausbrach und über die Türkei zurück nach Deutschland flüchtete. 1951 kam er schließlich in München an. Vier Jahre hatte die Flucht gedauert, durch Eis und Kälte. Er war mit seinen Freunden durch die Hölle gegangen, hatte viele tausend Kilometer durch Steppen und Urwälder zurückgelegt. Die Kameraden waren unterwegs gestorben, an Erschöpfung, durch Kälte, an Verzweiflung oder einfach, weil sie ihre Lebensenergie verloren hatten.

Nicht so Wolf! Obwohl er sich in den endlosen eisigen Nächten sämtliche Zehen abgefroren hatte, obwohl er vor

Bären und Wölfen auf Bäume hatte flüchten müssen, brannte in ihm der unstillbare Hunger nach Leben. Er wollte nach Hause, zu seiner Familie, durchhalten und um keinen Preis aufgeben. In den Bergen des Ural mußte er Menschenfleisch essen, um nicht zu verhungern. In der Türkei mußte er in einem Männerbordell arbeiten und sich weit mehr demütigen lassen als je ein Mitglied seiner Familie zuvor.

Als Wolf seine Heimat erreichte, hatte sich dort alles verändert. Die Menschen in Deutschland, dem neuen Deutschland ohne Führer und Hakenkreuz, hatten genug zu tun mit dem eben einsetzenden Wirtschaftswunder. Für ihn gab es, wie für viele andere, keinen Platz mehr in dieser Gesellschaft. Jedenfalls glaubte das Wolf. Wann immer er an eine Tür klopfte, um Hilfe zu erbitten, stieß er auf Ablehnung. Und einer schließlich sagte es ihm endlich deutlich ins Gesicht: »Du warst zu lange fort. Deine Familie ist tot. Die Zeiten haben sich geändert. Und außerdem hast du bis zuletzt für deinen Führer gekämpft. Tut mir leid! Ich kann nichts für dich tun!«

Drei Jahre lang versuchte Wolf, sich mit Gelegenheitsarbeiten über Wasser zu halten. Dann gab er auf. Er kratzte sein weniges gespartes Geld zusammen, heuerte in Hamburg auf einem Schiff an und fuhr als Matrose um die Welt.

Wolf lernte die großen Häfen kennen, von Rotterdam über Hongkong bis Singapur. In Caracas ging er an Land, schlug sich zu den Indianern Venezuelas durch und beschloß: Hier bleibe ich! Hier verbringe ich mein Leben.

Ein feuchtwarmer Windhauch, der das Einbaum-Boot zur Seite drückte, riß Wolf aus Träumen und Erinnerungen. Seine Schützlinge Chiko und Irmchen hatten es sich im Boot bequem gemacht. Der Papagei schlummerte auf dem Gewehrkolben sitzend vor sich hin, während sich Irmchen unter einer alten Decke eingerollt hatte.

Es dämmerte schon, als das Boot eine kleine Urwaldlichtung erreichte. Knirschend bohrte sich der Rumpf in den roten Sand. Als Wolf sein Boot – die einzige Verbindung zur übrigen Welt – an Land gezogen hatte, erwachten die beiden so unterschiedlichen Tiere, die bald die besten Freunde werden sollten, aus dem Schlaf: »Na, ihr Radaubrüder, ausgeschlafen?«

Chiko spreizte die Flügel, fing laut an zu plaudern und flog schnurstracks auf seinen Lieblingsast vor der Hütte, in der Wolf lebte. Irmchen stand auf, streckte sich, setzte die Vorderpfoten zaghaft auf den Rand des Bootes. Das also war das neue Zuhause!

Mit einem Satz hüpfte der Kater aus dem Boot, blinzelte in die Sonne, die sich soeben über die Baumwipfel hangelte: Nur das monotone Rauschen des Waldes war zu hören. Kein Lärm von Menschen, keine Tierlaute störten die sanfte Ruhe an der Grenze zwischen Venezuela und Brasilien.

Wolf nahm seinen neuen Gefährten auf den Arm: »Komm, ich zeige dir mein Haus. Es ist zwar bescheiden, aber der Platz reicht auch für drei.«

Der Mann, der sein Gewehr, das Buschmesser und eine alte Pistole in einen Holzkasten vor dem Haus legte, öffnete die Tür. Alles war sauber und aufgeräumt. An der rechten Wand stand ein schiefes Bett, das sich Wolf aus Brettern gebaut hatte. Vor dem einzigen Fenster des Einraum-Hauses flatterte ein Stück Plastikfolie im Wind. Von der Decke hingen Tabakblätter zum Trocknen. Wolf, der sich hier draußen in der Wildnis vollständig selbst versorgen mußte, hatte nur wenige Meter vom Haus entfernt eine kleine Tabakplantage angelegt.

Auf der alten Kommode, die sich Wolf in Palma Sola, einem Küstenort, gekauft hatte, stand ein Bilderrahmen mit einem Foto seiner Familie. Von der Feuchtigkeit im Dschungel schon arg mitgenommen und vergilbt waren darauf Wolf, seine beiden Brüder, seine Schwester und die Eltern zu sehen.

Ein Foto aus glücklichen Tagen! Es war 1939 kurz vor Ausbruch des Krieges gemacht worden. Erinnerungen!

Eltern und Geschwister, so hatte Wolf erfahren, waren zum Ende des Krieges auf Umwegen nach Dresden gelangt und dort bei dem großen Angriff umgekommen.

Den Mittelpunkt des achtzehn Quadratmeter großen Raumes bildete ein Tisch, der jedesmal knarrte, wenn Wolf daran eine Mahlzeit zu sich nahm.

Das schwarze Näschen vorsichtig nach oben gestreckt, fast so wie ein Hund, machte Irmchen seinen ersten Rundgang. Alles war neu und fremd und wirkte doch, genau wie der Besitzer, vertrauenerweckend.

Wolf hob Irmchen wieder hoch und öffnete die kleine Metallkapsel am Hals: »Wollen mal sehen, was du da hast.« Heraus purzelte der Zettel mit den drei Worten *Irmchen, Estellencs, Mallorca*.

»Na sowas! Du bist ja um die halbe Welt gereist, um jetzt bei mir zu landen. Ich glaube, du bist ein Abenteurer, den es nie lange irgendwo hält.«

Wolf hatte so unrecht nicht, obwohl Irmchen gern ein Zuhause gefunden hätte, eines, wo man für den Rest seines Lebens hätte bleiben können. Aber das schien dem Kater wohl nicht vergönnt zu sein, jedenfalls jetzt noch nicht.

So erkundete er in Begleitung seines neuen Freundes Chiko erst einmal die Umgebung. Hier gab es die wundersamsten Tiere: Libellen, so groß wie Tauben, Schmetterlinge, so gewaltig wie die Möwen Mallorcas.

Irmchen war mit einem Satz wieder im Haus, als sich eine fast acht Meter lange Schlange von einem Baum herab zum Ufer schlängelte. Und so ruhig es noch am frühen Morgen war, so laut wurde es am Nachmittag. Chiko hatte offensichtlich sämtliche Freunde und Verwandte eingeladen, um den Neuankömmling zu begrüßen.

Als Irmchen vor der Hütte genüßlich einen Fisch verzehrte, fingen in den Wipfeln der Bäume über 60 buntgefiederte Papageien an, Klamauk zu machen.

Hinter dem Haus, und diese Tiere kamen Irmchen schon wesentlich vertrauter vor, dösten fünf Ziegen vor sich hin, die Wolf mit Milch, Käse und Fleisch versorgten. Dazu kamen noch zwei Dutzend Hühner, die aber in dem hohen Gras kaum zu sehen waren. Wolf hatte alles, was er brauchte. Strom, Fernseher, Radio, all das gab es hier nicht. Nicht einmal ein Funkgerät, mit dem er im Notfall hätte Hilfe holen können.

Der Deutsche, der dem normalen Leben schon vor Jahrzehnten Adieu gesagt hatte, war ganz auf sich allein gestellt. Ab und zu bekam er Besuch von Indianern, deren Sprache er mehr schlecht als recht verstand. Lange Zeit hatte es gebraucht, ehe sich so etwas wie Freundschaft entwickelte. Dafür waren die Gegensätze zu gravierend. Vor allem daß die Indianer noch Menschenfleisch aßen, ließ Wolf nie eine gewisse Vorsicht vergessen. Und so schlief er auch nie ein, ohne das durchgeladene und entsicherte Gewehr in Reichweite zu haben.

Es hätte ihm, und das wußte er, im Zweifelsfall nichts genützt. Die Indianer kamen und töteten lautlos mit vergifteten Pfeilen. Das einzige, das ihn ein wenig beruhigte, war die Tatsache, daß sie nur Angehörige feindlicher Stämme aßen. Und so, wie es bisher aussah, zählten sie den weißen Mann mit dem Gewehr eher zu den Freunden.

Den ersten gemeinsamen Abend verbrachten Irmchen, Chiko und Wolf draußen vor der Hütte am Lagerfeuer. Und in dem Kater wurden Erinnerungen an Artur wach, den Waldmenschen von Berlin. Wie mochte es ihm wohl gehen in seinem Seniorenheim? Aber das lag schon alles so weit zurück.

*

Die ersten drei oder vier Wochen mußte Irmchen in der Nähe des Hauses bleiben. Zu gefährlich war der glucksende, quakende und zirpende Dschungel für den Kater.

Überall im seichten Wasser der verschlungenen und überwucherten Flußnebenarme sah man die funkelnden Augen der Krokodile. Reglos lauerten sie unter der Wasseroberfläche, um im richtigen Augenblick zuzuschnappen. Horden von Affen turnten durch die Baumwipfel, warfen mit Steinen oder harten Urwaldfrüchten, die nicht einmal ein Papagei knacken konnte. Jeder einzelne hätte Irmchen mit Leichtigkeit den Schädel zerschmettert.

Also war es sicherer, zunächst in der Nähe des Hauses zu bleiben. Irmchen, dem die stickige Luft des Urwaldes zu schaffen machte, besaß auch gar nicht die Kraft für längere Ausflüge. Deshalb drückte er sich bei den Ziegen und Hühnern herum, wenn Wolf seine Streifzüge durch den Dschungel unternahm.

Auch am Haus gab es viel zu entdecken. Buntschillernde Eidechsen, so klein wie ein Maikäfer und manchmal so groß wie Irmchen selbst, huschten vorbei, um im selben Augenblick mit flinken Bewegungen im nächsten Gebüsch oder auf einem Baum zu verschwinden.

Dann waren da noch die Quälgeister, die Irmchen zu schaffen machten: Moskitos, die sich mit ihrem ewigen Appetit auf Blut auf den Kater stürzten, oder Heerscharen von kleinen roten Ameisen, die an den Pfoten hochkrabbelten und schmerzhafte Bißwunden hinterließen.

Wenn Irmchen von Stichen und Bissen genug hatte, versteckte er sich lieber im Haus und wartete, bis Wolf am späten Nachmittag von seinem Ausflug zurück war. Der Kater mochte diese Welt nicht sonderlich: Zu fremdartig war hier alles, zu gefährlich und obendrein kaum berechenbar. Irmchen, der in der zivilisierten Welt Europas aufgewachsen war, verspürte ständig ein drückendes Gefühl der Angst. Außerdem war die Ernährung beim besten Willen nicht nach seinem Geschmack. Die Früchte, die Wolf seinem neuen Freund vorsetzte, schmeckten meist widerlich. Also mußte er mit dem vorliebnehmen, was er gerade so hinunterbekam: Das waren die Milch der Ziegen und das Fleisch der Fische, die Wolf für seinen Gefährten am Fluß fing.

Abends, wenn der Einsiedler seine windschiefe Behausung aufgeräumt hatte, nahm er den Kater auf den Schoß, um ihm mindestens eine Stunde lang das Fell zu kraulen. Es war für Irmchen stets der schönste Augenblick des Tages. Nur dann vergaß er seine Einsamkeit, die sich immer wieder in sein Herz schlich.

Am liebsten wäre er heimlich davongelaufen. Aber er wäre keinen Kilometer weit gekommen. Mit Sicherheit aber hätte er nie Canaima und Peter Kröger erreicht.

Es kam der Tag, an dem Irmchen zum erstenmal mit in den Dschungel durfte. Wolf legte seinem schwarzen Begleiter aus Sicherheitsgründen eine selbstgebastelte Leine an, pfiff Chiko auf die Schulter. Dann stieg er mit den Freunden ins Boot und paddelte hinaus auf den Fluß. Das Ziel war ein kleiner Indianerstamm, der etwa fünfzehn Kilometer flußaufwärts wohnte.

Wolf war der einzige Weiße, den die Steinzeitmenschen kannten. Sie wußten nichts von Ackerbau und Zivilisation. Sie hielten sich einige Tiere, ernährten sich von Fischen, Affen, Vögeln und den Früchten des Dschungels.

Und obwohl diese Eingeborenen kein Menschenfleisch aßen, war es jedesmal gefährlich, sie zu besuchen. Eine falsche Bewegung, eine unachtsame Geste konnte den sicheren Tod bedeuten.

Wolf besuchte die Indianer einmal im Monat, tauschte Fett und Eier gegen Kräuter und Früchte, die in der Umgebung seines Hauses nicht wuchsen.

Als sich das Boot dem kleinen Naturhafen am Ufer näherte, standen schon zehn Indianer neugierig bereit. Staunend zeigte ein 15jähriger Junge auf den Kater, gab Laute in einer unverständlichen Sprache von sich.

Irmchen sträubte sich das Nackenfell. Am liebsten wäre er im Boot geblieben. Aber das hätte seine Angst gezeigt. Freundlich winkend kletterte Wolf ans Ufer, hob seinen

Kater aus dem Einbaum und setzte ihn auf den feuchten Sand.

Sofort wichen die Indianer zurück. So ein Tier, das wie der leibhaftige Teufel aussah, hatten sie noch nie gesehen. Wolf machte eine beruhigende Geste, streichelte Irmchen demonstrativ das Fell.

Der Junge, er hieß Xango, so wie der Gott der Männlichkeit, machte einen Schritt vorwärts, ballte die Faust. Wolfs Muskeln waren aufs äußerste gespannt. Das entsicherte Gewehr lag im nur zwei Schritte entfernten Boot. Im Notfall, das wußte er, mußte er schießen. Die Hoffnung, sich durch Flucht zu retten, war gering. Denn im Dickicht hatten noch mindestens zehn Indianer ihre Bögen griffbereit. Und waren die Pfeile vielleicht in diesem Augenblick auch nicht giftig, die Treffer wären mit Sicherheit tödlich gewesen.

Wolf griff in seine Tasche, holte ein Hühnerei hervor machte Kikeriki und schenkte Xango das erste Ei. Sofort entspannte sich die Situation. Wolf zeigte auf Irmchen und machte eine Handbewegung, die den Indianern bedeutete, daß Irmchen der große Eierleger des weißen Mannes war.

Die Indianer fingen an, laut durcheinander zu reden und zu lachen. Und während sie sich zu Irmchen hinabbeugten, um sein Fell zu berühren, glaubten sie, nun endlich das Tier in ihrem Dorf zu haben, das die Eier für den weißen Mann legte.

Irmchen zitterte am ganzen Leib, als Xango nach der Öffnung suchte, aus der die Eier seiner Meinung nach herausgerutscht sein könnten. Der Kater machte gute Miene zum ungewöhnlichen Spiel. Als Xango am Hinterteil angelangt war, fing er laut an zu jubeln. Endlich glaubte er die Eieröffnung entdeckt zu haben.

Der etwa zweistündige Besuch verlief friedlich, zur großen Erleichterung von Wolf und auch von Irmchen. Allerdings war dem Deutschen nicht entgangen, daß das Interesse der Indianer an Irmchen größer war, als er es für angebracht hielt. Immer wieder erschien Xango, wollte den Kater in seine Hütte locken. Nur Wolfs Gesten, die besagten, daß der Kater ausschließlich bei Weißen Eier legen konnte, hielten den ältesten Sohn des Häuptling davon ab, Irmchen zu behalten. Beim Abschied mußte Wolf allerdings versprechen, seinen Eier-Kater zum nächsten Tauschbesuch wieder mitzubringen.

Am Abend, als Wolf bei seiner Hütte angelangt war, setzte er sich zum erstenmal seit Wochen an den Tisch, um sein Tagebuch fortzusetzen. Er hatte es irgendwann mal angefangen, konnte später jedoch nicht mehr jedes Ereignis festhalten, weil der Papiervorrat zur Neige ging.

»Ach ja, mein Irmchen, irgendwann sterbe ich hier. Dann werden sich die Tiere des Waldes das Fleisch meines Körpers holen. Vielleicht kommt später einmal jemand hierher, findet diese Aufzeichnungen und bringt sie entfernten Verwandten in Europa. Aber im tiefsten Innern glaube ich nicht daran. Die Feuchtigkeit frißt das Papier auf, schneller noch, als die Tiere meine Knochen abgenagt haben.«

Und während Wolf so schrieb, erinnerte er sich an einen Goldsucher, der hier vor vielen Jahrzehnten ums Leben gekommen war. Er hatte große Mengen Gold gefunden, wollte nach Hause, kam aber nie dort an. Also rüsteten Freunde eine Expedition aus, beschlossen, nach ihm zu suchen.

Eines Tages kamen sie an einen Strand, entdeckten dort ein hölzernes Kreuz, das halb eingegraben am Boden lag. Die Männer gruben im Sand und machten nach wenigen Stunden eine grausige Entdeckung. Sie fanden zwei Skelette, eng ineinander verschlungen. Es waren die Gebeine des gesuchten Mannes und das Skelett eines riesigen Krokodiles.

Die roten Ameisen hatten das Fleisch der beiden bis auf die letzte Faser abgenagt. Die Freunde untersuchten die Knochen und ihnen wurde klar, welches Drama sich hier abgespielt hatte.

Der Mann hatte das Krokodil erschossen, um es abzuhäuten. Plötzlich, mit der letzten Todeszuckung, erwischte das sterbende Tier den Oberschenkel des Mannes, biß sich mit aller Kraft darin fest. Der Unglückliche versuchte vergeblich, sich aus dem starren Kiefer des mörderischen Reptils zu befreien, verlor dabei immer mehr Blut. Am Ende verließen den Mann die Kräfte, und er wurde ohnmächtig. Der Goldsucher starb, bis zum letzten Augenblick bemüht, das tote Krokodil von seinem Bein zu reißen. Die roten Ameisen besorgten den Rest, verschlangen das ungleiche Paar in kurzer Zeit. Die Freunde begruben die im Tode ineinander verschlungenen Kämpfer, so wie sie sie gefunden hatten. Dann stellten sie das Kreuz wieder auf und kehrten zurück in die Zivilisation.

Wolf von Bergen hatte etwa zwei Stunden geschrieben, da übermannte ihn die Müdigkeit. Der Rücken tat ihm weh, als er sich in dem selbstgebauten, morschen Stuhl zurücklehnte. Mit seiner rechten Hand rieb er sich immer wieder die schmerzende Stelle, gähnte laut: »Hallo, ihr zwei! Wie wärs, wenn wir jetzt alle schlafen gingen?«

Wolf hätte es seinen Freunden nicht extra sagen müssen. Irmchen lag schon ausgestreckt neben einer Schale Ziegenmilch. Und Chiko, der genüßlich am Holz des Bettpfostens herumgeknabbert hatte, war mitten in seiner Lieblingsbeschäftigung eingeschlafen.

Der Einsiedler legte sich, ohne sich groß auszuziehen, aufs Bett und blickte an die Decke seiner Hütte. Er wußte, daß ihm nicht mehr viel Zeit bleiben würde. Über 60 Jahre war er jetzt alt, und die Kraft, auf die er sich früher stets hatte verlassen können, schwand langsam dahin. Das abenteuerliche Leben, die Jahre in Rußland, die Flucht, die Zeit auf See und schließlich der Dschungel, all das forderte nun seinen Tribut.

Wolf fühlte sich älter, als er war. Schon oft hatte er darüber nachgedacht, ob er in die Zivilisation zurückkehren sollte. Aber irgendwie spürte er, daß dort nach so vielen

Jahren kein Platz mehr für ihn sein würde: Nein! In irgendeinem Altersheim wie ein seniler Opa behandelt werden? Auf keinen Fall! Und am Ende im Krankenhaus liegen und vegetieren, an irgendwelchen Schläuchen qualvoll vor sich hinsterben?

Wolf bekam Angst bei dem Gedanken an den Tod. Er hätte am liebsten ewig leben mögen, stark und gesund, voller Tatendurst und Energie, hier draußen in einer Welt, die ihm allein gehörte. Gäbe es einen Jungborn, er wäre mit seinen Tieren dorthin gepilgert, hätte mit Irmchen und Chiko darin gebadet, um am Ende mit ihnen unsterblich zu sein. Aber davon träumten ja wohl viele Menschen!

Er drängte den unsinnigen Gedanken in seinem Kopf beiseite, blies die Kerze aus und drehte sich zur Wand: »Schlafen wir erstmal und sehen wir morgen weiter!«

Und bevor der Mann mit dem schütteren blonden Haar in die Welt der Träume hinüberglitt, dachte er an das Gewehr, das in der Ecke stand: Die letzten drei Patronen, Freunde, sind für uns! Auch der Urwald wird uns nicht so einfach holen. Wir werden Beelzebub im letzten Moment noch eins auswischen und selbst unseren Abgang inszenieren.

Wolf schlief schon zwei Stunden, als Irmchen von einem Geräusch erwachte. Vielleicht war es der Flügelschlag einer Riesenlibelle oder der Gesang eines Vogels. Weil Irmchen nicht mehr einschlafen konnte, sprang er auf das Fensterbrett, blickte hinauf in den sternenklaren Nachthimmel. Der Vollmond stand als silberne Scheibe über der Hütte. Und als würde seine Seele über Jahrtausende hinweg zurückwandern, sah der Kater seine Vorfahren schemenhaft als riesige Wildkatzen durch die Wälder einer anderen Zeit streifen.

Irmchen hatte, bestimmt ohne es zu wollen, einen Lebensweg eingeschlagen, der längst vergessene Verhaltensweisen und Instinkte in ihm wieder zum Vorschein brachte. Seine Augen waren schärfer als die anderer Katzen, die

Muskeln stärker, der Geruchssinn ausgeprägter. Kaum ein Kater konnte so schnell und entschlossen reagieren. Wie viele Kreaturen dagegen waren von den Menschen ihrer besten Eigenschaften beraubt worden. Wegen besonders schöner Augen oder eines bunten Felles hatte man die Tiere gezüchtet, bis sie kaum noch fähig waren, allein zu überleben. Hier draußen in der Wildnis wären sie eine leichte Beute der Indianer oder Raubtiere geworden.

Irmchen, der merkte, daß das Geräusch harmloser Natur war, rollte sich wieder ein. Und auch im Schlaf tauchten in seinen Träumen die Vorfahren auf. Hätte er gekonnt, er wäre ihnen aus der Wirklichkeit in den Traum hinein gefolgt. So aber erwachte Irmchen am nächsten Morgen kurz nach Sonnenaufgang mit dem Gefühl, das er immer um diese Zeit hatte: Hunger.

Wolf wußte das und stellte seinem schwarzen Liebling eine Schale Ziegenmilch hin: »Komm, Dicker, laß dich mal wieder so richtig vollaufen!«

Und während der Mann seinem Kater das Fell kraulte, stupselte Irmchen sein Bein und schlabberte genüßlich die mit Wasser verdünnte Milch. Ein Tag war jetzt für ihn wie der andere. Eine gewisse Monotonie machte sich breit. Langeweile überkam den Kater, der Abenteuer gewöhnt war.

Irmchen verspürte Lust, etwas zu unternehmen. Seit gut einem halben Jahr schon lebte der Kater nun bei Wolf und Chiko. Und so blendend die drei sich auch verstanden und vertrugen, die Tage waren einfach zu lang. Aber das sollte sich plötzlich ändern.

Es war an einem späten Nachmittag: Irmchen ärgerte übermütig die Hühner, als plötzlich ein lautes Gekreische aus den Baumwipfeln zu hören war. Der Kater blickte nach oben, konnte jedoch nicht genau erkennen, was los war. Mal klang es, als ob ein Flugzeug in den Sturzflug überging. Sekunden später knallten zuschlagende Türen und im gleichen Augenblick ertönte das Durchladen eines Gewehres. Diesen Lärm kannte Irmchen, und sofort war ihm klar, daß Freund Chiko in höchster Gefahr schwebte. Eine Herde Affen hatte sich auf den in der Sonne dahindösenden Papagei gestürzt.

Wäre Chiko aufmerksamer gewesen, er hätte noch davonfliegen können. Da er aber im Halbschlaf vor sich hin geplappert hatte, kam der Angriff völlig überraschend.

Seine Chancen standen schlecht. Der Anführer der Affen hatte dem Papagei einen Flügel ausgerenkt und obendrein auch noch Federn ausgerissen. Chiko war nicht mehr in der Lage zu fliehen oder anzugreifen. Mit den von Wolf erlernten Lauten versuchte er, sich die Affen vom Hals zu halten. Der Papagei saß auf einem Ast in etwa 20 Metern Höhe, konnte nur mit Mühe das Gleichgewicht halten. Der verletzte Flügel schmerzte fürchterlich. Und außerdem gingen Chiko in seiner Angst bald alle akustischen Waffen aus.

Irmchen, der die Gefahr erkannte, schoß senkrecht am Baum hoch. Die spitzen mallorquinischen Rundkrallen auf volle Länge ausgefahren, den schwarzen Schwanz zu einem dicken Büschel aufgeplustert, das dichte Fell gesträubt, war Irmchen kaum drei Sekunden später bei seinem Freund.

Ohne sich um Einzelheiten zu kümmern, sprang er dem Anführer direkt ins Gesicht, riß ihm die Nase auf und entging nur um Haaresbreite den mörderisch scharfen Affenzähnen.

Blutend und schreiend taumelte der Anführer rückwärts, konnte sich gerade noch an einer Liane festhalten. Derweil hatte sich Irmchen schon den nächsten Affen vorgeknöpft. Mit einem gezielten Sprung krallte er sich in den Rücken des Tieres und schlug wie wild mit den Pfoten auf den Affen ein. Er teilte Prügel aus wie noch nie im Leben vorher. Selbst die Hundeschlacht von Mallorca war nicht so turbulent wie der affige Ringkampf in den Bäumen.

Irmchen, der bisher keine einzige Blessur davongetragen hatte, machte die Rechnung jedoch ohne den Affenboß.

Der Anführer, der sich schnell vom ersten Schreck erholt hatte, konnte nicht zulassen, daß ein wildfremder Kater seine ganze Horde verdrosch. Blitzschnell war er hinter Irmchen, packte ihn am Schwanz und schwang ihn wie eine Steinschleuder über seinem Kopf.

Irmchen, der mit derartigen Karussellbewegungen keine Erfahrung hatte, wurde schwarz vor Augen, als der Affe plötzlich losließ. Wie eine trudelnde Rakete wirbelte der Kater durch die Luft, prallte gegen Äste und Lianen und stürzte in die Tiefe. In letzter Sekunde drehte er sich aus der Rückenlage in die Bauchlage, setzte zur Landung an.

Irmchen raste in Ufernähe auf den Fluß zu und erinnerte sich sofort der Piranhas, die im Wasser lauerten. Aus! Das war das Ende! Im letzten Augenblick schob sich ein dicker, grünlich schimmernder Baumstamm ins Uferdickicht. Irmchen schien gerettet, landete, wenn auch heftig, so doch sicher auf dem vermeintlichen Stamm. Geschafft! Da kam Leben in den Baumstamm.

Plötzlich öffnete sich ein Maul mit mörderischen Zähnen und versuchte, nach hinten zu schnappen. Der Baum, der Irmchen vor den hungrigen Fischen bewahrt hatte, war ein riesiges Krokodil mit Appetit auf Katzenfilet.

Blitzschnell mußte der Kater tödlichen Schwanzschlägen ausweichen. Wasserfontänen spritzten, Kieferknochen klappten laut aufeinander. Irmchen sprang vor Schreck auf der Stelle hoch und landete gleich wieder auf dem Rücken dieses Monstrums, das nun auch noch anfing, sich im Wasser zu drehen.

Wie ein Zirkusartist hüpfte der Mallorquiner vom Rükken auf den Bauch des unfreundlichen Gegners. Das war die Chance! Mit einem Satz war Irmchen auf dem weichen Hals des Krokodils und von da aus im hohen Bogen an Land. Keine Sekunde zu früh, denn das Riesentier schnappte Irmchen noch hinterher, verfehlte ihn nur um Zentimeter.

Ein Knall brachte Ruhe in das Chaos. Wolf, noch rechtzeitig hinzugekommen, konnte seinem Papagei mit einem Gewehrschuß das Leben retten. Die Affen, die dieses Geräusch kannten, stoben in alle Himmelsrichtungen auseinander.

Und Wolf, der Chiko mit einer Leiter aus seiner verzweifelten Lage befreite, mußte lachen, als er die beiden ramponierten Haudegen ins Haus brachte: »Na, Freunde, habt ihr mal den Dschungel von seiner etwas unfreundlicheren Seite kennengelernt?«

Irmchen erholte sich schnell von seinem Schreck. Bei Chiko dauerte der Heilungsprozeß etwas länger. Vierzehn Tage lang saß der Vogel mit seinem ausgerenkten Flügel und dem gerupften Gefieder auf dem Bettpfosten, murmelte leise und sichtlich unzufrieden vor sich hin. Wolf hatte den ramponierten Flügel geschient, so gut es ging. Zuvor hatte er noch warmen Brei auf die betroffene Stelle aufgetragen, der aus verschiedenen Heilkräutern und Wurzeln gemischt war. Obwohl der Flügel schnell heilte, war Chiko voller Ungeduld. Er wußte, daß wieder einmal ein Besuch bei den Indianern bevorstand. Doch sein Herrchen hatte ihm leider unmißverständlich klar gemacht, daß er diesmal würde hierbleiben müssen. Ein kranker Begleiter, meinte Wolf, würde im Fall einer Gefahr nur eine Belastung darstellen und eine möglicherweise notwendige Flucht erschweren.

So ließ Chiko denn auch lautstark seinem Unmut freien Lauf, als kurz darauf das Boot klargemacht wurde. Irmchen nahm wie immer bei Ausflügen ganz vorn Platz. Wolf setzte sich ans andere Ende und lenkte den Einbaum in die Mitte des Flusses. Noch minutenlang hörten Mann und Kater von Ferne den Papagei, der krächzend vor sich hin fluchte. Nachdem er in den letzten Tagen eher schweigsam in der Hütte gesessen hatte, spulte er nun sein komplettes Repertoire an Gemeinheiten ab.

Als sich der Einbaum beim Indianerdorf in den Ufersand bohrte, war Xango schon zur Stelle. Laut singend und wild mit den Armen gestikulierend hüpfte er am Ufer um einen Korb aus getrockneten Palmenblättern herum. Pausenlos verbeugte er sich dabei vor dem Korb, murmelte Unverständliches und streichelte irgendwelche Gegenstände, die von weitem nicht zu erkennen waren. Wolf, der wieder frische Eier dabei hatte, trat auf Xango zu, legte ihm die Hand auf die Schulter. Doch der Junge, der bisher jedesmal freudestrahlend den weißen Mann begrüßt hatte, riß nun die Augen weit auf. Dann nahm Xango Wolfs Hand und führte ihn zu dem Korb, der einige Meter entfernt stand.

Als der Einsiedler das Behältnis aus Palmenblättern erreicht hatte, glaubte er, seinen Augen nicht zu trauen. Darin lagen 15 bis 20 ausgepustete Eier mit einer hauchdünnen Schnur aneinandergeknüpft. Alle Eier waren bunt bemalt, zeigten Tiere, Symbole oder alte überlieferte Ornamente. An jedem Ei muß der Junge Stunden gearbeitet haben, dachte Wolf. Und gleichzeitig fragte er sich, was er damit wohl bezwecken wollte.

Xango konnte sich nur schwer verständlich machen, zog Wolf immer näher an den Korb heran. Schließlich ergriff er die Eierkette, hob sie vorsichtig aus einem Bett von Orchideenblüten und legte sie Wolf um den Hals. Der Einsiedler war gerührt. Das war das erste Geschenk seit vielen Jahren. Und dann hatte sich der Junge auch noch soviel Mühe gemacht.

Wolf war begeistert.

Damit nicht genug! Der Vater des Jungen, der Häuptling des kleinen Stammes, trat aus seiner Hütte und winkte den Gast zu sich. Als Wolf die dunkle, fensterlose Behausung betrat, zogen die fremdartigsten Düfte in seine Nase. In der Mitte des Raumes war der Fußboden mit Palmenblättern geschmückt, die auch als Tisch dienten. Darauf lagen in Blätter gehüllt die unterschiedlichsten Speisen, gekocht, gegrillt, gebraten. Wolf, der sich eher spartanisch ernährte und schon lange nicht mehr zu so einem Festmahl eingeladen worden war, hockte sich auf den Boden, begrüßte mehrere Stammesmitglieder und probierte von den Lekkerbissen.

Immer wieder forderte ihn der Häuptling zum Zulangen auf. Xango stand in der Tür und beobachtete den Schmaus. Nun reichte der Chef der Sippe Wolf einen Trinkbecher, der aus einem Affenschädel gearbeitet war. Darin schwappte eine milchiggrüne Brühe, die einen eigenartig süßlichen Duft ausströmte. Wolf blickte in die Runde, sah in die bemalten Gesichter der alten Männer, schielte nach seinem Gewehr, das neben ihm lag. Irgendwie beschlich ihn ein ungutes Gefühl. Andererseits war man ihm immer freundlich begegnet, hatte man Vertrauen zueinander gefaßt.

Wolf hatte einen Schluck genommen und den Gedanken kaum zu Ende gedacht, als eine feurige Hitze in ihm aufstieg, durch den Körper wanderte wie ein glühender Lavastrom. Das letzte, was er mitbekam, war die Bewegung des Häuptlings. Mit einem Griff hatte dieser das Gewehr an sich gebracht und außer Reichweite auf den Boden gelegt. Dann wurde es Nacht vor den Augen des Deutschen, und er versank in eine tiefe Ohnmacht.

Das war das Zeichen! Xango, der alles mitangesehen hatte, lief zum Einbaum, packte mit einem flinken Griff den Kater am Rückenfell und schleppte ihn in seine Hütte. Irmchen, vom Überfall im Schlaf überrascht, hatte keine Chance, sich zu wehren. Da nützten weder Fauchen noch ausgefahrene Krallen. Irmchen kam an den Jungen einfach nicht heran.

Mit seinen muskulösen Händen setzte er den Kater in einen dafür vorbereiteten Käfig, verschloß die Tür mit einer Bastschnur.

»Endlich«, triumphierte Xango, »endlich habe ich ihn! Jetzt gehört der eierlegende Kater des weißen Mannes ganz mir! Nun bin ich fast so mächtig wie der Häuptling.«

Irmchen, der sich zitternd in eine Ecke des winzigen Gefängnisses zurückgezogen hatte, bekam Platzangst. Auf so engem Raum hatte ihn noch niemand untergebracht. Der Kater versuchte, an den Holzstäben zu kratzen, wollte die Bastschnur zerknabbern und bekam als Antwort nur ein paar Hiebe mit einem dünnen Holzstock. Das tat weh! Sofort schwoll die Haut unter dem schwarzen Fell an, und Irmchen zog es vor, sich lieber etwas ruhiger zu verhalten. Xango, der allen Ernstes glaubte, den eierlegenden Kater gefangen zu haben, rannte auf den Dorfplatz am Ufer des Flusses. Dort war der Häuptling damit beschäftigt, zusammen mit drei jungen Männern den benebelten Gast aus der Hütte zu tragen. Vorsichtig hoben sie Wolf in seinen Einbaum, warfen ihm sein ungeladenes Gewehr hinterher und stießen das Boot hinaus auf den Fluß. Sie wußten, daß er in wenigen Stunden erwachen würde. Sie wußten aber auch, daß er sich durch die berauschende Wirkung des Getränks anschließend an nichts mehr erinnern würde.

Tatsächlich, als Wolf etwa vier Stunden später unweit seiner Hütte im Kanu erwachte, hatte er die Ereignisse des Tages vollständig vergessen. Benebelt faßte er sich an den schmerzenden Kopf: »Mein Gott, was war nur los? Wie komme ich auf den Fluß? Ich habe einen totalen Filmriß, kann mich an nichts mehr erinnern! Na, vermutlich wollte ich einen Ausflug machen und bin dabei eingeschlafen. Am besten, ich paddle zurück zu Chiko und Irmchen und verbringe mit ihnen den Nachmittag.«

Chiko, der Wolf hätte erzählen können, daß er am Morgen mit Irmchen zu den Indianern aufgebrochen war, brachte keinen Ton heraus. So gut können Papageien eben doch nicht sprechen. Der Vogel staunte nur, daß sein Herr ohne den Freund heimkehrte.

Und während Wolf überall nach seinem Kater suchte, weil dieser nicht zur Begrüßung ans Boot gekommen war, hockte Irmchen zitternd im Käfig, bestaunt von zweihundert großen Indianeraugen. Und alle glaubten – so hatte es ihnen Xango versprochen –, nun nie wieder Probleme mit frischen Eiern zu haben.

Irmchen machte erst gar nicht den Versuch, Eier zu legen. Und Wolf, der bald herausbekam, daß die Indianer ihn heimtückisch überlistet hatten, verzichtete künftig auf jegliche Tauschgeschäfte. Das aber brachte dem verzweifelten Kater in seinem Gefängnis keine Hilfe. Eine Woche saß er dort eingepfercht. Dreck verklebte sein Fell, und auch die Ernährung war schon mal besser gewesen. Irmchens Lage war ausgesprochen mißlich. Der Kater konnte sich in der engen Box kaum bewegen. Die Nahrung bestand aus einem undefinierbaren, stinkenden Brei. Nur das Wasser war einigermaßen frisch. Von Tag zu Tag verlor der Raufbold mehr an Gewicht. Dazu verfiel er in eine Lethargie, die ihn regelrecht lähmte. Ab und zu kamen ein paar Indianerkinder in die Hütte aus Lehm und Flechtwerk, hänselten Irmchen mit einem dünnen Ast und zogen ihn am Schwanz. Xango, der fast nur zum Schlafen in der Hütte war, quasselte ständig auf den Gefangenen ein, in der Hoffnung, er würde endlich Eier legen. Doch nichts geschah.

Es dauerte viele Tage, bis Xango einsah, daß Irmchen keine Eier legen konnte. Seine Enttäuschung war riesengroß. Wie gern wäre er zu einer der wichtigsten Personen im Dorf geworden. Aber daraus wurde nichts. Der Junge bat seinen Vater um Rat. Auch der wußte keine Hilfe. Ein Gespräch mit den Göttern des Urwaldes lehnte er ab. Dazu sei, wie er meinte, der Anlaß zu gering.

Statt dessen machte er einen Vorschlag, der seinem Sohn einen Riesenschreck einjagte: »Wenn der schwarze Eierleger keine Eier legen will, dann braten wir ihn und essen ihn auf.«

Xango, der eindeutig der Besitzer des Tieres war, winkte ab. Vielleicht könnte man den »Schwarzen«, wie er Irmchen nannte, mit auf die Jagd nehmen, quasi als Lockvogel oder so.

Nach einer weiteren Woche endlich durfte Irmchen seinen Käfig verlassen. Schlimm sah er aus: das Fell völlig verkrustet, Augen und Ohren entzündet. Dazu kamen ein gefährlicher Durchfall und eine Erkrankung der Nieren.

Irmchen tat dem Häuptlingssohn leid. Mit Kräutern und anderen geheimnisvollen Mitteln brachte er das geschwächte Tier wieder auf die Beine. Und trotzdem! Ganz erholte sich der Kater nicht von seinen Leiden. Im Gegenteil! Durch die Hitze und die völlig artfremde Ernährung verlor er mehr Kraft, als er durch die Pflege dazugewann.

Doch Irmchen war so leicht nicht zu erledigen. Sobald sich eine Gelegenheit bot, machte er das, was er sich bei Wolf von Bergen nie zugetraut hatte: Er ging allein auf die Jagd.

Irmchen war vier Wochen bei den Indianern, als er sich zu seinem ersten großen Streifzug auf den Weg machte.

Was für eine fremde Welt! In den vier Stockwerken des haushohen Dschungels wimmelte es nur so von Tieren. Papageien, Affen und Schmetterlinge waren Irmchen nicht mehr unbekannt. Auch mit Schlangen und Krokodilen kannte er sich aus. Jetzt aber lernte der schwarze Kater mit dem weißen Fleck die quirligen Kolibris, das Wasser-Opossum, die Faultiere und den Ameisenbären kennen. All den fremden Tieren ging Irmchen sicherheitshalber aus dem Weg. Man konnte nie wissen, über welche Waffen der Gegner verfügte. Aber Nahrung finden mußte er um jeden Preis. Also suchte er nach kleinen Urwaldgenossen, die er – ob schmackhaft oder nicht – verspeisen konnte.

Irmchen war schon mehrere Stunden durch den Wald gestreift, als er plötzlich vor einem kleinen Nebenarm des großen Flusses stand. Nun war guter Rat teuer! Zurück mit leerem Magen? Einen anderen Weg einschlagen und sich möglicherweise verirren? Durch den Fluß schwimmen und von Piranhas gefressen werden? Keine Lösung war gut.

Da hatte der Kater eine dreiste Idee, auf die ein Artgenosse bestimmt nie gekommen wäre. Er wollte einen Piranha angeln, in der Hoffnung, den gefräßigen Fisch überlisten zu können.

Irmchen kletterte an einer seichten Stelle auf einen stabilen Ast, ließ seinen Schwanz zwei Zentimeter tief ins Wasser baumeln, ein Unterfangen, dessen Ausgang höchst fragwürdig war. Mit aller Kraft hielt sich der Kater am Holz fest, schlug seine spitzen Krallen, so tief er konnte, in die weiche Rinde.

Nach zwanzig Minuten passierte es! Ein Fisch, zum Glück kein Piranha, schnappte nach dem Schwanzende und biß sich darin fest. Irmchen verspürte nur ein schwaches Zwicken und reagierte blitzschnell: Mit Schwung riß er sein Hinterteil hoch, machte eine leichte Drehung und schleuderte den Fisch ans Ufer.

Der Fisch, der sich unvermittelt außerhalb seines Elements sah, schnappte verzweifelt nach Luft, erstickte innerhalb weniger Minuten.

Irmchen sprang vom Ast, beschnupperte seine Beute. Es hatte geklappt. Er futterte fast den ganzen Fisch auf, ließ nur den Kopf übrig. Danach suchte er ein schattiges Plätzchen unter einem Baum und schlummerte zufrieden ein. Endlich war der Bauch wieder einmal so richtig voll.

Als Irmchen Stunden später ins Dorf zurückkehrte, schlich er sich sofort in Xangos Hütte und kuschelte sich an seinen neuen Freund. Der Kater war jetzt ein Tier des Dschungels. Neugierig, wie er war, wollte er seine neue Heimat genauer kennenlernen. Die folgenden zwei Jahre – so lange sollte Irmchen bei den Indianern leben – würden ihm dazu ausreichend Gelegenheit bieten.

Von nun an unternahm der »Schwarze« bis auf wenige Ausnahmen alle Ausflüge in den Dschungel allein. Manchmal blieb er Tage, ja Wochen fort, raubte Vogeleier aus Nestern, fraß Insekten und Würmer, angelte ab und zu Fische und machte einen großen Bogen, wenn ein Jaguar oder eine Schlange seinen Weg kreuzten. Am meisten Angst hatte der Kater jedoch vor den kleinen Tieren, die ihm schon oft böse zugesetzt hatten: Ameisen! Im Wald von Berlin waren sie noch harmlos und kaum furchterregend. Hier aber kamen sie auf eine Größe von über zwei Zentimetern, und sie traten oft zu Hunderttausenden auf. Wann immer Irmchen auf eine Ameisenstraße stieß, flitzte er in panischer Angst davon, so weit und so lange, bis er sich wieder sicher fühlte.

Die harmlosesten waren die Blattschneider-Ameisen, die zwar in Windeseile ganze Bäume leerfraßen, die aber mit dem Schleppen der Blattstücke so beschäftigt waren, daß sie keine ernsthafte Gefahr für Irmchen darstellten. Weit gefährlicher waren da schon die fleischfressenden Ameisen, die auch vor einem Kater nicht zurückgeschreckt wären. Sie überfielen ihre Opfer, krochen in sämtliche Körperöffnungen, rollten wie ein tödlicher Teppich über das zappelnde Tier.

Die größte Furcht aber hatten Menschen und Tiere im Urwald vor den blutroten Feuerameisen. Sie galten als der absolute Schrecken. Vor ihrer mörderischen Gier war niemand sicher. Sie fraßen Fleisch genauso gern wie Kleidungsstücke. Und es kam immer wieder vor, daß ganze Indianerstämme ihre Siedlungen verlassen mußten, weil Heerscharen von Feuerameisen im Anmarsch waren.

Ob Feuerameisen oder fleischfressende Artgenossen, die anderen Bewohner des Waldes hatten gegen sie keine Chance.

*

Es war gegen Ende des zweiten Jahres bei den Indianern, als Irmchen das gefährlichste Abenteuer seines Lebens zu bestehen hatte. Es wurde für ihn ein Kampf auf Leben und Tod. Es standen ihm aber auch die schlimmsten und qualvollsten Monate überhaupt bevor. Und nicht nur einmal hing das Schicksal des tapferen Katers am seidenen Faden.

Das Drama begann an einem Nachmittag im Spätherbst: Xango saß mit seinen Freunden vor einer neuen Hütte, die er sich mit Vaters Hilfe gebaut hatte. Irmchen, der von einem nächtlichen Dschungelausflug zurückgekehrt war, tapste mir nichts dir nichts durch eine Figur, die die Jungen in den Sand gemalt hatten.

»He, Schwarzer«, rief Xango, »paß doch auf!«

Der Kater blinzelte seinem Herrchen zu und ließ ein kurzes zärtliches Maunzen ertönen. Dann warf er sich in den Sand, streckte alle viere von sich und kniff verschmust die Augen zusammen.

Der kleine Mallorquiner, der so lange unter Heimweh gelitten hatte, war inzwischen ein echtes Mitglied des Stammes geworden. Und nicht nur das: Obwohl er keine Eier legen konnte, hatten ihn alle ins Herz geschlossen. Von vielen bekam er Extra-Futter-Rationen zugesteckt und so manche Streicheleinheit außer der Reihe. Den größten Spaß aber hatte Irmchen mit den Kindern. Sie durften ihn durchs Dorf tragen, spielten mit ihm Fangen und hatten ihre Freude, wenn Irmchen freche Papageien und Affen aus dem Dorf jagte.

Plötzlich, die Sonne zauberte schon lange Schatten auf den Dorfplatz, kam ein Indianer aus dem Unterholz gewankt, fiel stöhnend und gurgelnd in den Sand. Alle Dorfbewohner waren sofort in heller Aufregung, stürzten aus den Hütten, fingen an, mit den Armen zu gestikulieren. Xangos Vater, der die Unruhe in seiner Hütte bemerkt hatte, eilte aus dem Haus, sah die Menschentraube, die sich um den vor Schmerz fast Bewußtlosen gebildet hatte. Eine Frau holte eine Schale Wasser, gab sie dem Mann zu trinken.

Der Jäger, dessen Körper an vielen Stellen entzündet und angeschwollen war, hob mit letzter Kraft seinen Kopf, versuchte verzweifelt, Worte zu formulieren.

Irmchen, der alles aus einiger Entfernung beobachtet hatte, glaubte an einen Unfall. Er konnte sich beim besten

Willen keinen genauen Reim auf die ungewöhnliche Situation machen.

Da fingen alle Indianer gleichzeitig an, laut zu schreien und durcheinanderzulaufen. Der Mann, der zuckend auf dem Dorfplatz lag, hatte, bevor er unter höllischen Qualen starb, nur ein einziges Wort geflüstert. Dann war er zusammengesackt und gestorben.

Irmchen war fassungslos, wußte noch immer nicht, was los war. Mütter holten derweil ihre Kinder aus den Hütten, suchten einige Habseligkeiten zusammen. Männer trieben Haustiere zusammen, sammelten trockene Holzstücke. Andere wieder rannten in den Wald oder kletterten auf Bäume. Im Dorf herrschte ein heilloses Durcheinander. Panik brach aus. Mehrere Jungen wurden von ihren Vätern beauftragt, einen Graben auszuheben und mit Wasser vom Fluß zu füllen. Mit spitzen Gegenständen machten sie sich daran, den roten Boden aufzureißen.

Die Indianer waren kaum eine halbe Stunde damit beschäftigt, für Irmchen völlig sinnlose Vorbereitungen zu treffen, als die ersten Kundschafter aus dem Busch zurückkehrten. Schweiß perlte auf ihrer Haut. Und fast alle, die die Umgebung des Dorfes abgesucht hatten, erzählten voller Entsetzen, was sie gesehen hatten. Sofort gab der Häuptling den Befehl, den notdürftig ausgehobenen Graben zu fluten. Andere zündeten Feuer an, hielten Fackeln in die Flammen. Gespenstische Ruhe kehrte ein. Alle warteten auf das drohende Unheil.

Mütter und Kinder standen dichtgedrängt in der Mitte des Platzes. Die Jungen schaufelten immer noch Wasser in den Graben. Am Rande des Urwaldes warteten die Männer mit den Fackeln auf das, was wenige Minuten später wie eine Ausgeburt der Hölle über sie hereinbrechen sollte.

Plötzlich waren sie da, von allen Seiten! Raschelnd schob sich die rote Wand auf das Dorf zu. Die Augen der Indianer weiteten sich vor Entsetzen.

Sie kamen zu Millionen, wenn nicht zu Milliarden. Sie wälzten sich wie ein Lavastrom, wie ein tödlicher Teppich auf das Dorf zu. Sie fielen auch über Bäume, Sträucher und Lianen her. Und während die Männer ihre Frauen und Kinder in die Kanus drängten und die Einbäume vom Ufer abstießen, sah jetzt auch Irmchen den Grund für die Panik.

Hunderte von Ameisenvölkern hatten sich auf die Wanderschaft und die Suche nach neuen Nahrungsquellen gemacht. Es waren die gefürchtetsten Ameisen, die der Dschungel kannte: die blutroten Feuerameisen.

Nach wenigen Sekunden hatten die freßgierigen Todesbringer den Wassergraben erreicht. Hunderttausende ertranken – und ihre Leiber bildeten eine Brücke, auf der die Nachrückenden hinüberklettern konnten. Es ging ums nackte Überleben, für die Ameisen genauso wie für die Indianer.

Einige Männer versuchten, mit flachen Holzstücken auf die krabbelnde Flut einzuschlagen und wurden im selben Augenblick Opfer der mörderischen Angreifer. Zu Tausenden kletterten die Ameisen an ihnen empor. Schreiend stürzten die Männer zu Boden, wollten die Ameisen mit ihren Körpern zerquetschen.

Sofort floß die wogende Masse über ihnen zusammen. Für die Indianer gab es keine Rettung mehr. Sie starben unter den grausigsten Qualen. Andere schafften es bis zum Fluß, sprangen ins Wasser und wurden von Piranhas angegriffen. Der Tod hielt reiche Ernte im Indianerdorf. Wem die Piranhas nicht das Fleisch von den Knochen rissen, der wurde von Krokodilen angefallen und bei lebendigem Leibe zerfetzt.

Nur der Häuptling und Xango behielten die Nerven. Vater und Sohn ließen die Hütten anzünden und mit den brennenden Wänden und Dächern lodernde Schneisen in den Dschungel brechen. Bald hatten die Männer einen glühendheißen und prasselnden Feuerwall um sich aufgeschichtet. Millionen Ameisen verbrannten knisternd in der Flammenwand.

Xangos Vater wußte, daß auch das Feuer die Angreifer nicht lange aufhalten würde. Also gab er seinen Männern den Befehl, noch mehr brennendes Material in den Urwald zu schleudern. Man mußte eine Schneise durch die anrükkende Ameisenflut schlagen, um so zu entkommen.

Irmchen, der starr vor Schreck keine Sekunde von Xangos Seite gewichen war, sah nirgendwo einen Ausweg. Die Ameisen, die in ihrer Freßgier weder Tod noch Feuer fürchteten, hatten eine Lücke in der Flammenwand erspäht und stürzten sich in rasendem Tempo auf die letzten Indianer. Jeder kämpfte jetzt ums eigene Überleben, schlug mit qualmenden Holzteilen um sich. Xango, der trotz der Gefahr einen kühlen Kopf behalten hatte, nahm Irmchen und schleuderte ihn in hohem Bogen auf einen verkohlten Baum, auf dem noch keine Ameisen saßen.

Da ertönte die Stimme des Häuptlings: »Ausbruch, um jeden Preis!«

Die Indianer rissen mit Stangen die Flammenwand auseinander, erlitten schwerste Verletzungen, stolperten in den brennenden Wald hinein. Viele stürzten, wurden von den Ameisen zugedeckt, starben. Von den 40 Männern gelang nur fünfzehn die Flucht. Der Häuptling wollte eben noch ein brennendes Dach zur Seite schieben, als er strauchelte und zu Boden fiel. Ein gellender Schrei war das letzte, was die Indianer von ihm hörten. Xango, schon außerhalb der Flammenwand, schaute sich entsetzt um, sah, wie sein Vater im Todeskampf noch einmal auf die Beine kam und dann sterbend zusammenbrach. Der Junge, der in dieser Stunde vom Knaben zum Mann heranwuchs, wollte zurück, um seinem Vater zu helfen. Doch mit letzter Kraft gab dieser ihm ein Zeichen, das unmißverständlich war: Rette dich und rette unseren Stamm!

Xango kehrte trotzdem noch einmal um, trat mit nackten Füßen auf glimmende Äste, als sich sofort die Ameisen auf ihn stürzten. Er wich zurück und rannte in den Wald, wo sich noch einmal für Minuten eine Schneise durch die Ameisenwand auftat.

Ein letztes Mal wandte er sich um, sah sein ausgebranntes Dorf, den toten Vater. Dann schaute er zu dem verkohlten Baum, auf dem sein Kater saß, dem er nun nicht mehr helfen konnte. Mit Tränen in den Augen flüchtete er in den Urwald, bevor sich hinter ihm die todbringende Wand der Ameisen schloß.

Irmchens Lage schien absolut ausweglos: Zitternd und mit allen Krallen hielt er sich an dem rußgeschwärzten Stamm fest. Und als der Kater seinen Freund und die restlichen Indianer im Wald verschwinden sah, wußte er, daß ihm keiner mehr helfen würde. Ängstlich blickte er am Stamm hinunter und sah sie kommen. Zentimeter um Zentimeter krabbelten sie auf ihn zu.

Es dauerte keine fünf Sekunden, da saßen sie zu Hunderten auf seinem Fell, auf Augen und Nase, fraßen sich in die Ohren. Irmchen spürte die Qualen der Bisse, machte das Maul auf, um zu miauen. Ein verhängnisvoller Fehler! Sofort krochen die Peiniger hinein, verletzten mit ihren mörderischen Waffen die zarten Schleimhäute.

Dem »Schwarzen« schwanden die Sinne, so furchtbar war der Schmerz am ganzen Körper. Der Kater löste seine Krallen vom Baumstamm, versuchte, nach den Ameisen zu schlagen. Vergeblich! Immer mehr dieser freßgierigen Insekten stürzten sich auf ihn. Bald war auch er von einer dikken Schicht überzogen.

Irmchen, fast bewußtlos, wollte loslassen, als ein Krachen und Donnern den brennenden Wald erbeben ließ. Die ausgeglühten Urwaldriesen, mit den Wurzeln im Erdreich zu spärlich verankert, stürzten in einem Meer von Funken auf das Dorf, rissen den Baum, auf dem Irmchen saß, mit sich.

Durch den Luftzug wurden die Flammen von neuem entfacht. Krachend zerschmetterten die Bäume die Reste der

Hütten. Die Ameisen, die mit zu Boden regneten, zerschmolzen prasselnd in der Gluthitze. Das war Irmchens Rettung. Der Kater, mehr tot als lebendig, wurde vom Stamm geschleudert – geradewegs in die Flammenwand hinein. Der Mallorquiner versuchte, sich in der Luft zu drehen, hatte aber die Muskeln nicht mehr unter Kontrolle. Sein Körper, durch die Marter der Ameisen überall geschwollen, stürzte in die Glut. Er hatte jedoch so viel Schwung, daß er nicht dort liegenblieb und verbrannte, sondern bis ans Ufer des Flusses kullerte. Mit letzter Kraft schnellte er zu einem Baumstamm, der eben in Sprungnähe vorbeitrieb. Entkräftet sackte er auf der glitschigen Oberfläche in sich zusammen.

Langsam trieb der Stamm vom Indianerdorf fort. Noch einmal hob Irmchen den schmerzenden Kopf, blinzelte hinüber zu den Flammen. Immer mehr Bäume fielen, entfachten die Flammen von neuem, machten das ausgebrannte Indianerdorf nun auch zur tödlichen Falle für die Ameisen. Fast alle Insekten kamen in der Glut um. Kaum einer Ameise gelang die Flucht aus dem Höllenkessel.

Das Gift, das durch Irmchens Körper strömte, raubte ihm die Besinnung. Und während der Baumstamm mit seinem Passagier hinter der nächsten Flußbiegung verschwand, verspürte Irmchen ein letztes Kribbeln im Ohr. Der Kater schüttelte den Kopf, so daß eine Ameise im hohen Bogen herausgewirbelt wurde.

Obwohl Verstand und Wahrnehmungsvermögen unaufhaltsam in ein unendliches Loch stürzten, hob er noch einmal die Pfote und ließ sie auf die Ameise fallen. Dann versank er in eine tiefe Bewußtlosigkeit.

Die Indianerfrauen, die mit ihren Kindern noch rechzeitig hatten flüchten können, saßen am Ufer des Flusses, rund vierzehn Kilometer vom Dorf entfernt. Einige hielten weinende Babys auf den Armen, andere kümmerten sich um die Boote oder suchten im Wald nach Beeren und anderen Früchten.

Xangos Mutter war die erste, die ihre Fassung wiederfand: »Wir sollten hier auf unsere Männer und Söhne warten. Sie werden uns bestimmt suchen. Wenn wir jetzt irgendwo hingehen, finden sie uns nie. Morgen früh machen sich einige auf den Weg, um nach Spuren zu suchen. Andere paddeln wieder flußaufwärts, um zu sehen, was vom Dorf übrig ist.«

Und die Frau des Häuptlings machte noch einen Vorschlag: »Sollte es ein schlimmes Ende gegeben haben, gehen wir zu dem weißen Mann, dem wir damals den ›Schwarzen‹ weggenommen haben. Nur er kann uns noch helfen und die anderen Stämme in der Umgebung warnen.«

Jonsa, so hieß Xangos Mutter, hatte den letzten Satz kaum zu Ende gesprochen, als ihre Blicke an einem vorbeitreibenden Baumstamm in der Mitte des Flusses haften blieben. Die Häuptlingsfrau kniff die Augen zusammen, hielt die Hand an die Stirn: »Wartet mal! Da liegt was darauf. Es kommt aus der Richtung unseres Dorfes.«

Noch ehe die anderen Frauen etwas erwidern konnten, schob Jonsa den Einbaum ihres Mannes ins Wasser, paddelte zum Baumstamm hinüber. Kaum zehn Schläge waren nötig, und das Boot hatte den Stamm erreicht: »Das kann nicht wahr sein! Das ist ja der Schwarze von Xango. Oh, wie siehst du denn aus?«

Irmchen, seit Stunden bewußtlos, war übel zugerichtet. Neben den Schwellungen, die er den Ameisen zu verdanken hatte, war auch noch sein Fell versengt. Der Sturz in die Glut hatte ihn zwar vor den Beißern gerettet, aber auch auf das schwerste verletzt. Pfoten und Rücken waren verbrannt und von Blasen übersät. Der Schwanz sah aus wie eine entlaubte Weidenrute. Über der Nase klaffte ein blutender Riß. Außerdem hatte sich Irmchen eine Pfote verstaucht. Blut tropfte aus einer tiefen Wunde am Hinterteil. Vorsichtig hob Jonsa den Kater vom Baumstamm. Unter der einen Pfote klebte immer noch die tote Ameise. Behutsam legte die Indianerin das kranke und erschöpfte Tier auf den Boden des Bootes.

Jonsa war skeptisch: »Du mußt schon sehr kräftig sein, kleiner Schwarzer, wenn du das überleben willst! Wir werden Kräuter auf deine verletzte Haut legen und zu den Göttern beten. Aber helfen mußt du dir selbst.«

Viele Indianerinnen schlugen die Hände vors Gesicht, als Jonsa den Liebling des Dorfes an Land trug und auf ein Kissen aus Blättern bettete. Und eine Frau sprach das aus, was alle befürchteten: »Hoffentlich ist der Schwarze nicht der einzige Überlebende.«

Als der Abend kam und Jonsa sich unter ihrem Boot schlafen legte, hatte sie den Kater im Arm, streichelte ihm vorsichtig das verbrannte Fell. Die Metallkapsel an Irmchens Hals hing nur noch am dünnen Faden. Das Band war in der Gluthitze fast völlig verbrannt. Und während Jonsa Irmchen einen Kuß auf die zernarbte und geschwollene Stirn gab, flüsterte sie ihm leise ins Ohr: »Bitte, kleiner Teufel, werde wieder gesund! Du gehörst schließlich zu uns.«

Irmchen, der am nächsten Morgen aus der Besinnungslosigkeit erwachte, fühlte sich katzenmiserabel. Alle, aber auch wirklich alle Teile des Körpers schmerzten. Dazu verspürte der Kater einen höllischen Durst.

Jonsa, die mit den anderen Frauen die Kinder versorgte, hatte dem »Schwarzen« ein Blätterdach gebaut, so daß er nicht in der Sonne liegen mußte.

Irmchen wollte den Kopf heben und miauen. Aber er brachte nicht mehr als ein leises Krächzen heraus. Er fühlte ein Brennen in Magen und Darm, ihm war übel, und er litt obendrein noch unter Krämpfen.

Jonsa brachte ihm eine Schale Wasser. Weil er nicht in der Lage war zu trinken, öffnete sie ihm sein geschwollenes Maul, gab einige Tropfen auf die ausgetrocknete Zunge. Er fühlte sich mehr tot als lebendig. Und bestimmt hätte er den Tod als eine Erlösung empfunden, wäre sein Lebenswille nicht auch in diesem Augenblick stärker gewesen. So also nahm der Kater all seine Kraft zusammen und hob den Kopf, um Jonsa ein wenig entgegenzukommen.

Die Frau des Häuptlings war ratlos: »Ich weiß nicht, kleiner Teufel, wie wir dich wieder auf die Beine bekommen sollen. Es steht sehr schlecht um dich.«

Die Indianerin verschwand, kam mit einem Holzbecher zurück. Darin schwappte eine grüne milchige Creme aus Blättern und Kräutern, die sie behutsam auf die Wunden auftrug. Es handelte sich dabei um eine Heilsalbe, die nach überlieferten Rezepten hergestellt wurde. Irmchen verspürte schon nach wenigen Minuten eine angenehm kühlende und schmerzlindernde Wirkung. Danach zerrieb Jonsa Wurzeln und Beeren, vermischte den Brei und schob ihm einige Häufchen davon mit dem Zeigefinger ins Maul. Nein, nach Essen war ihm nicht zumute. Aber da er nicht die Kraft hatte, sich zu wehren, schluckte er die süßliche Medizin und rollte sich sogleich wieder entkräftet auf die Seite, um sofort einzuschlafen. Wilde Träume marterten Irmchen im Schlaf: Er sah Baldini und Pedro, die an einer Straße standen und immer wieder seinen Namen riefen. Dann tauchte das Centro Canino vor ihm auf, mit all den Katzen, die dort lebten und litten. Schließlich tobte er mit den Hunden von Familie Weilandt durch den Garten, flüchtete vor ihren messerscharfen Zähnen.

Eine Woche lang dämmerte der Kater zwischen Leben und Tod. Langsam, und nur dank der aufopfernden Pflege durch Jonsa, begannen seine Wunden zu heilen. Überall am Körper bildete sich Schorf. Die Fleischwunde am Hinterteil wuchs zu, und auch die verstauchte Pfote schwoll ab. Aufstehen und laufen aber konnte der Kater nicht. Trotz der Fürsorge hatte er in dieser Woche viel Gewicht verloren. Die Kraft begann aus seinen einst so starken Muskeln zu weichen.

Ständig versuchte Jonsa, ihn auf die Beine zu stellen.

Vergeblich! Irmchen kippte sofort zur Seite und mußte sich Sekunden später übergeben.

Die Indianerin zog die anderen Frauen des Stammes zu Rate. Eine Mutter, die als Kräuterfrau hohes Ansehen genoß, untersuchte den Kater und schüttelte den Kopf: »Er hat eine Krankheit, gegen die sein Körper keine Abwehrkräfte besitzt. Der Schwarze kommt aus einer anderen Welt. Er wird mit dem Leiden hier nicht fertig. Wir müssen ihn zum weißen Mann zurückbringen. Nur der kann helfen.«

Die Frauen, die nun seit sieben Tagen auf die Männer warteten, packten ihre Sachen in die Boote, hinterließen eine Nachricht am Waldrand und paddelten los. Und während Irmchen in Jonsas Schoß den Tod erwartete, näherte sich die kleine Flotte Kilometer für Kilometer der Hütte von Wolf von Bergen.

Knirschend bohrten sich die Boote in den Ufersand. Wolf, der die Frauen und Kinder schon von fern hatte kommen sehen, stand mit Chiko auf der Schulter an einen Baum gelehnt, hielt sein Gewehr schußbereit in den Händen.

Jonsa winkte dem Einsiedler zu, rief einen Gruß hinüber, von dem sie wußte, daß Wolf ihn verstand. Der Mann erkannte, daß nur Frauen und Kinder in den Booten waren. Er legte die Waffe beiseite, eilte ihnen entgegen, half, die Kanus an Land zu ziehen. Entsetzt prallte der Deutsche zurück, als er sah, was Jonsa in ihren Armen trug. Mein Gott, das war doch Irmchen! Aber nein, das konnte der Kater nicht sein! Das, was Jonsa auf den Boden legte, war nicht mal mehr der Rest eines Tieres.

Wolf sah sich den sterbenden Kater genauer an und erkannte die kleine Kapsel, die er um den Hals trug: »Mein armer Liebling, du bist es wirklich!«

Irmchen hörte die Stimme seines Herrchens, hob wie in Trance den Kopf, sah Wolf in die Augen. Sofort kamen dem Mann die Tränen. Und seine Blicke auf Jonsa gerichtet, fragte er, was passiert war.

Die Frau versuchte zu erklären. Mit einem Stock malte sie eine Ameise in den Sand, zeichnete die Umrisse des Dorfes, die Flammenwand. Wolf verstand! Eine offenbar gigantische Ameiseninvasion hatte das Dorf vernichtet. Die Eingeborenen hatten in ihrer Not die Hütten angesteckt und waren geflüchtet. Irmchen war, das konnte Wolf den Erklärungen entnehmen, dabei so übel zugerichtet worden.

Aber wo waren die Männer?

Wolf schaute wieder zu Jonsa hinüber. Die Frau schüttelte den Kopf, zuckte mit den Achseln.

Aha, die Männer waren also verschollen. Vielleicht waren sie beim Kampf gegen die Ameisen umgekommen oder in den Flammen gestorben.

Wolf kniete sich wieder nieder, untersuchte seinen Kater, fühlte das Herz in Irmchens Brust rasen und hämmern: »Da kann ich nichts machen. Mein Liebling hat eine Infektion, die er nicht besiegen kann.«

Der Einsiedler, der zu derselben Erkenntnis wie die Indianerinnen gekommen war, entschloß sich, noch an diesem Tag nach Canaima aufzubrechen. Jede Stunde zählte. Und wenn er Irmchen retten wollte, durfte er keine Minute verlieren.

Er wußte, daß er spätestens am nächsten Abend in Canaima sein mußte, weil dann von dort eine Maschine nach Caracas startete. Und nur im tiermedizinischen Zentrum konnte man Irmchen retten, falls nicht schon jede Hilfe zu spät kam.

Wolf lief zu seiner Hütte, holte alles, was er für die Fahrt brauchte, legte Irmchen ins Boot und paddelte sofort los. Es wurde ein Wettlauf mit dem Tod.

Mit einem kurzen Gruß verabschiedete er sich noch von den Frauen am Ufer, gestattete ihnen, so lange bei der Hütte zu bleiben, bis sie Nachricht von den Männern hätten. Dann steuerte er auf die Mitte des Flusses hinaus und verschwand mit der Strömung hinter der grünen Wand des Dschungels.

Gegen drei Uhr früh erreichte Wolf mit seinem Kater Canaima. Der Mond warf lange schwarze Schatten auf Fluß und Lagune, als der Mann die ersten Lichter am Ufer auftauchen sah.

Kaum eine Viertelstunde später hatte er die Siedlung erreicht. Ganz sacht hob er seinen Kater aus dem Boot, klopfte beim Bungalow von Peter Kröger an die Tür: »He, aufmachen! Bitte, machen Sie sofort auf! Ich brauche Hilfe! Es ist dringend!«

Peter Kröger, der am kommenden Tag zu einer neuen Expedition starten wollte, schreckte auf: Hatte da nicht jemand geklopft?

Wolf von Bergen trat mit dem Fuß gegen die Tür: »Nun machen Sie schon endlich auf, Sie Trottel! Oder soll ich die Tür einschlagen?«

Das reichte. Peter war mit einem Satz an der Tür, drückte auf den Lichtschalter und blickte im gleichen Augenblick in das Gesicht eines wildfremden zitternden Mannes, der von Kopf bis Fuß schweißüberströmt war.

Wolf, der zum erstenmal seit Jahrzehnten wieder einem Weißen und dazu noch einem Landsmann gegenüberstand, bekam vor Aufregung kaum einen vernünftigen Satz heraus: »Mein Kater! Er ist krank! Er hat eine schlimme Infektion! Er stirbt, wenn ihm keiner hilft! Bitte, lassen Sie mich rein!«

Peter glaubte an einen Spuk. Er hatte gehört, daß hinter den Tafelbergen ein irrer Einsiedler hausen sollte, der jedem aus dem Weg ging. War das der Mann, der jetzt hier vor seiner Tür stand?

Ohne weiter zu fragen, schob sich Wolf, der wirklich wie ein verkommenes Gespenst aussah, mit seinem Kater an Peter vorbei durch die Tür, legte Irmchen aufs Bett: »Mein Kater stirbt! Er braucht Medikamente.«

Peter rieb sich die Augen. Das ist kein Traum! Das passiert wirklich! »Nun beruhigen Sie sich mal. Was reden Sie da von einem sterbenden Kater!«

Er machte einige Schritte auf das Bett zu und prallte zurück: Was dort lag, war kein Kater, sondern sah aus wie eine überdimensional große Ratte, die sämtliche Krankheiten der Welt zur Tür hereingebracht hatte.

Peter schob Wolf, der vor der Lampe stand, beiseite und erkannte das Medaillon am Hals des Katers wieder: »Irmchen! Es ist mein Kater, den ich einst von John aus Amerika mitgebracht habe.«

Und während die Männer Freundschaft schlossen, erwachte Irmchen aus seiner Ohnmacht und blickte abwechselnd zu Wolf und zu Peter. Obwohl er ahnte, daß er dem Tod sehr nahe war, fühlte er sich in diesem Augenblick unendlich geborgen. Kraftlos, zaghaft hob er den Kopf und ließ ein klägliches Maunzen hören. Dann streckte er seine Pfote nach vorn, als wollte er die beiden Freunde berühren. Wolf und Peter nahmen gleichzeitig die Pfote ihres geliebten Katers und streichelten sie, bis sich die Morgensonne über dem Wasserfall an der Lagune erhob. Drei Stunden saßen sie so. Dann fielen ihnen vor Müdigkeit die Augen zu.

Irmchen, glücklich, wieder bei den Freunden zu sein, schlief die wenigen Stunden tief und fest.

Peter ließ sofort die Expedition platzen, sprach mit den Touristen: »Ich kann euch leider nicht begleiten. Ich habe nach Jahren einen alten Freund wiedergefunden, der schwer krank ist und den ich unbedingt nach Caracas begleiten muß. Aber die Expedition wird trotzdem stattfinden. Wolf von Bergen, der hier seit langer Zeit wohnt und der sich in der Umgebung bestens auskennt, wird euch durch den Busch führen. Ich hoffe, ich bin mit der nächsten Maschine wieder zurück.«

Wolf begrüßte die Teilnehmer, erzählte etwas über die Orchideeninsel und die Geheimnisse des Urwaldes. Und wie immer in solchen Momenten machten die Neuankömmlinge große Augen, ließen die Münder weit offen oder stellten die unmöglichsten Fragen.

Später setzten sich die Männer vor Peters Bungalow zum Frühstück auf die Terrasse. »Ich könnte mir vorstellen, daß wir künftig ein wenig zusammenarbeiten«, eröffnete Peter das Gespräch. »Das heißt nicht, daß ich dich nun partout aus deiner Hütte locken will. Aber wenn du Lust hast, können wir diese Touren abwechselnd machen. Du bekommst dafür natürlich Geld, und kannst dir dies und jenes kaufen.«

Wolf hörte schweigend zu. Peter war ihm sehr sympathisch, soweit man das nach der kurzen Zeit beurteilen konnte. Beide liebten Irmchen, was zusätzlich verband. Außerdem gefiel es Wolf nach den endlosen Jahren der Einsamkeit, wieder Kontakt zu Menschen und zur Zivilisation zu haben. Und schließlich: Wolf wußte, daß auch er nicht jünger werden würde.

»Und was wird aus unserem schwarzen Liebling?«

Wolf schaute durch das offene Fenster in den Bungalow. Obwohl der Einsiedler seinem Kater mit einem Löffel schlückchenweise Wasser eingeflößt hatte, war Irmchen fast am Verdursten. Die Infektion hatte das Fieber am Morgen derart hochgetrieben, daß es jetzt wirklich um Stunden ging, wollte man den Kater noch retten.

»Mach dir keine Sorgen«, beruhigte Peter Wolf von Bergen. »Gleich startet der alte Vogel nach Caracas. Ich bringe Irmchen schnurstracks zu einer deutschen Tierärztin, die dort das tiermedizinische Zentrum leitet. Wenn einer helfen kann, dann ist sie es. Ich bin, wenn es der Verkehr in Caracas zuläßt, in drei Stunden mit Irmchen bei ihr. So Gott will, hält unser schwarzer Kämpfer durch und hat eine Chance zu überleben.«

Brummend kletterte wenig später das alte Flugzeug in den blauen Himmel über Canaima, flog eine Schleife und wackelte, wie in den alten Zeiten von Angel, mit den Flügeln.

Unten, am Rande der roten Sandpiste, stand Wolf, winkte seinen Freunden hinterher. Er fühlte, daß er Irmchen, seinen braven und drolligen Kameraden, nicht mehr wiedersehen würde.

Und als die Maschine über den Baumwipfeln am Horizont verschwand, murmelte Wolf zu sich selbst: »Vergiß uns nicht! Chiko und ich werden ein Leben lang deine Freunde bleiben.«

Die Rettung kam für Irmchen in letzter Minute. Der Kater hatte Schaum vor dem Maul, litt durch die Krämpfe entsetzliche Qualen, als Dr. Anneliese Rosen ihn auf den Behandlungstisch hob: »Es sieht nicht gut aus, Herr Kröger! Er muß sofort an den Tropf. Ich behalte ihn heute nacht bei mir, weil ein Tropf mit Nährlösung schon nicht mehr reicht. Damit können wir ihn nur stabilisieren. Wie wir Ihr Irmchen wieder gesund machen, steht noch in den Sternen. Ich muß erst herausfinden, woran er leidet. Offensichtlich ist es eine Infektion, gegen die wir hier nichts machen können. Aber das wird man sehen!«

Als Peter Kröger am folgenden Morgen seinen Kater besuchte, ging es ihm schon ein wenig besser. Er saß in einem Korb, leckte sich die Wunden, schaute aus dem Fenster.

Dr. Rosen streichelte ihn am Nacken: »Machen Sie sich keine Illusionen! Der Kleine ist sterbenskrank! Ich kann ihn hier nur soweit stabilisieren, daß er transportfähig ist. Er muß nach Berlin, wo ein Mittel gegen diese Infektion gerade getestet wird. Wenn es Hilfe gibt, dann nur dort! Auf jeden Fall haben die Krämpfe aufgehört. Außerdem drücken die Spritzen das Fieber herunter. Wann fliegen Sie?«

Peter wollte seinen Kater auf keinen Fall allein lassen. Aber andererseits hatte er Termine, die er nicht verschieben konnte: »Tja, das ist ein großes Problem! Ich kann in den nächsten acht Wochen nicht nach Europa fliegen. Die Zeit reicht nicht! Was soll ich tun?«

Dr. Rosen machte ein noch ernsteres Gesicht: »Sie müssen sich entscheiden, was wichtiger ist. Ihr Job oder Ihr Kater.«

Peter war verzweifelt, wußte keinen Rat. Dr. Rosen, die verhindern wollte, daß Irmchen elendiglich zugrunde ging, machte einen Vorschlag: »Na gut! Ich fliege übermorgen sowieso nach Berlin, habe dort zwei Tage lang zu tun und komme anschließend zurück – allerdings ohne Ihren Kater. So kann Irmchen geholfen werden. Das bedeutet für Sie aber eine saftige Rechnung und einen Abschied für immer. Ich werde Irmchen dort, so schnell es geht, ein neues Zuhause bei Freunden suchen. Aber Sie können natürlich nicht erwarten, daß die neuen Besitzer ihren Kater, den sie dann gesund gepflegt haben, wieder rausrücken, nur weil Sie eines Tages aus dem Urwald dahergeflogen kommen.«

Peter wurde blaß, machte ein ratloses Gesicht: »Ich muß mich also jetzt und hier entscheiden.«

Die Tierärztin nickte.

»Gut! Nehmen Sie den süßesten Kater der Welt in Gottes Namen mit. Machen Sie ihn bitte, bitte gesund und finden Sie ein neues Zuhause für ihn. Es bricht mir das Herz, von ihm Abschied nehmen zu müssen, da ich ihn gerade erst wiedergefunden hatte. Aber sein Leben geht vor!«

Peter Kröger blickte noch einmal in das traurige Gesicht seines klugen Mallorquiners, kraulte ihm den Nakken und berührte vorsichtig die verheilenden Wunden: »He, alter Kamerad, mach's gut und paß auf dich auf! Und werd' gesund, hörst du!«

Als die Tierärztin drei Tage später mit dem Kater in Tegel das Flugzeug verließ und die rote Gangway hinauflief, waren fast vier Jahre vergangen, seit Irmchen auf der Party von Horst Weilandt für ein Riesenchaos gesorgt hatte.

Und was war in dieser Zeit alles geschehen! Um die halbe Welt war er gereist, von Nord- bis nach Südamerika. Als Filmheld hatte er damals die Stadt verlassen. Als müdes, krankes Tier mit zerschundenem Körper kehrte er jetzt zurück. Keiner seiner Freunde hätte ihn so erkannt: abgemagert, ausgebrannt, mit glanzlosem Fell, dafür aber übersät mit Wunden. Es war eine traurige Heimkehr, aber es war Irmchens einzige Chance, geheilt zu werden.

Dr. Rosen fuhr ins Hotel, telefonierte sofort mit ihrer Freundin. »Und morgen«, sagte sie zu Irmchen, bevor sie das Licht ausmachte, »bringen wir dich wieder auf die Beine.«

*

Es dauerte lange, bis Irmchen gesund wurde. Giesa Mai, eine Freundin von Anneliese Rosen, nahm den Kater bei sich auf, besuchte mit ihm alle zwei Tage die Tierklinik.

Irmchen bekam jedesmal eine Spritze, mußte an den Tropf und die unangenehme Prozedur des Fiebermessens über sich ergehen lassen.

Den ganzen Tag lag der früher so kräftige und robuste Kater bei Giesa im Schlafzimmer vor der Heizung oder kroch unter die Bettdecke. Das Leben war fast vollständig aus seinem Körper gewichen. Nur mühsam konnte er sich zum Futter in der Küche oder aufs Katzenklo schleppen. Bei jeder Bewegung schmerzten die schwachen Muskeln. Er schaffte es nicht einmal, aufs Fensterbrett zu springen oder auf einen Stuhl zu klettern. So müde war er, so hilflos und kaputt.

Giesa, die in einer Zwei-Zimmer-Neubauwohnung in Lichtenrade wohnte und tagsüber als Sekretärin im Finanzamt Tempelhof arbeitete, kümmerte sich rührend um den Kater.

Nach acht Wochen nahm der Arzt, der Irmchen behandelte, Giesa beiseite: »Die Krankheit ist zwar besiegt. Aber der Kater wird sich nicht mehr erholen. Das Leiden, sein abenteuerliches Leben im Busch und sein Alter – ich glaube, das war zuviel. Sie sollten ihn einschläfern lassen. Er quält sich sonst nur herum. Und das wollen Sie doch nicht. Glauben Sie mir! Das geht heute schon völlig schmerzlos. Er merkt überhaupt nichts.«

Giesa bekam einen Riesenschreck: »Ist denn da wirklich nichts zu machen?«

Der Arzt schüttelte den Kopf: »Sehen Sie selbst! Der Kleine hat keinen Funken Lebenswillen mehr. Geben Sie ihn her! Verabschieden Sie sich noch von ihm, und dann bringen wir es hinter uns. Es ist besser so!«

Giesa nahm ihren Kater, an den sie sich in den letzten Wochen schon so gewöhnt hatte, drückte ihn fest an sich: »Nein! Kommt überhaupt nicht in Frage! Er hat so gelitten und soviel durchgemacht. Das darf nicht umsonst gewesen sein!«

Es wurde ein trauriger Abend. Giesa saß auf dem Rand ihres Bettes, blickte in die müden und glanzlosen Augen von Irmchen, der reglos auf dem Kopfkissen lag: »Soll das alles gewesen sein, kleiner Schnurrteufel? Es muß doch irgendwo Hilfe für dich geben!«

Giesa erhob sich, lief ratlos im Zimmer auf und ab, sah aus dem Fenster: »Was mache ich nur, was mache ich nur? Warum fällt mir nichts ein? Mein Schnurrer darf nicht sterben!« Es half nichts. Sie sah keine Lösung, keine Rettung!

Ein Klingeln an der Wohnungstür riß sie aus ihren Gedanken: Es war Martin, der um die Ecke ein Fitness-Studio besaß. Er hatte sich Sorgen gemacht, weil Giesa so lange nicht zum Training erschienen war: »He, Mädel, was ist los? Hast du uns vergessen?«

Giesa bat den Freund herein: »Ach, weißt du, ich habe keine Lust! Mein Kater, den ich von einer Freundin zur Pflege bekommen habe, wird nicht gesund. Er hat sich im Amazonas-Urwald eine Infektion eingehandelt. Die ist zwar weg. Aber trotzdem kommt er nicht in die Reihe. Der Arzt will, daß ich ihn einschläfern lasse.«

Martin, der das Gemüt eines großen Kindes besaß und für alles eine Patentlösung wußte, ging ins Schlafzimmer, sah sich den Kater an: »Da hilft nur eins. Der Kleine braucht Aufbaunahrung. Verpasse ihm einige Vitaminspritzen, gib ihm Aminosäuren und Anabolika-Spritzen. Du wirst sehen, das wirkt Wunder. In drei Tagen ist er wieder auf den Pfoten.«

Martin hatte recht, obwohl Giesa an seinem Verstand zweifelte: »Irmchen ist doch kein Bodybuilder, sondern ein kranker Kater.«

Nach drei Tagen krabbelte er zum erstenmal wieder vom Bett und naschte am Katzenfutter. Giesa war baff. Irmchen machte tatsächlich an ihrem Bein Stupselchen, trank eine große Schale Wasser und sprang schon am folgenden Tag aufs Fensterbrett. Kaum eine Woche später tobte der Mallorquiner durch die Wohnung. Und nach drei Wochen war er ganz der Alte. Giesa bedankte sich bei ihrem Freund mit einem großen Blumenstrauß und einem herzhaften Küßchen: »Du hast ihm das Leben gerettet. Der Arzt hat mich zwar für verrückt erklärt, als ich ihm sagte, was wir gemacht haben. Aber Irmchen lebt. Und das ist die Hauptsache.«

Irmchen, inzwischen zwölf Jahre alt, hatte wirklich seine Kraft zurückgewonnen. Das Fell war überall nachgewachsen, hatte wieder seinen seidig-schimmernden Glanz. Die kaputten Krallen bekamen erneut ihre unangenehme Schärfe. Die Muskeln füllten sich unter der Haut mit Blut, und die Augen bekamen ihren frechen Ausdruck zurück. Es war, als hätte der Kater in einem Jungbrunnen geplanscht.

Täglich verdrückte er riesige Mengen von Schabefleisch, naschte ganze Hände voll Katzen-Milchbonbons. Doch damit nicht genug. Irmchen angelte wie in alten Tagen die Wurst vom Brot, futterte nach Herzenslust Vollmilch-Nuß-Schokolade und ließ sogar Marzipan auf seiner rauhen Katzenzunge zergehen. Auch das Rumtoben machte gewohnten Spaß. Ob Tischdecke oder Frauchens Unterwäsche aus dem Schrank: alles zerrte er durch die Wohnung, um damit zu spielen.

Die größte Freude aber hatte er in der Küche! Die Hydrokulturen auf dem Fensterbrett waren das ideale Spielzeug. Stein für Stein pfefferte der Kater die braunen Tonkügelchen durch die Küche, schoß sie unter die Spüle oder den Kühlschrank, um anschließend die Pflanzen aus dem Wasser zu angeln.

Die Welt war wieder in Ordnung!

Und wenn Giesa am Nachmittag von der Arbeit kam, saß Irmchen mit großen Augen an der Tür und wartete, bis Frauchen ihn auf den Arm nahm und für seine Missetaten belohnte. Denn Giesa konnte ihrem Liebling nichts übelnehmen. Er war viel zu drollig in seiner Art, als daß sie ihn hätte erziehen wollen. Es wäre auch kaum möglich gewesen.

Kam es ganz schlimm, tobte er über die Gardinenstangen, riß die Kerzenleuchter vom Tisch, rollte sich in den Teppich ein. Irmchen genoß das Leben in vollen Zügen. So wohl hatte er sich lange nicht mehr gefühlt. Das war seine Welt, das war sein Zuhause. Hier konnte er bleiben und mußte auf nichts verzichten.

Sogar Spaziergänge standen auf dem Programm. Irmchen mußte eine Leine tragen, obwohl er mit Unschuldsmiene Folgsamkeit bekundete. Wie ein Königstiger oder zumindest eine Rassekatze vom Züchter stolzierte er an allen Hunden vorbei. Jeder Blick zur Seite, jeder Buckel, ja, jedes Fauchen wären zuviel der Ehre gewesen. Kinder allerdings duften mit ihm machen, was sie wollten. Sie konnten ihm das buschige Fell kraulen, an den Ohren spielen, ja ihn sogar auf den Arm nehmen und auf den Rücken legen, obwohl Katzen das gemeinhin nicht mögen. Irmchen liebte Kinder und wußte, daß sie bis auf wenige Ausnahmen drollige und nette Spielgefährten waren. Und trieb es einer doch mal zu bunt, funkelte Irmchen ihn mit seinen goldgelben Augen an, verpaßte ihm einen zarten Hieb mit der Pfote und sprang schließlich davon. Das reichte, um sich überflüssige Streicheleinheiten vom Hals zu halten.

Er lernte auch bald die Katzen der Umgebung kennen. Fast jeden Abend trafen sie sich im Park am alten Steinbrunnen, der schon seit Jahren nicht mehr sprudelte. Einige hatten nur noch ein Auge, andere kaputte Pfoten. So mancher war schlichtweg zu gut im Futter, und die Rassekatzen benahmen sich alle so, als hätten sie früher an Königshöfen die Mäuse gejagt. Und Irmchen, der Abenteurer, genoß es, von allen anerkannt und respektiert zu werden. Schnell war er durch einige Raufereien in der Rangordnung aufgestiegen und durfte sich auch nach Herzenslust die Katzendamen aussuchen.

Was waren das für herrliche Ausflüge, die Irmchen nachts mit seinen Freunden unternahm: Es ging über Straßen, durch Gärten und verfallene Häuser, die einst verlassen, später von jungen Leuten besetzt und am Ende von der Polizei geräumt worden waren. Und irgendwie, obwohl er es sich nicht erklären konnte, kam Irmchen die Stadt bekannt vor. Lag es an der Luft, den Menschen, den Schwingungen, die sein siebenter Sinn wahrnahm?

Berlin war zu seiner zweiten Heimat geworden, und er spürte das. Aber da war noch etwas, das tiefer saß. Es war die alte Sehnsucht nach Mallorca. Eine innere Stimme sagte immer öfter zu ihm: Komm nach Hause, alter Bursche! Hier warten deine Freunde, die Kameraden der Jugend, die dich nie vergessen haben!

Irmchen hörte diese innere Stimme jetzt regelmäßig. Sie sprach zu ihm in seinen Träumen oder wenn er im Park lag und in den blauen Himmel über Berlin blickte. Sie schlichen sich aber auch in sein Herz, wenn er nachts bei Frauchen im Arm schlief, Nase an Nase, eingerollt und mit einem zufriedenen Schnurren auf den Katzenlippen. Er konnte das beim besten Willen nicht begreifen. Er hatte doch gar kein richtiges Zuhause. Wo gehörte er hin?

Die Frage war einfach zu beantworten: Überall und nirgends! Zu Hause war für ihn der Ort, an dem er Futter bekam, wo er gestreichelt und nicht getreten wurde.

Der »Schwarze« hätte viele Orte auf der Welt sein Zuhause nennen können. Ebenso wäre es für ihn eine Leichtigkeit gewesen zu sagen, das ist der Mensch, zu dem ich gehöre. Aber wie bei den Menschen, so war es auch für Irmchen: Alles war nur geliehen, Freundschaft, Zuneigung, Liebe und das viel wichtigere Futter. Auf nichts konnte man sich verlassen, nichts festhalten und zum Dauerzustand erklären. Wie bei einer Sanduhr war das Ende meist schon mit dem Beginn vorbestimmt. Was blieb? Eine Zeit, eine kurze Weile, ein Augenblick? Und die Summe des Lebens?

Das waren die vielen aufregenden Momente, die schönen und bösen, die wie Perlen auf einer Kette schimmerten. Die schönen, das waren die weißen Perlen, die im Sonnenlicht aus der Tiefe sanft leuchteten. Und die schwarzen? Von denen gab es weit mehr auf der Kette. Sie waren die Narben auf der Seele, die Stunden, Tage und Wochen der Traurigkeit. Sie waren der Schmerz, die Verzweiflung. Sie symbolisierten Not, Krankheit, Entbehrung und die Angst vor dem Morgen.

All das dachte Irmchen nicht, aber er fühlte und empfand es. Auch seine Seele hatte Narben, genau wie das schwarze Fell, das immer noch dicht wuchs und seidig glänzte.

Vom ersten Moment seines ungewöhnlichen Lebens an war er vom Schicksal heftig hin und her gewirbelt worden. Und wann immer er glaubte, eine Ecke zum Ausruhen gefunden zu haben, öffnete jemand die Tür, schmiß ihn auf die Straße und ließ ihn dort allein.

Oh, nein! Irmchen war kein sensibler Kater! Er war ein Kämpfer, Rowdy und Spaßvogel, der den Schalk im Nakken hatte und der keiner Rauferei aus dem Weg ging. Wie oft hatte er das Chaos regelrecht angezogen und sich einen Spaß daraus gemacht, den absoluten Irrsinn auch noch auf die Spitze zu treiben. Einige Menschen konnten ein mehrstrophiges Lied davon singen.

Aber da war auch der andere Kater, der Empfindsame, der die Schmerzen seiner Seele immer viel stärker und quälender empfunden hatte als die Pein, die man seinem Körper zugefügt hatte.

Schon damals, in der Scheune in Estellencs, als die Geschwister an den Zitzen der Mutter hingen, war für ihn kein Platz gewesen. Das Leben hatte ihn nie so recht gemocht, hatte ihm den eisigen Wind der Einsamkeit immer wieder ins Gesicht geblasen. Irmchen war stärker. Der Kampf vom ersten Tag an, der unbändige Wille zu leben, die Zähigkeit und die Kraft, am Ende doch wieder aufzustehen, hatten ihn geformt.

So war er: mutig, stark und dabei so herzlich und anschmiegsam. Ob Giesa oder all die anderen, die Irmchen in seinem Leben ein Stück des Weges begleitet hatten: sie mochten, ja, sie liebten den Kater mit den klugen, treuen Augen.

Bei Giesa wollte Irmchen nun endgültig bleiben. Berlin war schön, Giesa liebte ihn von Herzen, das Futter stimmte, und die Katzen der Umgebung respektierten ihn. Es kam wieder einmal alles anders.

»He, Pascha, aufwachen! Wir fahren morgen nach Waldmünchen in den Bayerischen Wald. Wir machen dort ein paar Tage Urlaub. Du wirst sehen, die Feldmäuse, die du da jagen kannst, sind genau die richtigen Spielgefährten.«

Irmchen, der auf der Bettdecke lag, hob müde den Kopf, blinzelte seinem Frauchen zu und streckte die Pfoten mit einem herzhaften Gähnen in alle Himmelsrichtungen.

Giesa, gerade von der Arbeit zurück, wedelte mit den Reisepapieren herum: »Wir fahren nachts. Also kannst du sowieso pennen. Und dann verbringen wir zwei wunderschöne Wochen im Grünen.«

Irmchen verspürte keine Lust auf Veränderungen.

Da aber sein Leben immer eine einzige Berg- und Talfahrt war, kam es auf diesen kurzen Ausflug auch nicht mehr an. Neue Gegenden versprachen neue Abenteuer.

Und obwohl der nicht mehr ganz junge Mallorquiner noch immer gut in Form war, machte es ihm neuerdings mehr Spaß, irgendwo herumzuliegen und zu dösen.

Waldmünchen war ein niedlicher Ort. Verwinkelte Häuser, ein abschüssiger Marktplatz, auf dem der alte Nepomuk-Brunnen sprudelte. Marktfrauen, die Blumen, Obst und Gemüse anboten, und Mistwagen, die Landluft garantierten.

Natürlich gab es auch Touristen, Wohnmobile und schaukelnde Reisebusse, die in den engen Gassen mit den Häuserwänden auf Tuchfühlung gingen. Und nicht jedes Lokal bot ausschließlich Hausmannskost an, sondern manches servierten den Gästen auch schnell Erhitzes aus der Mikrowelle. Unterm Strich aber hatte der Ort, über dem ein Schloß aus dem Mittelalter thronte, seinen liebenswürdigen, angestaubten Charme bewahrt.

Giesa, die hier als Kind mit ihren Eltern die Ferien verbracht hatte, kam alle paar Jahre zurück, um auszuspannen. Gern machte sie ausgedehnte Spaziergänge zum Stausee, wanderte hinauf zum Gibacht oder saß stundenlang am Rand der Felder, die sich vom alten Waldcafé bis zum Ort erstreckten.

Giesa liebte diese Idylle. Und auch Irmchen fühlte sich sofort wohl. Gemeinsam bewohnten sie ein Zwei-Zimmer-Appartement am Rande des Städtchens. Auf dem Balkon standen Blumenschalen mit Koniferen und winzigen Fichten. Abends, wenn die Sonne hinter den dunkelgrünen Hügeln versunken war, nahm Giesa ihren Kater, trug ihn ins Wohnzimmer und setzte sich auf eine Decke vor dem Fernseher.

Es war herrlich! Eng aneinandergekuschelt lagen Kater und Frauchen im warmen Zimmer, schmusten miteinander herum und waren rundherum glücklich. Fast jeden Abend schliefen sie so ein, erwachten erst, wenn der Fernseher rauschte. Dann nahm Giesa ihren fast acht

Kilo schweren Liebling, hob ihn aufs Bett und legte sich daneben.

Die Zeit hätte stehenbleiben können für beide, für immer!

Aber es war wieder mal die böse Sanduhr, die Korn für Korn durch den hauchdünnen Hals rinnen ließ und die umgedreht werden mußte, als das letzte Körnchen lautlos auf den winzigen Sandhügel gerieselt war.

*

Der Tag der Abreise war heran. Giesa stand ratlos vor dem Koffer, der sich einfach nicht schließen lassen wollte.

Gelangweilt hockte Irmchen auf dem Rand der Couch, sah seinem Frauchen zu. Himmel noch eins! Immer der gleiche Mist. Die Koffer sind am Ende der Reise immer kleiner als am Anfang. Blusen, Röcke, Jeans und der Mantel lagen noch daneben und fanden beim besten Willen keinen Platz mehr im Gepäck.

Giesa grinste zu Irmchen hinüber: »He, alter schwarzer Teufel! Du hast die Sachen verhext! Sie sind gewachsen! Und nun passen sie nicht mehr in den Koffer.«

Giesa ging die wenigen Schritte zu ihrem Kater hinüber, nahm ihn auf den Arm und drehte ihn in die Rückenlage.

So besonders scharf ist kein Kater der Welt auf diese hilflose Position. Aber irgendwie hatte sich Irmchen in seinem langen Leben daran gewöhnt. Wie viele Menschen hatten ihn schon so auf den Arm genommen, um dabei in einer fast dümmlichen Babysprache mit ihm zu reden. So waren die Menschen nun mal. Aber besser so als anders. Also ließ Irmchen diesen einseitigen Spaß über sich ergehen, kniff die Augen zu und wartete geduldig, bis das Spiel vorbei war.

Giesa setzte ihren Schatz auf die Couch zurück: »Also gut! Ich nehme die Wurst, den Käse und die Süßigkeiten wieder heraus und quetsche den Koffer mit meinem Hintern zu.« Das war das Zeichen für Irmchen: Mit einem Satz war er zur Stelle, schnappte sich die Wurst und flitzte durch die offene Tür in den Flur und auf die Straße. Irmchen liebte Wurst, zumal wenn er sie klauen konnte. Mit aller Kraft zerrte er den Leckerbissen über das im Laufe der Jahrzehnte abgewetzte Kopfsteinpflaster. Immer weiter entfernte er sich mit seiner Beute, die er in einem versteckten Winkel genüßlich verdrücken wollte. Das war das richtige Abschiedsmahl!

Irmchen hatte den kleinen Ort längst verlassen, als er es sich auf halbem Weg zwischen Waldcafé und Waldmünchen in einer alten Scheune gemütlich machte, um die Wurst quasi als krönenden Abschluß der Reise aufzufressen. Es wurde ein kurzer Schmaus. Er hatte eben ein Stück Pelle von der duftenden Landwurst gefetzt, als die verrottete Scheunentür zur Seite knallte und gegen die Wand aus gemauerten Feldsteinen schlug. »Hab ich dich endlich, du Mistvieh! Du hast mir die Wurst aus meinem Laden geklaut! Dafür bist du dran!«

Irmchen schoß wie eine Rakete unter einen alten Holzwagen, machte sich so platt wie möglich. Der Kater hatte im Laufe seines Lebens einen Instinkt für Gefahren entwickelt. Der Mann, der mit einer riesigen Mistgabel in der Tür stand, sah furchterregend aus. Die kurzen Haare auf seinem flachen Schädel wuchsen wild in alle Himmelsrichtungen. Die eng zusammenliegenden Augen blickten böse aus einem zerfurchten, mit Bartstoppeln gespickten Gesicht. Die Ärmel seines grauen Pullovers hatte er bis zu den Ellbogen hochgekrempelt. Vor seinem dicken Bauch spannte sich eine blutverschmierte, ehemals weiße Schürze.

»Du entkommst mir nicht, alter Teufel«, zischte der Mann, während er sich nach unten beugte, um zu sehen, wo Irmchen geblieben war.

Es ging blitzschnell! Der Mann schleuderte seine Mistgabel wie einen Speer. Wenn auch die spitzen Stahlenden

den Kater verfehlten, sie bohrten sich so ungünstig in den harten Boden, daß Irmchen mit seinem Schwanz festsaß.

Da half kein Toben und Zerren. Noch ehe es sich der Kater versah, hatte ihn der Mann mit seinen Pranken gepackt und in einen alten Ledersack gesteckt.

Irmchen, Opfer eines Irrtums, saß wieder einmal in der Klemme.

Es war völlig sinnlos, sich gegen das Schicksal zu stemmen, jedenfalls im Augenblick. Etwa eine halbe Stunde schaukelte Irmchen in dem stinkenden Ledersack hin und her. Und das einzige, was er mitbekam, war, daß in diesem Sack schon unzählige Katzen in der Falle gesessen hatten.

Der Mann, er war Fleischer, schlich in eine alte leere Schule, öffnete den Sack und schüttelte Irmchen auf den Boden. Der Kater glaubte zur Salzsäule zu erstarren. In dem total verdreckten Raum kauerten fast vierzig Katzen. Fauchend tobten einige auseinander oder drängten sich mit gesträubtem Fell in einer Ecke zusammen. Andere wiederum blieben reglos liegen, hoben gerade mal die Köpfe. Fast alle Rassen waren vertreten. Doch die meisten waren Wald- und Wiesenkatzen, genau wie Irmchen.

Was für eine traurige Gesellschaft! Es hätte zum Himmel stinken müssen, wenn der Raum einen Himmel gehabt hätte. Aber so kroch Irmchen vor allem der alte Schulduft in die Nase, der an Putzmittel und schwitzende Schüler erinnerte. Dazu kam der Gestank von bedauernswerten Kreaturen, die hier eingesperrt waren und die längst ihrem Putzinstinkt Adieu gesagt hatten.

Vorsichtig schlich Irmchen durch den düsteren Raum. Durch das Fenster fiel nur das schwache Licht der untergehenden Sonne. Futter? Woher bekam man hier eigentlich etwas zu essen? Die duftende Wurst, die Irmchen in diese prekäre Lage gebracht hatte, war längst vergessen.

Zwei Tage lang war Null-Diät angesagt. Irmchen machte das nicht viel aus. Zu oft schon im Leben hatte er hungern und leiden müssen, ohne gleich zu verzagen. Was ihn dagegen verwunderte, war die Situation an sich. Was sollte das alles? Wozu waren hier so viele Katzen eingesperrt? Was sollte mit ihm und den Artgenossen geschehen?

Fragen über Fragen, auf die es zunächst keine Antwort gab. Des Rätsels Lösung folgte erst drei Wochen später.

Der Fleischer, der Irmchen gefangen hatte, kam eines Abends mit einem fremden Mann. Gemeinsam sahen sie sich die Katzen an. Der Fremde ergriff zuerst das Wort: »Die sehen ja immer schlimmer aus! Die müssen wir erst mal aufpeppeln, ehe wir sie gebrauchen können.«

Adolf Anzenhuber, so hieß der Katzenfänger, riß die Augen auf und zeigte auf Irmchen: »Sehen Sie sich nur diesen Prachtburschen mal genauer an. Mit dem könnt ihr Stadtleute Versuche bis zum Sankt Nimmerleinstag machen. Also, entweder ihr holt sie morgen ab oder ich ersäufe sie alle im Bach. Dann könnt ihr zusehen, wo ihr eure Versuchskatzen herbekommt. Es lohnt sich sowieso nicht mehr. Sie machen nur Dreck und fressen mir meine Wurst weg. Also, was ist?«

Der Mann im dunklen Anzug nickte mit dem Kopf: »Na gut! Heute nacht kommt der Wagen, und dann machen wir es wie immer. Wir leiten das Betäubungsgas in den Raum und packen sie ein. Das Geld überweisen wir auf Ihr Konto. Aber beim nächstenmal müssen die Tiere besser in Schuß sein. Sonst können wir sie nur einschläfern oder gleich wegschmeißen.«

Irmchen, der zwar alles mitangehört, aber wie immer nichts verstanden hatte, ahnte, daß da Schlimmes auf ihn zukam. Unruhig lief er im Raum hin und her, blickte hoch zum vergitterten Fenster, kratzte an der morschen abgewetzten Tür, versuchte, auf die Klinke zu springen, um sie herunterzudrücken.

Aber nichts half! Es war gegen 23 Uhr, als sich der Mond ins Fenster schob und seine kühlen Strahlen in den Raum schickte. Was für ein bemitleidenswerter Anblick! Welche traurigen Katzenschicksale harrten hier ihres schrecklichen Endes. So mancher der Vierbeiner hatte schon bessere Zeiten erlebt, so wie die kleine weiße Katzendame, die eingerollt in der Ecke lag und es kaum wagte, den Kopf zu heben. Oder der braungetigerte Stubenkater, der neben Irmchen ängstlich zum Fenster schaute, als würde Beelzebub gleich höchstpersönlich durch die Öffnung gerauscht kommen.

Es waren aber auch alte Haudegen unter den Gefangenen. Der schwarze Kater, der mitten im Raum saß und aus einem Auge pausenlos auf die Tür starrte, um dem nächstbesten Menschen an die Gurgel zu springen. Und schließlich der riesige Main-Coon, der unruhig auf und ab lief wie ein gefangener Löwe in seinem Käfig. Ihnen allen sollte also heute nacht das letzte Stündlein schlagen. Allesamt sollten sie in einem Versuchslabor zu Tode gequält werden.

Das Quietschen von Autoreifen riß die Tiere aus ihrer Todeslaune. Stimmen hallten über den Hof. Sekunden später brach krachend die Tür des Schulhauses aus den Angeln. Autonome Tierschützer, die von dem Katzengefängnis gehört hatten, waren gekommen, um die Tiere zu befreien. Es ging blitzschnell!

Fünf junge Männer und drei Frauen hasteten den Gang entlang, rissen eine Tür nach der anderen aus den Scharnieren. Die Katzen gerieten in Panik, fauchten sich gegenseitig an, bissen und kratzten wie wild um sich. Die Todesangst machte aus dem traurigen Haufen einen tobenden Knäuel.

Donnernd flog die Tür in den Raum. »Da sind sie«, flüsterte der erste Mann, der ein Brecheisen in den Händen hielt, seinen Freunden zu. »Los, jetzt schnell! Der Wagen wird jeden Moment kommen! Und dann müssen wir hier weg sein!«

Fast irre vor Angst schossen die Katzen hinaus, rannten zwischen den Beinen ihrer Retter hindurch in die Freiheit. Fauchend und kreischend stürmten sie die Treppe hinunter, wirbelten, kullerten und flitzten durch die zertrümmerte Haustür der Schule. Nur Irmchen und der Main-Coon blieben ruhig im Raum sitzen, beobachteten alles mehr neugierig als ängstlich.

»Na, ihr zwei, wollt ihr wohl machen, daß ihr hier rauskommt? Oder möchtet ihr lieber im Labor das letzte Schnurren von euch geben?«

Die junge Frau, die das gesagt hatte, beugte sich zu Irmchen hinunter. »Schau mal, Sven! Die beiden hier scheinen überhaupt keine Angst zu haben! Komm, die nehmen wir mit und behalten sie.«

Corinna nahm Irmchen auf den Arm, drückte Sven den Main-Coon an die Brust. Und so schnell der Spuk, der den Katzen ein zweites Leben beschert hatte, gekommen war, war er auch wieder verschwunden.

Als zehn Minuten später der Lkw, der die Katzen abholen sollte, auf den Hof gerollt kam, saß Irmchen schon schnurrend im VW-Bus auf Corinnas Schoß, blinzelte zum Main-Coon hinüber und schlummerte alsbald friedlich vor sich hin.

Die ganze Nacht und fast den halben Tag war der Wagen unterwegs, immer in Richtung Westen. Am nächsten Mittag lenkte Sven den Bus durch die Einfahrt eines alten Bauernhofes bei Wiesbaden: »So, da wären wir! Jetzt brauche ich erst mal eine Runde Schlaf! Die Befreiungsaktion war verflucht anstrengend.« Corinna, seine Freundin, die wie Sven Biologie studierte und sich den Tierschützern angeschlossen hatte, erwachte auf der Rückbank des Autos.

»Hops! Beiseite, ihr Ganoven!« Behutsam schob sie die Kater von ihrem Schoß, wo sie sich eng aneinandergekuschelt hatten.

Corinna fuhr sich mit den Händen durch die Haare, streckte die Arme nach oben und gähnte herzhaft. Dann wischte sie über ihren dunkelblauen Overall, daß die Katzenhaare nur so wirbelten. Irmchen und der Main-Coon entschieden sich ebenfalls für Morgengymnastik. Erst schoben sie die Vorderpfoten weit nach vorn, machten sich lang und länger. Anschließend richteten sie sich kerzengerade auf und streckten die Hinterläufe. So, und nun hätte es Frühstück geben können! Aber es gab nichts!

Corinna zog die Seitentür des Autos auf und trieb die beiden Kater hinaus in den Hof. »Das ist jetzt fürs erste euer Zuhause. Das Futter müßt ihr euch allerdings verdienen, indem ihr Mäuse jagt.«

Danach war ihnen nicht zumute. Nach den Strapazen der letzten Tage und Wochen träumten sie viel eher von einem warmen Kopfkissen, auf dem sie vor sich hindösen konnten.

Corinna, die Katzen über alles liebte und die ahnte, was die beiden Schnurrer fühlten und wünschten, lief zum Haupthaus. »Na gut, kommt rein. Ich gebe euch was zu futtern. Ihr sollt ja schließlich nicht vom Fleisch fallen!«

Die Tür war kaum einen Spalt offen, als Irmchen und der Main-Coon in Windeseile hindurchgeschlüpft waren und im Nu durch die gemütliche Küchenstube tapsten. Es duftete nach Essen, das Corinnas Mutter für die Familie vorbereitet hatte, nach frischem Fleisch, Obst und Gemüse: »He, was ist denn das? Corinna! Corinnnnaaa! Ich habe dir doch gesagt, du sollst nicht schon wieder ein Tier mitbringen. Und nun hast du gleich zwei Kater angeschleppt! Vater wird durchdrehen, wenn er die Viecher sieht! Du kennst ihn ja!«

Corinna, die den Ruf ihrer Mutter gehört hatte und ins Haus geeilt war, nahm Irmchen auf den Arm: »Ist ja schon gut! Reg dich bloß nicht auf! Die beiden sollen ja nicht hierbleiben! Wir werden schon ein Zuhause für sie finden.«

Irmchen stubselte Corinnas Wange mit seinem schwarzen Kopf, versuchte mit allen Mitteln, Gut-Wetter-Stimmung an den Zimmerhimmel zu zaubern. Doch auch sein tiefstes Schnurren machte keinen sonderlichen Eindruck. Corinnas Mutter, die den riesigen Kopf des Main-Coon mit ihren rauhen Händen streichelte, zeigte auf Irmchen: »Der hier kann von mir aus bleiben! Der gefällt mir! Aber der Schwarze da, der muß weg! Der macht mir Angst!«

Irmchens Schmuse-Show war total daneben gegangen.

»Und wo soll er hin«, wollte Corinna wissen. »Wir können ihn nicht einfach auf die Straße setzen! Da ist die Überlebenschance gleich Null! Wir retten die Katzen nicht, um sie anschließend umkommen zu lassen! Nein, Mama, das kannst du nicht allen Ernstes verlangen!«

Corinnas Mutter, der Irmchen nun wieder leid tat, lenkte ein: »Na gut! Zunächst kann er hierbleiben. Aber irgendwann mußt du für ihn ein neues Zuhause finden.«

Die Frau hatte ihren Satz kaum zu Ende gesprochen, als sie das Medaillon an Irmchens Hals entdeckte: »Sieh mal, was er da hat! Vielleicht steht drin, wo er herkommt!«

Corinna öffnete das Medaillon mit ihren Fingernägeln, holte den Zettel heraus, faltete ihn auseinander. Und während ihre Mutter neugierig darauf wartete zu hören, was darauf stand, las Corinna vor: »Irmchen, Estellencs, Mallorca!«

»Du, ich glaube, wir haben uns einen kleinen Abenteurer ins Haus geholt.Warte mal, Mama! Gab es nicht vor fünf Jahren einen Kinofilm, der von so einem Kater handelte? Und der Kater war auch schwarz und hieß ebenfalls Irmchen. Ich wette, der Besitzer dieses Lausbuben hat seinen Liebling nach dem Kinokater benannt, weil er ihm ähnlich ist.«

Ach, hätte Irmchen nur die Sprache der Menschen gesprochen! Dann hätte er erklären können, daß er selbst Irmchen, der Kinokater, war. So aber mußte er damit leben, als Kopie angesehen zu werden, obwohl er das Original war.

Corinnas Mutter machte einen Vorschlag: »Du fliegst in vier Wochen sowieso nach Mallorca! Wie wär's, wenn du den Kater mitnimmst und ihm dort die Freiheit gibst. Da leben schon so viele Katzen! Da kommt es auf eine mehr oder weniger auch nicht mehr an!«

Corinna hatte einen berechtigten Einwand: »Woher willst du wissen, daß der Kater von Mallorca stammt? Wenn er lediglich von seinem Besitzer den Namen des Filmkaters bekommen hat, muß er noch lange nichts mit der Insel zu tun haben. Dann ist der Zettel nicht mehr als ein irreführender Spaß.«

Die Wirkung des Arguments war alles andere als durchschlagend. »Das ist mir egal«, antwortete die Mutter. »Der Kater kommt vom Hof! Sieh zu, wo du ihn läßt! Hier jedenfalls bleibt er nicht! Basta!«

Die vier Wochen auf dem Bauernhof vergingen wie im Flug. Irmchen machte sich erst gar nicht die Mühe, die Umgebung zu erkunden. Und selbst der Abschied von Charly, so hatte Corinna den Main-Coon getauft, fiel nicht sonderlich schwer.

In einem großen Katzenkorb aus Plastik trat Irmchen den Flug an, der ihn in seine alte Heimat zurückbrachte. Der Kater mit dem weißen Fleck auf der Brust ahnte nicht, daß er seine geliebte Insel wiedersehen, daß sich nun sein Schicksal erfüllen sollte. Viel hatte er von der Welt gesehen, so manches hatte er erlebt und ertragen. Und öfter als früher spürte er jetzt die Müdigkeit des alten Kämpfers in den Knochen, der sich nach Ruhe sehnte, der genug hatte von Abenteuern und Leid.

Die Mittagssonne stand hoch über der Insel, als die Maschine auf der Rollbahn des Flughafens aufsetzte. Ein leichter Wind wehte vom Meer her über die quirlige Stadt Palma. Corinna ließ sich mit ihrem Kater vom Bus in die City bringen. Und Irmchen, der in seinem Korb saß und neugierig die vielen Menschen beobachtete, spürte plötzlich, daß ihm hier alles irgendwie bekannt vorkam: die Luft, das Licht, die Düfte ... Aber das Erlebte lag zu weit zurück. Der Kater konnte sich beim besten Willen nicht genau erinnern. Und doch – in seinem tiefsten Innern spürte er eine seltsame Erregung.

Corinna, die den Abschied so kurz wie möglich machen wollte, mietete sich am Platz der weißen Tauben einen Wagen, kaufte eine Straßenkarte und fuhr in Richtung Andraix. Irmchen, der aus dem Korb klettern durfte, saß zitternd auf dem Beifahrersitz, beobachtete mit Herzklopfen die Umgebung, die an ihm vorbeizog. Und als in seinem Unterbewußtsein die Erlebnisse vergangener Tage wie ein Mosaik langsam Gestalt annahmen, fühlte er, daß sich nun ein Kreis schließen würde. Irmchens Körper bebte. Immer wieder ließ er ein leises Miauen hören, kratzte mit seinen Krallen an der Windschutzscheibe.

Corinna, die den blauen Seat durch Andraix lenkte und dann nach rechts in die Berge abbog, beobachtete ihren Kater von der Seite. »Du kennst dich hier wohl aus? Warte! Bald sind wir in Estellencs. Wenn du wirklich hier geboren bist, dann, ja dann bist du vielleicht doch der Kater aus dem Film! Mein Gott, das wäre ja unglaublich.

Aber nein! Das kann gar nicht sein! Der echte Filmkater wäre nie in die tödliche Gefangenschaft von Waldmünchen geraten. Der sitzt jetzt bestimmt bei einem reichen Filmmenschen und frißt die teuersten Mahlzeiten. Aber, du kleiner schwarzer Lump, warum bist du nur so aufgeregt? Komm, gib mir eine Antwort!«

Corinna sollte nie erfahren, wer Irmchen war, sollte nie die ganze Geschichte kennenlernen. Vielleicht ahnte sie einen Bruchteil der Wahrheit.

Ein matter, orangefarbener Schimmer legte sich über die Insel, als der Wagen um die letzte Ecke bog und wenige hundert Meter tiefer Estellencs auftauchte. Kaum fünf Minuten später hielt der Seat an der alten Kirche in der Mitte des Ortes. Corinna stieg aus, machte die Beifahrertür auf, hob Irmchen aus dem Auto.

Eine seltsame Schwingung berührte Irmchens Herz. Plötzlich kehrten die Erinnerungen zurück, fanden sich von ganz allein zusammen wie ein Puzzle: die zerklüfteten

Berge, der Kamm, die Zitronen- und Apfelsinenbäume, die verwinkelten Gassen, das ferne Rauschen der Brandung. Irmchen setzte vorsichtig eine Pfote vor die andere, hob den Kopf, sog die Luft ein, die er als Katzenkind geschnuppert hatte. Gedanken und Gefühle rasten durch seinen Katerschädel, verwirrten ihn, machten ihn glücklich und traurig zugleich.

Langsam lief er die Straße hinab zum Meer. Erst als er eine Wagentür zuschlagen hörte und das Brummen eines Automotors, drehte er sich um und schaute dem blauen Seat hinterher, der fast wie ein Trugbild aus seinem Gesichtskreis und damit aus seinem Leben verschwand.

Corinna hatte den Abschied so einfach wie möglich gestalten wollen. Während sie beobachtete, wie der Kater den Weg hinablief, spürte sie, daß sich ein ungewöhnliches Schicksal erfüllt hatte. Ja, der kleine Schwarze, den sie aus den Fängen eines Versuchstierhändlers befreit hatte – er gehörte hierher! Er war vor langer Zeit aufgebrochen, und sie hatte ihn nun nach einem abenteuerlichen Leben zurückgebracht.

Und noch etwas stand für Corinna fest: Es mußte der Kater aus dem Film sein. Der kleine kluge Teufel, der die Herzen so vieler Katzenfreunde erobert hatte! Welch eine merkwürdige Geschichte! Nein, das würde ihr nie im Leben ein Mensch glauben. Und doch – es war die Wahrheit.

Irmchen war allein!

Als die rotglühende Sonne hinter den Bergen verschwand, um bald im Meer zu versinken, schlich ein altersmüder Kater durch eine quietschende und knarrende Holztür, die nach fast dreizehn Jahren noch immer schief in den verrosteten Scharnieren hing. Die Scheune war inzwischen fast verfallen. Lehmklumpen waren aus den Wänden gebrochen, hatten davor kleine gelbe Haufen gebildet. Der umgestürzte defekte Fuhrwagen lag wie einst in einer Ecke des seit Jahrzehnten unbenutzten Raumes. Und noch immer schwebten Spinnweben im Wind, der leise durch die Ruine zog. Silbern schimmerten sie im Mondlicht, das durch die schiefen Fenster fiel.

Irmchen lief, wie von unsichtbarer Hand geführt, auf eine kleine Mulde im Boden zu, die halb von einem losen Brett verdeckt wurde. Und während eine Spinne im Netz darüber neue Fäden an den alten, morschen Balken festmachte, legte sich der schwarze Kater in die Mulde, neben der er als unerwünschte Nummer sieben geboren worden war, und schlief ein.

Irmchen war nach einem langen und aufregenden Leben wieder zu Hause.

*

Die Flamme der Kerze war längst verloschen, als Juan weit nach Mitternacht von einem kühlen Windhauch aus dem Schlaf gerissen wurde. Noch immer lag der alte Kater eingerollt in seinem Schoß, träumte von längst vergangenen Abenteuern.

Juan faßte sich an den Hals, der von der unbequemen Haltung schmerzte: »He, Irmchen, mein Liebling, wach auf! Wir müssen ins Bett! Wir sind doch tatsächlich einfach so eingedöst.«

Irmchen hob seinen Kopf, blickte dem Freund verschlafen in die Augen. Erinnerungen zogen an seinem inneren Auge vorbei, lösten sich langsam auf, wie der Nebel, der aus dem Tal emporsteigt. Der Mann nahm den Kater auf den Arm, trug ihn in die Hütte, legte ihn an das Fußende seines Bettes. Dann warf Juan seine Sachen über die Lehne eines Stuhles, zog sein altes Baumwollhemd an und legte sich zu seinem Freund. Er fühlte sich müde, sehr müde! Das Leben hatte auch von ihm einen hohen Preis an Kraft gefordert.

Juan dachte zurück an die Jahre, die er auf See und in fernen Ländern verbracht hatte. Täglich bis zu vierzehn

Stunden hatte er arbeiten müssen, in Maschinenräumen, auf Werften, Plantagen und ab und zu auch in Fabriken. Tiefe Falten durchfurchten sein Gesicht. Die einst strahlend blauen Augen hatten ihren Glanz verloren. Die Hände, früher voller Kraft, waren jetzt schwach. Grau waren seine Locken im Laufe der Jahren geworden. Er wußte, daß ihm nicht mehr viel Zeit blieb. Ja, er hatte sich verrechnet! Er hatte sich überschätzt!

Als Juan hinaus in die Welt zog, um sein Glück zu finden, wie man so schön sagt, hatte er nur einen Wunsch: zurückzukehren nach Mallorca als gemachter Mann. Also ließ er sein Boot und die kleine Hütte am Strand zurück, heuerte auf dem nächsten Schiff an, das in Palma vor Anker ging. Und so wie sein Kater, der damals von einer Welle über Bord gespült wurde, purzelte er von einem Abenteuer ins nächste. Es ist schon okay so, dachte er. Du mußt nur das Geld sparen und dann kannst du dir den Wunsch deines Lebens erfüllen: ein schönes festes Haus auf Mallorca und nie wieder arbeiten. Doch das Geld zerrann ihm unter den Fingern. Er verlor es beim Spiel, ließ es in den Häfen und gab es für Frauen aus.

Als Juan am Ende müde und gebrochen auf seine Insel zurückkehrte, reichte sein Geld gerade noch für eine kleine Finca am Berghang über Estellencs. Nun denn, sagte sich der Mann, der auch im Herzen alt geworden war, so geben wir uns damit zufrieden.

Juan kaufte bei den Bauern ein paar alte Möbel, reparierte das Dach, pflanzte Blumen und blickte oft stundenlang aufs Meer hinaus. Manchmal war ihm wehmütig ums Herz, wenn er die weißen Segel der Boote am Horizont verschwinden sah. Aber die Kraft reichte nicht für einen Neubeginn.

So lebte er einsam und zurückgezogen in seiner Hütte, als eines Nachmittags ein blauer Seat um die Ecke gebogen kam und ein junges Mädchen, das offensichtlich nicht aus dieser Gegend war, etwas Schwarzes aus dem Wagen hob und auf die Straße setzte. Juan, der von seiner Veranda aus nicht alles genau verfolgen konnte, reckte seinen Kopf weiter nach vorn.

Das Mädchen stieg wieder in den Wagen, fuhr langsasm zur Paßhöhe. Und während das Auto den Paß erklomm und verschwand, beobachtete Juan, wie das schwarze Etwas den Weg zum Meer hinunterlief.

Ein eigenartiges Gefühl kroch in sein Herz, während seine Augen das schwarze Unbekannte verfolgten. Schließlich stand Juan auf, zog sich die Jacke über, nahm die Taschenlampe aus der Tischschublade. Bald würde die Nacht hereinbrechen. Und da war es besser, man hatte sein eigenes Licht dabei.

Vorsichtig lief er den Weg hinunter nach Estellencs. Er mußte aufpassen, daß er nicht auf einen größeren Stein trat. Eine falsche Bewegung auf dem steilen Pfad, und schnell war ein Knöchel verstaucht oder gebrochen.

Von dem schwarzen Etwas war weit und breit nichts zu sehen. Warum läufst du hier eigentlich durch die Nacht und suchst nach einem schwarzen Fleck in der Landschaft, fragte sich Juan, der mit der Taschenlampe den Weg ableuchtete.

Kopfschüttelnd schaute er zur alten Kirchturmuhr hinauf, die eben 19 Uhr schlug. Du bist schon ein alter Narr! Aber egal! Hier passiert sonst sowieso nichts! Also mach weiter und suche nach des Rätsels Lösung!

Fast eine Stunde war Juan von Haus zu Haus geschlichen, als er die alte Scheune des Bürgermeisters unten am Hang erreichte. Mit seiner rechten Hand schob er die Taschenlampe durch die windschiefe Tür, ließ den Scheinwerferkegel über den Fußboden wandern.

Halt, da war doch was! Der Lichtstrahl streichelte das schwarze Etwas, das sich in einer Erdmulde zusammengerollt hatte.

Juan drückte die Tür auf, löschte die Taschenlampe, lief im Licht des Mondes, der durch das Fenster schien, auf den schwarzen Haufen zu. Leise hockte er sich nieder, streckte seine Hand aus, um das schwarze Etwas zu berühren.

Es war der Moment, den beide insgeheim wohl immer herbeigesehnt hatten. Irmchen erwachte, da die Hand Juans sein Fell berührte. Endlose Sekunden lang blickten sich die Freunde in die Augen. Keinen Ton brachte Juan über seine Lippen. Und auch Irmchen, den so schnell nichts erschüttern konnte, ließ kein einziges Miau hören. Dann endlich hatte sich Juan gefaßt: »Irmchen? Bist du nicht mein Irmchen?«

Ja, es war Irmchen!

Juan hob den alten Kater hoch, preßte ihn fest an seine Brust: »Irmchen, Irmchen, ich dachte, du bist lange tot! Ich glaubte, du bist damals im Sturm ertrunken. Wie kommst du jetzt nur hierher? Wo warst du all die vielen Jahre? Ach, mein kleiner, schwarzer Teufel! Ich hatte immer Sehnsucht nach dir und unserem Freund Valentino.«

Irmchen war genauso ergriffen wie der Freund, den er nie vergessen hatte. Hier also, in Estellencs, sollte sich unser Schicksal erfüllen, dachte Juan, während er seinen Kater küßte und drückte. »Ach, sieh mal, du hast ja sogar noch dein Halsband mit dem Medaillon um.«

Der Mann, der seinen Freund wiedergefunden hatte, öffnete die Kapsel und entdeckte den Zettel mit den drei Worten: »Die Vorsehung wollte, daß du zurückkehrst. Also bleiben wir beide auch zusammen!«

Juan erhob sich vom Fußboden, lief in Richtung Tür: »Komm, alter Knabe! Wir gehen nach Hause! Ich wohne hier gleich um die Ecke!«

Und wie er im Licht der Taschenlampe den steilen Weg zu seiner Hütte hinauflief, folgte ihm sein Kater, als wäre es das Selbstverständlichste der Welt.

*

Ja, so war das damals, vor vier Jahren, als Juan seinen Kater wiederfand. Von Stund an waren sie unzertrennlich. Gemeinsam saßen sie auf der windschiefen Terrasse, führten lange Gespräche. Juan, der gern Monologe hielt, wartete stets, bis der Kater auf seinem Schoß mit den Augen blinzelte oder herzhaft gähnte. Das Blinzeln wertete er als Bestätigung des Gesagten. Ein Gähnen – so jedenfalls legte er es aus – war wohl als Widerspruch zu werten. Wehe aber, Irmchen schlief und schnurrte zufrieden vor sich hin. Sogleich hielt Juan einen Themenwechsel für angebracht. Der Kater war lieber in seinen Träumen unterwegs, als ständig den Erzählungen des Freundes zu folgen.

Die Anwesenheit Irmchens war für Juan die reinste Verjüngungskur. Der Mann, der mutlos und verbittert auf sein Ende gewartet hatte, gewann seine alte Energie zurück. Gemeinsam unternahmen sie Spaziergänge an der Küste, kletterten hoch in die Berge, stiegen hinab in die Täler, um mit Ziegen, Hasen und Kaninchen zu spielen.

Es waren die schönsten Jahre im Leben von Juan und Irmchen. Weit weg von den Alltagssorgen, den Ängsten und Nöten, aber vor allem unerreichbar für die Menschen, lebten sie glücklich in den Tag hinein. Doch nicht nur Juan, auch Irmchen war rund herum zufrieden. Auch wenn jetzt schon ab und zu mal die eine oder andere Narbe am Körper zwickte oder der Sprung auf den nächsten Baum etwas mehr Kraft kostete – Irmchen war noch immer ganz der Alte. Und wenn der Kater abends im Bett seines Freundes einschlummerte, dann hätte er am liebsten schnurrend die ganze Welt umarmt.

Juan riß sich von seinen Gedanken los: Du mußt schlafen, alter Junge, sagte er zu sich selbst, während er den eingerollten Kater am Fußende betrachtete. Sonst bist du morgen wie gerädert. Dabei willst du doch nach Valldemosa zum Einkaufen. Das schaffst du nie, wenn du jetzt nicht schläfst. Und den Speisezettel der nächsten Tage rauf und runter wandernd, fiel Juan in einen tiefen Schlaf.

Es war ein Jahr später, Juan saß vor seinem Haus und schnitzte an einem Wanderstab herum, als es plötzlich im Ginsterbusch neben der Terrasse raschelte.

Irmchen, dessen Sinnesorgane noch bestens funktionierten, richtete sich sofort auf und spannte alle Muskeln an.

»He, alter Depp, das ist bestimmt nur ein Kaninchen. Also gib Ruhe und kümmere dich nicht darum! Bring hier keine Unruhe in den Laden! Genieße lieber den schönen Tag! Du mußt nicht auf jedes Viehzeug Jagd machen!« rügte ihn Juan.

Irmchen, der gegen ein bißchen Bewegung nichts einzuwenden hatte, war schon vom Tisch und mit einem großen Satz im Gebüsch verschwunden. Das Tier, das ihn aus seiner Ruhe gerissen hatte, war tatsächlich ein Kaninchen. Im wilden Zickzack-Kurs ging die Verfolgungsjagd den Abhang hinauf, über dicke Grasbüschel, Steine, Geröllfelder, Baumstümpfe und durch Hecken. Aber eine Hatz bergauf war weiß Gott nichts mehr für den alten Kater, der nun schon fast achtzehn Jahre auf seinem schwarzen Buckel hatte. Andererseits, die Jagd machte doch zu viel Spaß. Und aufgeben und sich blamieren vor so einem kleinen Kaninchen – nein, das wollte Irmchen nun auch nicht.

Die beiden Tiere hatten schon fast den Kamm des Berges erreicht, als Irmchen plötlich wie angewurzelt stehenblieb. Ein riesiger Kater, unter dessen schwarz-weiß gezeichnetem Fell sich gewaltige Muskeln spannten, saß direkt vor ihm auf einem Stein. Böse und rauflustig funkelten seine Augen zu Irmchen hinab, der von einer Sekunde zur anderen das Kaninchen vergessen hatte. Der Riesenkater ließ ihm gerade noch Zeit, die Kampfhaltung einzunehmen. Dann sprang er, wie von einem Katapult abgeschossen, nach vorn, im hohen Bogen auf Irmchen zu. Im Flug ließ der Kater seine messerscharfen Krallen hervorschnellen, um den Feind damit zu packen. Das Maul weit aufgerissen, landete er auf Irmchens Rücken, rammte seine zentimeterlangen Eckzähne in dessen Nacken.

Aber der Schwung, der ihn so weit hatte fliegen lassen, war zu groß. So schnell er Irmchens Genick gepackt hatte, mußte er es wieder loslassen. Ineinander verkeilt und verkrallt rollten die Raufbolde den Hang hinunter, prallten gegen Steine, rutschten über feuchte Grasnarben, schleuderten gegen abgebrochene Äste, die am Boden lagen. In einer Dornenhecke waren Rutschpartie und Prügelei zu Ende. Von Dutzenden von Dornen aufgespießt, ließen die Kater voneinander ab, rollten sich am Boden, fingen laut an zu miauen und zu fauchen.

Die Dornen, die im Fell steckten, taten schrecklich weh. Der Schmerz war so groß, daß den Katern jede Freude am Kämpfen vergangen war.

»Na, was ist denn hier los? Irmchen, komm her, laß den anderen Kater in Ruhe!« Juan, der seinem Freund gefolgt war, besah sich dessen Wunden: »Du Dummer! Wie kannst du dich mit einem viel stärkeren Kater einlassen? Und sag mir bitte, was du in der Dornenhecke zu suchen hast?«

Irmchen, der sich noch immer nicht beruhigt hatte, fauchte zu seinem Gegner hinüber. Juan wollte eben etwas sagen, als er sich umdrehte, um Irmchens Raufkumpanen genauer zu betrachten: »Nein, das kann nicht sein! Lieber Gott, sag, daß es nicht wahr ist!«

Juan ließ Irmchen los, kroch auf den Knien zu dem anderen Kater hinüber. Vorsichtig streckte er seine Hand aus, berührte das Nackenfell des Schwarz-Weißen. Juan sah sich den Kater, der friedlich und majestätisch vor ihm saß, von allen Seiten an. Dann wandte er sich zu Irmchen, wischte Tränen aus den Augen und sagte: »Es ist Valentino, unser Valentino! Dein Freund ist zu uns zurückgekehrt! Nach all den Jahren! Jetzt sind wir wieder zusammen!«

Irmchen war völlig überfordert! Zentimeter für Zentimeter schlich der eine Raufbold auf den anderen zu, beschnupperte ihn von oben bis unten, von vorn bis hinten. Zu weit lagen die Erinnerungen zurück. Zuviel war seit damals geschehen. Doch das, was noch da war, kam aus der Tiefe des Herzens.

Zärtlich stupselte Irmchen den Kopf des alten Freundes. Und Valentino, der die ganzen Jahre in den Bergen verbracht hatte, erwiderte die liebevolle Berührung mit einem herzhaften Schnurren.

Es wurde ein Nachmittag der schmerzhaften Prozeduren. Auf der Terrasse hatte Juan alle Hände voll zu tun, seinen Freunden die Dornen aus dem Fell zu ziehen. Ständig maunzte einer der beiden auf, wenn Juan an einem Dorn zog, der allzu tief saß. Am Abend war es geschafft. Fast zwanzig Dornen lagen auf dem Tisch, der eine kürzer, die andere länger. Der Schmerz war bald vergessen. Viel größer war die Freude über das Wiedersehen. Und Juan, der zur Feier des Tages eine Flasche Wein köpfte, spendierte seinen Freunden je einen großen Fisch.

Es wurde die schönste, aber auch engste Nacht für Juan. Zu seinen Füßen im Bett lag nun nicht nur Irmchen, sondern auch noch Valentino. Dicht aneinandergekuschelt träumten sie von Liebe und Geborgenheit. Irmchen hatte seine Pfote auf die Schulter des Freundes gelegt und leckte ihm das Gesicht. Valentino, der seinen alten Weggefährten wie einst ins Herz geschlossen hatte, streckte die Pfoten von sich, riß sein Maul für ein herzhaftes Gähnen auf und schlief sofort wieder ein.

*

Juan, Irmchen und Valentino genossen das Leben in vollen Zügen. Viele Stunden saßen sie täglich auf den Klippen, schauten hinaus aufs Meer, in dem sich die Strahlen der Sonne brachen. Es waren die schönsten Momente, voller Frieden und Ruhe, nach denen sich alle drei immer gesehnt hatten. Keiner war nun mehr einsam. Weder Juan noch seine Freunde wurden von Ruhelosigkeit getrieben. Sie hatten sich wiedergefunden und wollten sich nie mehr verlieren. Abends, wenn Juan auf der Terrasse saß, warf er ein Stöckchen den Hang hinab, und die beiden Kater rannten los, um sie dem Freund zurückzubringen.

Wochen gingen so ins Land. Das Licht der Sonne wurde schwächer, die Tage wieder kürzer. Und je schneller der Winter nahte, desto mehr zog es die Kater in die Berge.

Valentino, der die Hügel und Täler wie seine Westentasche kannte, verschwand oft für Tage, um unerwartet in der Tür zu stehen und seinen Freunden mit einem langgezogenen Miau zu sagen: Seht her, ich bin wieder da!

Irmchen, der seinem Herrn nie wieder von der Seite weichen wollte, verspürte eine wachsende Unruhe im Herzen. Immer öfter hatte er den Wunsch, mit Valentino hinauszuziehen, frei, ungebunden, dem lauter werdenden wilden Ruf der Natur folgend. Doch da war der Freund! Und so kehrte der Kater stets zurück. Die Ausflüge dauerten zunächst nur Stunden. Aber aus den Stunden wurden Tage, aus den Tagen Wochen.

Juan ließ seine Freunde gehen. Er wußte, daß sie ihn liebten. Aber er verstand auch, daß es sie hinauszog. Schließlich kehrten sie ja immer wieder zurück.

Der Winter hatte die Insel längst erreicht, als Irmchen eines Nachmittags von einem Ausflug zurückkehrte und in Juans Haus Stimmen fremder Männer hörte. Es war ein lautes Gespräch, das Irmchen vom Stuhl auf der Terrasse aus mitverfolgte. Der Kater verstand die Worte nicht, die gesprochen wurden, aber er erkannte, daß Juan sehr aufgeregt war. Drohend klangen die Stimmen der Männer, die auf ihn einredeten. Durch einen Spalt in der Tür sah Irmchen einen älteren Mann mit einem Vollbart und einen jungen Begleiter, der Juan ein Blatt Papier vor die Nase hielt.

Juan, das konnte Irmchen beobachten, gestikulierte mit den Händen, drohte mit den Fäusten: »Nein und nochmals nein! Das lasse ich nicht zu! Da können Sie sich auf die Hinterbeine stellen!«

Die Männer schauten sich an, nickten: »Na gut, dann werden Sie sehen, was Sie davon haben! Es war unser letztes Angebot! Wenn Sie nicht freiwillig verkaufen wollen, werden wir uns das Grundstück nehmen. Wir werden das Berghotel hier bauen! Das können Sie gar nicht verhindern!«

Irmchen konnte gerade noch um die Ecke verschwinden, als die Tür aufflog und die beiden Männer hinausstolperten. Juan, dem die Nerven durchgegangen waren, hatte sie gepackt und aus seinem Haus geworfen: »Verschwindet! Macht, daß ihr hier wegkommt! Ich will euch nie wieder sehen!«

Mit hochroten Köpfen liefen die Fremden den Weg hinunter. Kurz bevor sie hinter einer Biegung verschwanden, drehte sich der Mann mit dem Bart noch einmal um und blickte Juan sekundenlang drohend in die Augen: »Okay, das war's.«

Irmchen, der nicht im geringsten ahnte, worum es ging, beobachtete sein Herrchen, sah, wie sich Juan mit zitternden Händen ein Glas Wein eingoß: »Sollen sie nur kommen! Ich habe keine Angst! Was habe ich schon zu verlieren?«

Es kehrte bald wieder Ruhe ein, obwohl das Ereignis wie ein dunkler Schatten über dem kleinen Haus lag. Juan und seine Freunde verbrachten die Abende jetzt in der Hütte am Kamin und kuschelten sich am Feuer eng aneinander, um sich von den lodernden Flammen wärmen zu lassen.

Der Winter auf Mallorca verging schnell. Schon war der Januar heran, und die Insel leuchtete im strahlenden Rosa der fast sechs Millionen blühenden Mandelbäume.

Der unheilvolle Besuch der Männer war längst vergessen, als Irmchen mit seinem Freund Valentino wieder in die Berge hinaufzog, um andere wild und frei lebende Katzen zu treffen. Manchmal streiften sie zu fünft oder zu sechst durch Täler und Schluchten, neckten Schafe, die an den Hängen weideten, oder scheuchten Ziegenherden auseinander, die an den Kurven der Bergstraßen vor sich hindösten. Irmchen und seine Freunde ernährten sich von Mäusen und Ratten, lauerten Eidechsen auf, tobten die Hänge hinauf und hinab.

So schön das Leben in den Bergen war, den schwarzen Kater mit dem weißen Fleck auf der Brust zog es immer wieder zurück zur kleinen Hütte von Estellencs, in der Juan sehnsüchtig auf seinen Freund wartete.

Es war an einem kühlen Nachmittag im März, als Irmchen müde und abgeschlagen den Hang heruntergelaufen kam, an dessen Fuß Juans Hütte stand. Der Kater war nicht mehr weit vom Haus entfernt, als er plötzlich ruckartig innehielt: Irgendwas war anders als sonst. Eine seltsame Ruhe lag über der Finca, deren Tür weit offenstand.

Irmchen sah sich mißtrauisch um. Seine Augen tasteten nervös die Umgebung ab. Kein Laut störte die Stille. Von fern drang nur das Rauschen der Brandung den Hang herauf. Irmchen wunderte sich. Wieso saß Juan nicht vor der Tür? Warum stieg kein Rauch aus dem Schornstein?

Nichts! Statt dessen wurde die Tür vom Wind gegen die Hauswand geschlagen. Der Kater lief vorsichtig auf das Haus zu, sprang auf die Terrasse, bewegte sich wie im Zeitlupentempo. Ganz behutsam machte Irmchen ein, zwei Schritte vorwärts, blickte um die Ecke in den dunklen Raum, in dem das Kaminfeuer schon seit Tagen erloschen war. Kein »Hallo« war zu hören, kein Freund zu sehen, der seinen Kater liebevoll begrüßte. Irmchen machte noch einige Schritte, als er plötzlich wie angewurzelt stehenblieb.

Gleich neben dem Tisch im Zimmer lag Juan am Boden. Um seinen Kopf herum hatte sich eine große Blutlache gebildet. Zitternd kam der Kater näher. Irmchens Fell sträubte sich, und ein leises trauriges Maunzen drang aus seiner Kehle.

Als wollte der Kater seinen Freund aufwecken, streckte

er eine Pfote aus. Zärtlich berührte sie das Gesicht des Mannes. Irmchen, der spürte, daß sein Freund ihn nicht mehr hörte, streichelte mit der Pfote Juans erstarrtes Gesicht, leckte ihm die Wange. Irmchen lief um den Freund herum, entdeckte das winzige Loch im Hinterkopf und konnte sich doch keinen Reim darauf machen, was passiert war.

Der größte Schmerz seines Lebens ergriff den alten Kater, der schon von so vielen Freunden hatte Abschied nehmen müssen. Während er mit den anderen Katzen in den Bergen gejagt hatte, war sein bester und treuester Kamerad ermordet worden. Irmchen fühlte einen Schmerz in sich aufsteigen, der ihm das Herz zerriß. Und als er noch einmal die Pfote auf die Wange des Toten legte, schrie er alle Verzweiflung, Trauer und Einsamkeit mit einem langen, lauten Miauen in die Welt hinaus.

In diesen Minuten verlor Irmchen alle Energie und Kraft. Zuviel hatte er in seinem turbulenten und stürmischen Leben ertragen müssen. Der Lebensmut, seine Stärke, die stolze Wildheit – alles versiegte im Angesicht des toten Freundes, den er wiedergefunden und nun für immer verloren hatte. Für Sekunden hörte das müde Herz des alten Katers auf zu schlagen. Und während die lähmende Kälte des hereinbrechenden Abends durch die Hütte zog, legte sich der schwarze Mantel des Todes über seine entfliehende Seele. Das schwere Leid, das ihn am Ende seines Lebens noch einmal eingeholt hatte, ließ ihn neben dem Freund zusammenbrechen.

Keine zehn Minuten waren vergangen, als eine warme Zunge über Irmchens Gesicht leckte und den nahenden Tod aus seinem Körper vertrieb. Valentino, der von fern den Schmerzensschrei des Freundes gehört hatte, war sofort losgerannt, ahnend, daß eine Katastrophe geschehen war.

Es war die Liebe des alten Gefährten, die Irmchen ins Leben zurückholte. Immer wieder leckte Valentino das

Gesicht des Freundes, bis Irmchen nach endlos scheinenden Minuten die Augen aufschlug und über sich die bebenden Barthaare des Kameraden sah.

Irmchen versuchte aufzustehen und brach sofort wieder zusammen. Der Schädel drohte vor Schmerzen zu zerplatzen, der Körper war eiskalt und zitterte. Ihm war so elend zumute, daß er sich übergeben mußte. Wäre Valentino auch nur fünf Minuten später gekommen, Irmchen wäre dem Freund in den Tod gefolgt. Immer wieder stupselte Valentino Irmchen mit der Nase am Rücken, zwang ihn zum Aufstehen.

Doch der Freund wollte nicht mehr leben, wollte endlich Ruhe und Frieden. Kraftlos kippte der Kater jedesmal zur Seite.

Valentino, der wußte, daß hier nur rasches Handeln half, reagierte, ohne lange zu zögern. Mit einem Biß hatte er Irmchen am Genick gepackt und trug ihn hinaus auf die Terrasse. Irmchen besaß nicht mehr die Kraft, sich zu wehren. Im fahlen Licht des aufgehenden Mondes blickte er noch einmal zurück, sah schemenhaft den Körper des toten Freundes.

Nein, Juan war nicht gestorben. Er war jetzt in einer anderen Welt, in der es weder Schmerz noch Einsamkeit gab. Sein Herz hatte auch nicht aufgehört zu schlagen. Es pochte weiter in der Seele des alten Katers. Irmchen fühlte, daß der Tod die Liebe der beiden zueinander nicht hatte besiegen können. Und Irmchen wußte, daß auch für ihn bald die Stunde des letzten Abschieds kommen würde. Ein Stein, der seinen Kopf streifte, riß den Kater aus den traurigen Gedanken. Noch immer hielt Valentino den Freund, hatte ihn nun fast den halben Berg hinaufgezogen. Nach Stunden erreichten sie das Katzenlager auf der anderen Seite des Berges. Völlig entkräftet ließ Valentino seinen halbtoten Freund fallen.

Wie er da lag, schlief Irmchen ein, umgeben von den Freunden der Berge, die über ihn wachten, und die ihr Miauen in den schwarzen Nachthimmel schickten, als die silberne Scheibe des Mondes am höchsten stand. So erwiesen sie auf ihre Weise Juan, dem Freund der Katzen Mallorcas, die letzte Referenz.

Ein alter, müder Kater, der etwas abseits saß, beobachtete stumm und mit großen traurigen Augen das Katzengebet. Auch er hatte ein abenteuerliches Leben hinter sich. Er war erst vor zwei Tagen zu den Bergkatzen gestoßen und sofort aufgenommen worden.

Wäre Irmchen in einer besseren Verfassung gewesen, er hätte den alten Kater vielleicht wiedererkannt. Damals im Centro Canino, als unbekannte Männer ins Tierheim einbrachen, um die Katzen umzubringen, hatte er sich todesmutig auf einen der Eindringlinge gestürzt und war ihm ins Hosenbein gekrochen. Blödi, so hatten ihn Jane und ihre Freundinnen getauft, weil er ein so drolliges Gesicht hatte, war ein Leben lang von Touristen, Polizisten, Kellnern und Hotelchefs gejagt worden.

Mit seinen traurigen Augen beobachtete er nun Irmchen, wie er so dalag, erschöpft, unendlich müde und mit gebrochenem Herzen. Ja, sie hatten wirklich so vieles gemeinsam: das Leid, die ewige Angst, das Gefühl, ausgestoßen zu sein und nie irgendwo hinzugehören. Sie hatten nichts zu verlieren, denn sie hatten nie etwas besessen. Was ihnen blieb, war die Freundschaft, die ihnen keiner nehmen konnte. Und mit einem letzten Blick hinüber zu Irmchen schloß Blödi die Augen und schlief ein.

Es gibt Erfahrungen, die machen Menschen und Tiere gleichermaßen: Die Zeit heilt die tiefsten und schlimmsten Wunden, auch wenn immer Narben zurückbleiben.

*

Der Frühling auf Mallorca verwandelte die Insel in einen blühenden, duftenden Garten. Die Touristen kamen wieder in Scharen. Dichtgedrängt quollen sie aus den Flugzeugen, um sich anschließend an den übervölkerten Stränden grillen zu lassen. Mit Reisebussen eroberten sie die Insel. Das kleine Paradies verlor seine winterliche Unschuld, putzte sich erneut heraus wie für einen Staatsempfang.

Nur noch oben in den Bergen, wo es nicht nach Imbißbuden und Sonnenöl roch, wo die Luft noch rein und klar war, herrschte unberührte Stille. Sechs Katzen, angeführt von einem schwarzen Kater und seinem riesenhaften Freund, kletterten über Felsen, ließen sich vom warmen Licht der Sonne streicheln.

Irmchen und Valentino, die Könige der Berge, schnupperten an Margeriten, schlichen durch unendliche rote Teppiche von Mohnblumen, als plötzlich das piepsige Maunzen von Katzenbabys an ihre Ohren drang. Irmchen hielt inne, hob den Kopf und sah in die Richtung, aus der die Laute kamen. Und wie einem heimlichen Ruf folgend, blieb er stehen, während die anderen weiterliefen.

Die Gruppe war schon zehn Meter entfernt, als sich Valentino noch einmal umdrehte und seinen Freund anschaute. Und als wolle er sagen: ›Tschüß, bis bald, alter Kumpel‹, kniff er kurz die Augen zusammen und setzte seinen Weg fort.

Irmchen, der nur noch der Stimme seines Herzens gehorchte, ging auf einen Ginsterbusch zu und entdeckte fünf flauschige Katzenbabys, die sich eng aneinanderkuschelten.

Er hatte die Katzenkinder nur wenige Augenblicke beobachtet, als plötzlich ein großer schwarzer Kater aus dem Gebüsch trat und Irmchen in die Augen sah.

Der Schicksalskreis eines Lebens hatte sich endlich geschlossen! Beide Kater sahen völlig gleich aus. Die Größe, das schwarze Fell, der weiße Fleck auf der Brust – alles stimmte überein. Und beide trugen eine abgeschabte Messingkapsel am Hals.

Regungslos standen sich die Tiere gegenüber, hörten nicht das Maunzen der Babys. Langsam und ganz vorsichtig berührten sich ihre schwarzen Nasen. Dann legten sie sich zu den Katzenkindern, um sie mit ihren Körpern zu wärmen und zu behüten.

Irmchen, der vor vielen Jahren bei Filmaufnahmen einen heißen Flirt mit einer Katzendame gehabt hatte, hatte Moreno, seinen Sohn, wiedergefunden.

Es gibt auf Mallorca die Legende von schwarzen Schatten, die oben in den Bergen ganz plötzlich auftauchen und schneller als ein Spuk verschwinden. Kein Mensch hat je erfahren, zu wem diese Schatten gehören. Sind es Ratten, Hunde, Katzen, um die sich die Legende rankt?

Ein alter Schäfer will oberhalb von Soller in weiter Ferne die Tiere mal gesehen haben, zu denen die Schatten gehören. Da sie ihn entdeckten, entflohen sie wie Geister, die sich im Morgengrauen zurückziehen. Und noch eins will der Mann beobachtet haben. Als die Tiere verschwanden, blinkte etwas Messingfarbenes auf ihrem Fell.

Doch wer weiß schon, was wahr ist und was Geschichte?

*

Der untrüglichste Gradmesser für die Herzensbildung
eines Volkes und eines Menschen ist,
wie sie die Tiere betrachten und behandeln.
(Berthold Auerbach)

Spannend, frech, liebevoll, zärtlich, zum Weinen, Lachen, Lesen und Verschenken! Die Lieblingsromane aller Tier- und Katzenfreunde von

Alexander Conradt

Irmchen II

- Moreno -

Die größte Liebe seines Lebens

ISBN 3-926396-34-2 19,- DM

Irmchen III

- Perlchen -

Bis in alle Ewigkeit

ISBN 3-926396-35-0 19,- DM

Beide Bücher sind erschienen im

HUBERT W. HOLZINGER – VERLAG
Winterfeldtstr. 16 - 10781 Berlin
Tel.: (030) 2167513
Fax: (030) 2165141